THE QUEEN OF CRIME
繁體中文版
20 週年
紀念珍藏

牧師公館謀殺案

著——阿嘉莎・克莉絲蒂

譯——楊山青

The Murder at the Vicarage

通俗是一種功力

吳念真（導演、作家）

通俗是一種功力。絕對自覺的通俗更是一種絕對的功力。

這樣的話從我這種俗氣的人的嘴巴說出來，大概很多人要笑破褲底了。不過，笑完之後請容我稍稍申訴。這申訴說得或許會比較長一點，以及，通俗一點。

小時候身材很爛，各種遊戲競爭完全任人宰割，唯一隱遁逃避的方法是躲起來看書或聽大人瞎掰。那年頭窮鄉僻壤的小孩能看的書不多，小學二年級時最喜歡的是超大本的《文壇》，老師借的。看著看著，某天老師發現我的造句竟出現：「捧著：朝陽捧著一臉笑顏為群山剪綵」這樣亂七八糟的文字，就拒絕再讓我看那些超齡的東西了。

老師的書不給看，我開始抓大人的書看。一種是厚得跟磚塊一樣的日文書，對我來說那完全是天書，但插圖好看，經常有限制級的素描。另一種書是比較薄的，通常藏得很嚴密，只是裡面有太多專有名詞、重複的單字和毫無限制的標點，比如「啊啊啊」、「……！！！」

老讓我百思不解。有一天，充滿求知欲地詢問大人竟然換來一巴掌後，那種閱讀的機會和樂趣也隨著消失了。

所幸這些閱讀的失落感，很快從大人的龍門陣中重新得到養分。講到這裡，我似乎先得跟一個村中長輩游條春先生致敬，並願他在天之靈安息。

我所成長的礦區，幾乎全是為著黃金而從四面八方擁至的冒險型人物，每人幾乎都有一段異於常人的傳奇故事。這些故事當事人說來未必精采，但一透過游條春先生的嘴巴重現，有時連當事人都聽得忘我，甚至涕泗縱橫，彷彿聽的是別人的故事。

條春伯沒當過日本兵，可是他可以綜合一堆台籍日本兵的遭遇，一如連續劇般從入伍、受訓、逃亡荒島，面對同鄉同袍的死亡，並取下他們的骨骸寄望帶回故鄉，乃至骨骸過多搞不清哪是誰的等等，讓聽的人完全隨他的敘述或悲或笑，彷彿跟他一起打了一場太平洋戰爭。此外他也可以把新聞事件說得讓一個三、四年級的小孩，到現在仍記得當時腦中被觸動的畫面。例如當年瑠公圳分屍案的凶手做案之後帶著小孩到安東街吃麵（這讓我一直以為台北的安東街是條專門賣麵的街道），還有甘迺迪總統被暗殺、賈桂琳抱住她先生、安全人員跳上飛快的車子保護賈桂琳……當然，這記憶全來自條春伯的嘴巴而不是報紙。我的記憶全是畫面，有畫面，是因為條春伯說得精采，說得有如親臨他至死都還搞不清地理位置的達拉斯命案現場。

於是這小孩長大後無條件地相信：通俗是一種功力，絕對自覺的通俗更是一種絕對的功力。透過那樣自覺的通俗傳播，即使連大字都不識一個的人，都能得到和高階閱讀者一樣的感動、快樂、共鳴，和所謂的知識、文化自然順暢的接軌。也許就是因為這些活生生的例子，俗氣的自己始終相信：講理念容易講故事難，講人人皆懂、皆能入迷的故事更難，而能隨時把這樣的故事講個不停的人，絕對值得立碑立傳。

條春伯嚴格地說是有自覺的轉述者，至於創作者，我的心目中有兩個。一個是日本導演山田洋次，一個是推理小說家阿嘉莎．克莉絲蒂。

山田洋次創造了寅次郎這個集合所有男人優點跟缺點的角色，在以《男人真命苦》為名的系列下，總共完成百部左右的電影。它們的敘述風格、開頭、結尾的方法不變，唯一改變的是故事，是時代，是遍歷日本小鄉小鎮的場景。數十年來，看《男人真命苦》幾已成為日本人每年的一種儀式，一如新春的神社參拜。

數十年前訪問過山田導演，他說，當他發現電影已然有它被期待的性格時，電影已經不是導演自己的。他說：當所有人都感動於美人魚的歌聲時，你願意為了讓她擁有跟你一樣的腳，而讓她失去人間少有的嗓音嗎？

人間少有的嗓音與動人的歌聲，都來自山田導演絕對自覺的通俗創造。

再如阿嘉莎．克莉絲蒂，如果我們光拿出她說過的故事和聽過她故事的人口數字，就足以嚇死你。五十多年的寫作生涯，她總共寫出六十六本長篇推理小說，外加一百多篇短篇小說和劇本。其中有二十六本推理小說被改編，拍了四十多部電影和電視劇集。作品被翻譯成一百零三種文字的版本，銷量超過二十億本。

夠了。你還想知道什麼？知道二十億本的意義是什麼嗎？二十億本的意義是全世界平均三個人就有一個人讀過她的書，聽過她說的故事。

說來巧合，她和山田洋次一樣，創造出個性鮮明的固定主角（當然，前前後後她弄出來好幾個），然後由他（或是她）帶引我們走進一個犯罪現場，追尋真正的罪犯。

故事就這樣？沒錯，應該說這是通常的架構。那你要我看什麼？不急，真的不急，克莉絲蒂會慢慢冒出一堆足夠讓你疑惑、驚嚇、意外，甚至滿足你的想像力、考驗你的耐心和智商的事件來。

推理小說不都是這樣嗎？你說得沒錯，大部分是這樣，不一樣的是……對了，她像條春伯，像山田洋次，她真會說，而且她用文字說。

文字的敘述可以讓全世界幾代的人「聽」得過癮、「聽」個不停，除了聖經，也許就是克莉絲蒂。她不是神，但她真的夠神。

數十年前，台灣剛剛出現她的推理系列中譯本，那時是我結婚前，常有同齡的文藝青年來我租住的地方借宿，瞄到我在看克莉絲蒂，表情詭異地說：「啊？你在看三毛促銷的這個喔？」

我只記得他抓了一本進廁所，清晨四點多，他敲開我的房門說：「幹，我實在很討厭那個白羅……再拿一本來看看，我跟你說真的，要不是你的書，我真的很想把那個矮儸壓到馬桶吃屎！」

我知道他毀了，愛吃又假客氣，撐著尊嚴騙自己。克莉絲蒂再度優雅地撕破一個高貴的知識份子的假面具，她的手法簡單，那手法叫通俗，絕對自覺的通俗，無與倫比、無法招架的功力。

昔日的文藝青年如今跟我一樣，已然老去，但不時還會看到他寫一些充滿理念和使命感極重的文章，在報紙和雜誌上出現。我知道他要說什麼，只是常常疑惑他想跟誰說；同樣，我記得他說過什麼，但轉眼間忘記他說了什麼。但請原諒我，幾十年前那個晚上，他在我家看完的那兩本克莉絲蒂的小說內容，我可還記得清清楚楚。

也許有一天再遇到他的時候，我會問他之後是否還看過克莉絲蒂其他的書，如果沒有，我會跟他說，想讀要趁早，因為你會老、會來不及。至於白羅那個矮儸，大概永遠不會消失。哦，對了，還有一個叫瑪波，你說不定會來不及認識……

瑪波小姐——洞明世事，仍不失對人情的寬諒

吳曉樂（作家）

瑪波小姐是阿嘉莎．克莉絲蒂筆下的兩名神探之一，名氣不若白羅響亮，支持者倒是挺死忠專情。她也是推理小說界「女偵探」的第一把交椅，至今仍無人能動搖其地位。瑪波小姐系列合計有十二本長篇、兩本短篇小說集。以及一篇收錄於《哪個聖誕布丁？》的小說〈葛林蕭的笑話〉。常有讀者受「小姐」二字所誘，誤信瑪波小姐是妙齡少女，但英文中，未婚女性一律以Miss稱之，實際上，瑪波小姐已六十好幾。按照蓋達克警官的形容，「她的模樣非常蒼老，頭髮雪白，粉紅的臉上布滿皺紋，一對藍色眸子柔和且真摯無邪」。

瑪波小姐亦是知名的「安樂椅神探」，她的歲數與支氣管炎等痼疾限縮了她奔走的範疇。大部分時間，瑪波小姐僅在英國村鎮裡穿梭，一邊喝茶，一邊傾聽案件相關的陳述。克莉絲蒂刻意將筆下兩位神探做出區隔，白羅是比利時難民，案件時常顯現壯闊的異國情調，瑪波小姐系列則洋溢著恬謐、悠哉的英國小鎮氛圍。瑪波小姐經手的案件，多半以某座莊

園、公館為中心，在傭人、園丁、廚師、仕紳與貴婦人等交織而成的人際網絡裡，一樁樁謀殺案就此鋪展。

瑪波小姐的經歷有些神祕，讀者只能從她談及自己的稀少橋段，拼湊出模糊的過往：她接受良好教育，曾待過佛羅倫斯的寄宿學校，一度從事過護理工作。再從瑪波小姐坐擁房產、生活講究等細節，我們不難勾勒她中產階級的出身。上述資訊，幾乎是我們能得知的全部了。

至於瑪波小姐的個性，我想徵用瑪波小姐首次登場《牧師公館謀殺案》的語句：「她是村子裡最壞的女人，總是知道每一件事，並且做出最悲觀的推斷。」「在英格蘭，任何偵探也比不上一個上了年紀又有很多閒暇的老處女。」「拿望遠鏡賞鳥的習慣也總是讓她別有收穫。」從這些褒貶相依的評價，我們首先歸納出一些結論：瑪波小姐有些好管閒事，城府也深，偏偏她的判斷比誰都趨近真相。

更細緻地分析，瑪波小姐「溫和無害，乍看糊塗」的表象，是最天然的保護色。與她搭話的人物，屢屢在輕敵的狀態下鬆懈心防，下意識就吐露原先拚命掩藏的犯案痕跡。其次，瑪波小姐認為人性並不複雜，若我們悉心諦視，必能察覺其中的「共性」。她的外甥雷蒙·衛司曾將聖瑪莉米德村喻為「一潭死水」，瑪波小姐則認定死水若放在顯微鏡底下，「其實生機盎然」，而她所謂的顯微鏡，或許指涉了鄉村背景。鄉村生活人情緊密，有助瑪波小姐近距離蒐集人性的不同臉譜。我個人認為，瑪波小姐最專長的辦案手法是「數據分析」，她常將案發現場的樣本扔入聖瑪莉米德村——她的「人性資料庫」，進行搜尋和比對，一旦辨識出相似的行為態樣，接下來她將安坐椅上，預估其發展。是以瑪波小姐一再「後發先至」，她抵達現場的時間總是不無「遲到」的味道，不過待她釐清人物之間的譜系和利害關係，旋即能夠盤整出一些關鍵，為案件帶來重大突破。

瑪波小姐以閒談獲取的情報，都顯得那麼普通、不起眼，她卻能如同手上的編織活，這一針那一線巧妙地穿引，後續再輕輕一扯，將線索行雲流水地組織起來。瑪波小姐深諳自往昔的歲月萃取珍貴的經驗，舉例來說，有一回，她以「聖靈降臨節過後的週一，園丁必不上班」為由，輕易識破一則謊言；也有一回，她從「發音方式」捕捉到講述者的故弄玄虛。

初識瑪波的讀者，我建議以短篇小說《十三個難題》為前菜，篇幅短小，清爽不占空間，品嘗的餘韻足夠引發興致。至於長篇，我心儀《殺人一瞬間》，此作推理成分相對清淡，架構上更接近「豪門恩怨肥皂劇」，序幕即嵌入一場駭人的畫面，將讀者牢牢地鉤入劇情。辦案過程中，瑪波小姐另聘慧黠迷人的露希小姐，潛入疑雲重重的鹿瑟福。兩位小姐的視角頻仍轉換，前場後場的調度十分緊湊，讓讀者捨不得輕易暫停。克莉絲蒂向來很節制「愛情」的著墨，但在此作，她給露希小姐點綴了幾許風花雪月，時至今日，露希小姐情歸何處，是海內外讀者樂此不疲的謎題。而在《死亡不長眠》中，步履蹣跚的瑪波小姐擔憂一對年輕夫婦，不惜啟程遠行，讓我們見到她慈幼的一面。《加勒比海疑雲》也帶給我相當的樂趣，見瑪波小姐與毒舌老富翁拉斐爾搭檔，完成第一次在國外大展長才的紀錄，很是過癮。續作《復仇女神》，拉斐爾已逝，留下一封報酬頗豐的委託，瑪波小姐積極走入謎團，讀者可以看清她心中晃蕩不止的漣漪。瑪波小姐追憶拉斐爾的絮語，我認為是全系列裡罕有的「情愫」展現。

瑪波小姐還有項令人歆羨的本事：她的才華普遍獲得男性同儕的認同。亨利爵士稱她「本人絕無僅有，四星級睿智的紅粉知己，老太婆中的超級老太婆」。尼勒警官如此形容她：「為人正直，具有無可指摘的正義感。」時間跨幅長久的蓋達克警官更是五顆星好評：「瑪波小姐能夠用最大限度的鎮靜來思考謀殺、猝死，以及各種真實罪案。」

按照出版年代，《瑪波小姐的完結篇》是瑪波小姐最後一次現身。若以氛圍而言，我認為《破鏡謀殺案》裡瑪波小姐的自述，更適切地傳達出這位天才神探正緩緩邁向遲暮，「人必須面對現實：聖瑪莉米德昔日風貌不再。當然，從某種意義上說，沒有一樣東西能一如往昔。你可以怪罪戰爭（兩次世界大戰），怪罪年輕這一代，或者出去工作的女人，或者原子彈，或者政府，但其實你真正不滿的只是一個簡單的事實：你正在變老」。瑪波小姐信任的傭人凋零，外甥為她聘請的女傭竟把她視為昏聵無知、需要悉心呵護的老人家。萬幸的是，摯友荷大克醫師捎來了慰藉，他認為瑪波小姐最合適的藥方就是：一場謀殺案。這舉止點醒了讀者，縱使低調不鋪張，瑪波小姐依然、無庸置疑地對辦案懷有莫大熱情。

文章的尾聲，我要再次回到瑪波小姐的人性觀，她雖堅稱「最無情的猜測往往都會被證實為真」，倒也不吝坦承「我總是對人性抱著希望」。這位英國小姐的魅力自然流淌，她洞明世事，仍不失對人情的寬諒。

獻詞

阿嘉莎．克莉絲蒂是世界讀者最眾，也最廣受喜愛的女作家。
身為克莉絲蒂的孫兒，我相信奶奶會非常樂見這次出版，
因為她極以自己作品中的趣味與娛樂為豪。
歡迎所有喜歡本系列的台灣新讀者參與這場饗宴！

——馬修．培察（Mathew Prichard）

01

不知道該從哪兒開始這個故事，不過我還是選擇了那個星期三在我家的那頓午餐說起。席間的交談大部分與我將要敘述的故事無關，卻仍包含一兩件影響到故事發展的事件。

我剛切完了一些煮熟的牛肉（順便一提，牛肉非常硬），在回到我的座位上時，我說誰殺了普瑟洛上校，就是對全世界做了一件大好事。我的口氣著實有失我牧師的身分。

我年輕的侄兒丹尼斯立即說道：「如果有一天那老頭被人發現躺在血泊中，那句話會被用來指控你。瑪麗可以作證，不是嗎，瑪麗？她會形容你是如何帶著復仇的神情揮舞著切肉刀。」

瑪麗是牧師公館的女傭，她把這份差事當作謀求更好職業和更高收入的跳板。她只是一本正經地大聲說道：「青菜！」然後將一只有裂痕的盤子狠狠地拋到他面前。

我妻子以一種同情的語調說：「他很討人厭嗎？」

我並未立即回答，因為瑪麗將青菜「砰」的一聲放到餐桌上後，又將一盤溼漉漉而令人不快的餃子拋到我的鼻子下。我說：「不要，謝謝。」但她還是猛地一下把盤子放到桌上，離開了房間。

「很抱歉，我是一個很差勁的主婦，」妻子說道，聲音中略帶愧疚。

我頗有同感。我妻子名叫格賽達[1]，對一個牧師的妻子來說，這樣一個名字是再合適不過了……但也僅此而已，她一點也不賢慧。

我一向認為，牧師應當終生不娶。我為何在僅僅認識格賽達二十四小時之後，就向她匆匆求婚，這一點我仍然百思不得其解。我一向認為，婚姻是一樁嚴肅的事，只有在雙方長期的傾心相愛、深思熟慮後才能締結良緣。而且首要的是，兩人要情投意合。

格賽達小我將近二十歲。她秀麗迷人，對什麼事都無法認真。她什麼都不會，與她生活相當難過。她把教區當作供她開心取樂的大玩笑。我曾努力要改變她的想法，但徒勞無功。我比以往更為堅信，牧師應當獨身。我常常向她暗示這一點，但她只是付之一笑。

「親愛的，」我說，「只要你稍微盡點心……」

「我還是會啊，」格賽達說，「可是，最後看來，我的努力是適得其反。我顯然天生就不是個好主婦，所以我想最好還是讓瑪麗去操心，我只要不貪圖舒適、願意吃些噁心的東西就行了。」

「那你的丈夫又如何呢，親愛的？」我以責備的口吻說，一面又像《聖經》中的魔鬼那樣，為了自己的目的而引經據典地加一句：「『她善持家道……』」

「想想你沒有被獅子撕成碎片，是多麼幸運啊，」格賽達很快打斷了我的話。「也沒有在火刑架上被燒死。難吃的食物、四處灰塵和死黃蜂根本不值得大驚小怪。再講點普瑟洛上校的事吧。早期的基督徒不用受教會執事的管束，真夠幸運的。」

「高傲的倔老頭！」丹尼斯說，「難怪他的前妻離他而去。」

「我看不出她還有什麼別的選擇。」妻子說。

「格賽達，」我厲聲說道，「我不許你那樣說。」

「親愛的，」妻子撒嬌似地說，「給我講講他的事吧！到底怎麼回事？是那位豪斯先生老愛點頭哈腰惹惱了他嗎？」

豪斯是我們新來的助理牧師，剛到這裡三個星期。他信守高教會派[2]的傳統，在星期五節食。普瑟洛上校對任何清規戒律都十分反感。

「這次不是。但他確實有順便提到這件事。不過，麻煩是由普萊絲・雷里夫人那可惡的一英鎊鈔票引起的。」

1 格賽達（Griselda），亦指順從而有耐心的女人，源自文藝復興時期義大利文學家薄伽丘（Giovanni Boccaccio, 1313-1375）、中世紀英國作家喬叟（Geoffrey Chaucer, 1340-1400）的作品。

2 高教會派（High Church），英國國教中注重教義、儀式的一派。

普萊絲·雷里夫人是我教會裡的一名虔誠教徒。在為她兒子的忌日所舉行的晨間儀式中，她將一英鎊鈔票投入奉獻袋。後來在公布捐款的金額時，她痛苦地發現，一張十先令的鈔票是這次捐款的最大面額。

她向我抱怨這件事，我非常理性地指出，她一定是弄錯了。

「我們倆都不像以前那樣年輕了，」我試圖巧妙地轉移話題。「年邁確實會給我們帶來麻煩。」

奇怪的是，我的話似乎只更激怒她。她說，事情非常奇怪，而且她很訝異我並不如此認為。她氣沖沖地走開了，我想，她是向普瑟洛上校訴苦去了。普瑟洛上校是那種一有機會就小題大做的人。他確實小題大做了一番。遺憾的是，他挑了星期三借題發揮。我正好星期三早上給教會的日間學校講課，這件事令我心力交瘁，一整天都不得安寧。

「好了，我想他是得尋點開心，」我妻子試圖武斷地總結這次談話。「沒有人在他周圍轉來轉去叫他親愛的牧師，或是給他繡難看的拖鞋，也沒有人在聖誕節送他暖襪。他妻子和女兒對他膩煩透了。我想，到別處去耍威風會使他舒坦些。」

「他用不著為那件事大動肝火，」我略帶惱色地說，「我想，他完全沒意識到他那番話的含義。他想要查遍教堂所有的帳目，以防有貪汙……他是那樣說的。貪汙！難道他懷疑我挪用教會的公款嗎？」

「沒人會懷疑你什麼，親愛的，」格賽達說，「你非常清白，不會遭人懷疑，這是個難得的機會來證明這一點。我倒是寧願你去挪用福音傳播會的基金。我討厭傳教士，我一向討厭他們。」

我正要責備她的那種觀點，但這時瑪麗端著一份半生不熟的米布丁來了。我略表不快，但格賽達說，日本人總是吃半生不熟的米，結果大腦非常發達。

「我敢說，」她說，「如果你每天都吃這樣的米布丁，你星期日的布道就會非常精采。」

「你饒了我吧！」我不寒而慄。「普瑟洛明天晚上過來，我們要一起查帳，」我接著說：「我必須準備好今天為英國國教男教友會布道的草稿。在查閱參考資料時，我發覺卡農．雪莉的《現實》一書很令我著迷，所以我的布道稿準備得不太好。你今天下午打算做什麼呢，格賽達？」

「盡我的職責，」格賽達說，「盡一位牧師夫人的職責。在四點半喝茶、聊是非。」

「誰會來？」

格賽達臉上露出一副驕傲的模樣，晃動著手指數出一串姓名。

「普萊絲．雷里夫人、衛瑟碧小姐、哈娜小姐，還有那位可怕的瑪波小姐。」

「我比較喜歡瑪波小姐，」我說，「至少，她有幽默感。」

「她是村子裡最壞的女人，」格賽達說，「她總是知道每一件事，並且做出最悲觀的推斷。」

我說過，格賽達比我年輕很多。在我這樣的年紀，一般人都知道，最悲觀的往往是最真實的。

「那就別算上我了，格賽達。」丹尼斯說。

「壞蛋！」格賽達罵道。

「我是。但普瑟洛一家今天確實約我去打網球。」

「壞蛋！」格賽達又罵了一句。

丹尼斯謹慎地開溜了，格賽達和我一起走進我的書房。

「不曉得我們喝茶時要吃什麼，」格賽達說，一下子坐在我的書桌上。「我想，史東博士和克拉姆小姐應該會來，也許樂思荃夫人也會來。對了，我昨天去拜訪她，可是她外出了。是的，我想我們應該邀請樂思荃夫人來喝茶。她就這樣來到這裡，租一間房子住下，幾乎從不露面，這太神祕了，不是嗎？這令人想起偵探故事。就像這樣……『這位面容蒼白而美麗的女人是誰？她有著什麼樣的過去？無人知曉。她有點不祥。』我相信荷大克醫生對她略知一二。」

「你讀太多偵探小說了，格賽達。」我溫和地說了一句。

「那你呢？」她反唇相稽。「有一天我到處找《樓梯上的血跡》，當時你在這兒寫布道詞。後來我進來問你是否看到這本書時，我看到了什麼？」

我的臉紅了。

「我是無意中拾起這本書。偶然一句話吸引了我，於是……」

「我很清楚那些『偶然一句話』，」格賽達津津有味地講道，「『然後，一件非常奇怪的事情發生了……格賽達站起身來，穿過房間並親吻她年邁的丈夫。』」她邊說邊走過來吻了我一下。

「這是一件非常奇怪的事情嗎？」我問道。

「當然是啊，」格賽達說，「連恩，我本來可以嫁給一個內閣部長、男爵，或是一位富裕的企業家，三個副官和一個有著迷人風度的浪蕩公子，但我選擇了你，你明白為什麼嗎？你難道不訝異嗎？」

「當時確實如此，」我回答道，「我常常納悶你為什麼要嫁給我。」

格賽達哈哈大笑起來。

「這樣使我感到自己魅力無窮，」她喃喃自語地說道，「其他人只是認為我美貌動人，當然，如果他們娶了我也會是美事一樁。但我是你最不喜歡、最不欣賞的那種人，你卻無法抵禦我的誘惑！我的虛榮心使我無法放棄這樣一種位置。成為某人隱祕而快樂的罪惡根源，比起當個讓他們驕傲的女人，感覺更好！我使你非常不快，老是煽動你做壞事，你卻發狂般地愛我。你是發狂般地愛我，對吧？」

「我當然非常喜愛你，我親愛的。」

「哦，連恩，你愛我。你還記得那件事嗎？有一天我在鎮上過夜，拍了封電報回來，但你沒接到……因為郵政局長的妹妹正在生雙胞胎，她因此忘了送電報。你當時嚇壞了，還向蘇格蘭警場報案，引起一陣驚慌。」

有些事情，人們並不願別人提醒。我當時真是愚蠢極了。於是我說：「親愛的，如果你不介意，我得繼續準備男教友會的布道稿。」

格賽達憤憤地嘆了一口氣，將我的頭髮撫弄起來又撫平，說道：「你配不上我。你確實配不上我。我要和那位藝術家來一點風流韻事。我會的，我說到做到。然後，你想想在教區鬧醜聞的後果吧。」

「教區的醜聞已經夠多了。」我溫和地說。

格賽達朗聲大笑，給了我一個飛吻，從窗口離去。

／02

格賽達真是個令人十分頭痛的女人。剛才離開餐桌時，我還感到心情頗佳，想為英國國教男教友會準備一篇精采有力的演講稿。而現在，我卻感到心神不定，煩亂不已。

剛等我靜下心來，拉蒂絲．普瑟洛也飄然而至。

我說「飄然而至」這種說法是恰當的。我曾讀過一些小說，將年輕人描寫成精力充沛、可以及時行樂、具有青春蓬勃的活力等等。但在我看來，我所遇到的年輕人全都一副靈魂出竅的模樣。

今天下午，拉蒂絲尤其像個幽魂。她是個漂亮女孩，身材修長，皮膚白皙，神情茫然。她從法式落地窗飄進來，心不在焉地取下頭上戴著的黃色貝雷帽，用一種飄渺、驚恐而含糊不清地低聲說：「哦，是您呀！」

這裡有一條小路從「老屋」穿過樹林，出口就是我們花園的門，所以大多數從那裡來的人都會走進花園的門，再往前經過書房的窗戶，而不是繞過一大段路到達前門。拉蒂絲從這兒來，我並不感到吃驚。但是對她的態度，我確實有點生氣。

如果你要來牧師公館，就得有碰見牧師的心理準備吧？

她走進來，一下子癱坐在我的一張安樂椅上，隨意地撫弄頭髮，凝視著天花板。

「丹尼斯在嗎？」

「午飯後就沒見到他。我知道他是去你們那兒打網球了。」

「噢，」拉蒂絲說，「我希望他沒去。他到那兒找不到任何人。」

「他說是你邀請他的。」

「我是邀請過。不過我約的是星期五，但今天是星期二。」

「是星期三。」我說。

「哦，真糟糕！」拉蒂絲說，「那就表示，我這是第三次忘記我的午餐約會了。」

好在這並未使她太擔心。

「格賽達在嗎？」

「我想你會在花園的畫室裡見到她，她正坐著讓勞倫斯．瑞汀畫畫呢。」

「他的事被傳得滿天飛，」拉蒂絲說，「他和爸爸鬧得不愉快。爸爸太討厭了。」

「都傳些什麼……到底是怎麼回事？」我問道。

「是有關他給我畫畫的事。爸爸發覺了這件事。為什麼我就不能穿著泳衣讓人畫畫呢？

如果我能穿著泳衣去海灘，為什麼就不能穿著泳衣讓人畫像呢？」拉蒂絲停了一下，又說下去。「太荒唐了……爸爸不准他進屋子。當然，勞倫斯和我只能對此抗議一番。我要到你的畫室裡來完成這幅畫。」

「不行，親愛的，如果你父親不准就不行。」

「哦！天啊，」拉蒂絲說，嘆了一口氣。「每個人都很討厭。我感到精疲力盡，一點勁兒也沒有。如果我有錢，我就要出走，但是我沒錢，做不到。如果爸爸有錢又死掉就好了，這樣我就能隨心所欲。」

「不可以那樣說，拉蒂絲。」

「哦，如果他不想我希望他死，就不該把錢看得這麼重。難怪媽媽離開了他。我一直以為她死了，你知道嗎？她是和一個什麼樣的年輕人私奔的？他人好嗎？」

「那是你父親來這兒之前的事了。」

「不曉得她後來的下場如何。我想安很快也會與什麼人鬧出風流韻事的。安討厭我，她對我很親切，但她討厭我。她漸漸老了，她很苦惱。你知道，到了這樣的年紀，你的脾氣會變得很古怪。」

我不曉得拉蒂絲是否打算在我的書房待上一個下午。

「你沒有看到我的唱片，是嗎？」她問道。

「沒有。」

「煩死人了。我不知道放在什麼地方了。我把狗也弄丟了。我的手錶也不知道丟到哪兒了，但這沒多大關係，反正手錶自己不會走。哦！天啊，我好睏。不知道為什麼，我十一點才起床啊。但是生活叫人精疲力盡，你說是嗎？哦！天啊，我得走了。我三點要去看史東博士的古墓。」

我瞥了一眼時鐘，並說現在是三點三十五分。

「哦！是嗎？太糟了。不知道他們會等我還是撇下我先去了。我想我最好還是趕快去，看能否趕上他們。」

她起身又飄然而去了，回頭說了一句：「你會告訴丹尼斯吧？」

我隨口應了一聲「會」，當我意識到我根本不知道該告訴丹尼斯什麼時，已經來不及了。但我知道，這應該沒什麼關係。史東博士的事引起了我的沉思。他是一位有名的考古學家，最近待在「藍野豬」旅館，監督開掘一座墳墓，它就位於普瑟洛上校的土地上。他與上校之間已經發生了好幾次爭執。他約拉蒂絲去看掘墓，這倒是很有趣。

我突然想起拉蒂絲．普瑟洛一向有點冒失。我納悶，她如何與考古學家的祕書克拉姆小姐相處。克拉姆小姐是一位健康的二十五歲年輕女子，動作不拘小節，有著紅潤的膚色、動物般的活力和一張似乎老是有話要說的嘴巴。

村裡的人們對她褒貶不一，有人認為她不過如此，有人認為她是一位恪守道德的年輕女人，致力於早日成為史東夫人。她與拉蒂絲截然不同。

我可以想像得到，老屋的氣氛也許不太令人愉快。大約五年前，普瑟洛上校再婚。新夫人容貌異常出眾。我向來猜測，她與繼女的關係不會太好。

又有人來打擾了。這次是我的助理牧師豪斯。他想知道我與普瑟洛談話的細節。我告訴他，上校為他的「暴躁性格」而懊悔，但他來訪的真正目的完全是為了另外一件事。同時，我直率地提出意見，告訴他必須服從我的裁決。看來，他很愉快地接受了我的看法。

他離開時，我對他的惡感並沒有減少，我為此頗為後悔。我確信，一個人對他人產生非理性的好惡，與基督精神非常不符。

我嘆了一口氣，意識到書桌上鬧鐘的指針已經指到四點四十五分，這表示早已過了下午茶時間，於是我向客廳走去。

四位教區居民已經端著茶杯聚集在客廳裡。格賽達坐在茶几後面，極力做出一副輕鬆自然的樣子，但這讓她更顯得格格不入。

我與每個人都握了手，然後在瑪波小姐和衛瑟碧小姐之間坐下。

瑪波小姐是一位銀髮老小姐，舉止溫和迷人，衛瑟碧小姐則尖酸刻薄、誇大不實。這兩人中，瑪波小姐要難對付得多。

「我們正在談論史東先生和克拉姆小姐的事。」格賽達用一種甜蜜溫柔的聲調說。

我的腦海中突然冒出一句丹尼斯編造的打油詩。

我突然有一股衝動，想大聲說出這首詩句，看看在場的人會有什麼反應，但好在我還是克制住了。衛瑟碧小姐冷冷地說了一句：「沒有哪個好女孩會那樣做。」

說完後便不屑地閉上薄薄的嘴唇。

「做什麼？」我問。

「當一個未婚男人的祕書啊。」衛瑟碧小姐用一種可怕的聲調說。

「哦！親愛的，」瑪波小姐說，「我認為已婚男人才是最壞的。還記得可憐的莫莉．卡特吧？」

「當然，沒有與妻子住在一起的已婚男人往往惡名昭彰。」衛瑟碧小姐說。

「有些與妻子住在一起的不也是嗎？」瑪波小姐喃喃說道，「我記得……」

我打斷了這些令人不快的回憶。

「當然了，」我說，「現在，女孩子也能擔任男人的職務了。」

「到鄉下來，住在同一間旅館嗎？」普萊絲．雷里夫人嚴厲地問道。

衛瑟碧小姐向瑪波小姐低聲耳語道：「還住在同一層樓……」

飽經風霜、性情活潑、窮人聞之色變的哈娜小姐也直率地大聲說：「這可憐的男人一定會糊里糊塗被纏住。他就像一個沒出生的嬰兒一樣純潔無辜，你明白這一點。」

真奇怪，我們竟用了這樣的比喻。在場的女士就沒人想到要用一個已平安放進搖籃、大家都能看到的嬰兒來做比喻。

「我說，這真令人作嘔，」哈娜小姐用她那一貫的直率態度說道，「那男人至少比她大二十五歲。」

三個女人的聲音立即升起來，七嘴八舌地談論起唱詩班男孩的出遊、上次母親聚會上令人遺憾的事件，以及教堂的資金短缺。瑪波小姐向格賽達眨眨眼睛。

「你們難道不認為，」我妻子說，「克拉姆小姐只是想要一份有趣的工作嗎？她只是把史東博士當成一個普通的雇主？」

一片沉默。顯然，四位女士中無人同意。瑪波小姐拍拍格賽達的手臂，開口打破沉默。

「親愛的，」她說，「你還年輕，年輕人才會有這樣純真的心靈。」

格賽達生氣地說她根本就沒有純真的心靈。

「當然，」瑪波小姐說，沒理會她的抗議。「你把每個人都看得很善良。」

「你真以為她會嫁給那個無趣的老禿頭嗎？」

「我知道他非常富有，」瑪波小姐說，「但他的脾氣也非常暴躁。有一天，他與普瑟洛上校大吵一場……」

每個人都好奇地湊攏。

「普瑟洛上校罵他是白癡。」

「真不愧是普瑟洛上校，但也真夠荒唐了。」普萊絲・雷里夫人說。

「的確不愧是普瑟洛上校，但我看不出有什麼荒唐之處。」瑪波小姐說。

「你們還記得上次有個女人來到這裡，說她代表某個福利機構，但帶走捐款後便杳無音信，後來才知道她與福利機構毫無關係。一個人往往容易輕信別人，並根據他人的地位來判斷他們。」

我絕不會說瑪波小姐是那種輕信別人的人。

「那位年輕藝術家瑞汀先生也惹了一些麻煩，不是嗎？」衛瑟碧小姐問道。

瑪波小姐點點頭。

「普瑟洛上校把他趕出他的房子。好像是拉蒂絲穿著泳衣讓他畫畫。」

「我總是認為他們之間有點什麼，」普萊絲．雷里夫人說，「那小夥子很愛在那裡晃蕩。可憐這女孩沒有母親。繼母總歸是繼母。」

「我敢說，普瑟洛夫人已經夠盡心的了。」哈娜小姐說。

「女孩子心眼最多。」普萊絲．雷里夫人斥責說。

「很浪漫，不是嗎？」心腸軟一些的衛瑟碧小姐說，「他是個很帥的小夥子。」

「但是放蕩不羈，」哈娜小姐說，「一定是的。藝術家！巴黎！模特兒！裸體！」

「畫她穿泳衣的樣子，」普萊絲．雷里說，「不太好。」

「他也正在畫我。」格賽達說。

「但不是畫你穿泳衣的模樣，親愛的。」瑪波小姐說。

「還可能比這更糟呢。」格賽達一本正經地說。

「調皮鬼。」哈娜說，寬宏大量地接受了這個玩笑。

其他人卻顯出有點吃驚的樣子。

「小拉蒂絲告訴過你她的麻煩嗎？」瑪波小姐問道。

「告訴我？」

「是的。我看見她經過花園，繞到你書房的窗戶前。」

瑪波小姐總是明察秋毫。整理花園是個很好的幌子，拿望遠鏡賞鳥的習慣也常讓她別有收穫。

「是的，她有提過。」我承認道。

「豪斯先生看起來憂心忡忡，」瑪波小姐說，「我希望他不要過度操勞。」

「哦！」衛瑟碧小姐激動地叫喊道，「我差點忘了。我得告訴你一些消息。我看見荷大克醫生從樂思荃夫人的小木屋出來。」

大家面面相覷。

「也許她病了。」雷里夫人推測道。

「如果真是病了，也病得太突然了，」哈娜小姐說，「因為今天下午三點，我還看見她在花園裡走動，看起來健康得不得了。」

「她與荷大克醫生一定是舊識了，」雷里夫人說，「他一直對此守口如瓶。」

「真奇怪，」衛瑟碧小姐說，「他竟然隻字未提。」

「事情是這樣的……」

格賽達神祕地低聲說了一句，欲言又止。大家都急切地靠攏過來。

「我也是偶然聽說的，」格賽達繪聲繪影地說，「她的丈夫是一位傳教士——可怕的故事——他被野蠻人吃掉了，你知道，確確實實被吃掉了。她被迫成為酋長的妻子。荷大克醫生當時與一支探險隊在一起，救了她。」

眾人一時激動不已，接著瑪波小姐微微一笑，用責備的口吻說：「調皮鬼！」她責怪地拍拍格賽達的手臂。「親愛的，這樣做太不聰明。你編造這樣的故事，人們很有可能相信。有時候這會使事情變得更複雜。」

會場上出現了明顯的冷場。有兩位女士起身離去。

「不曉得年輕的勞倫斯．瑞汀和拉蒂絲．普瑟洛之間是否確有瓜葛，」衛瑟碧小姐說，「看起來是那麼回事。您看呢，瑪波小姐？」

瑪波小姐似乎若有所思。

「我本人可不這麼認為。不會是拉蒂絲。我倒覺得是另外一個人。」

「但是，普瑟洛上校一定認為……」

「我一向認為他是個愚蠢的人，」瑪波小姐說，「這種人常常判斷錯誤，還固執己見。你記得以前開藍野豬旅館的喬．巴克奈嗎？他女兒與貝里那小子的事鬧得滿城風雨，結果是他的蕩婦妻子不忠。」

她說這話時，直盯著格賽達，我突然感到一陣惱怒。

「瑪波小姐，」我說，「你不認為我們都太過口無遮攔嗎？慈善不思邪惡，你知道。愚蠢的饒舌、惡意的閒言閒語，可能會給大家帶來無盡的傷害。」

「親愛的牧師，」瑪波小姐說，「你太不諳世事了。從我對人性的長期觀察來看，恐怕不能對人類抱持太高期望。閒聊饒舌非常不對，也失厚道，但常常卻是真實的，不是嗎？」

這句最後的反駁一語中的。

／03

「可惡的老處女！」門一關上後，格賽達就說道。

她朝離去客人的方向做了一個鬼臉，然後看著我笑起來。

「連恩，你真的懷疑我與勞倫斯．瑞汀有什麼戀情嗎？」

「親愛的，當然不。」

「但是你認為瑪波小姐在暗示這一點。於是你奮起為我辯護，太精采了！就像……就像一隻發威的老虎。」

一陣不安掠過我的心頭。一個英國國教的牧師絕不能處於一種所謂發威老虎的狀態。

「我感到我必須抗議，」我說，「可是格賽達，我希望你的言詞謹慎一些。」

「你是指食人番的故事，」她問，「還是勞倫斯可能給我畫裸體畫這種暗示？但願她們知道他給我畫畫時，我是穿著高毛領的厚斗篷……就是那種可以穿去見教皇的服裝，一吋引起淫欲的肉體也看不見！事實上，一切都純潔無瑕。勞倫斯甚至從未想到與我調情……我不明白為什麼。」

「當然是因為他知道你是已婚女人。」

「別裝清高了，連恩。你非常清楚，對一個年輕男人來說，遇上嫁給老夫的迷人少妻，簡直就是天賜的禮物。一定另有原因。並非我不迷人，我不是毫無魅力。」

「你確定不想要他與你調情嗎？」

「不……不想。」格賽達說，語氣中的猶豫超乎我的想像。

「如果他與拉蒂絲．普瑟洛相愛……」

「瑪波小姐似乎不認為是這樣。」

「瑪波小姐可能弄錯了。」

「她從不會弄錯。那種老處女總是對的。」她停頓了一會兒，很快地斜著眼睛瞥了我一眼，又說道：「你是信任我的，對吧？我是說，勞倫斯與我之間並沒有什麼。」

「我親愛的格賽達，」我吃驚地說，「當然。」

我妻子走過來吻了我。

「我希望你不會這麼容易上當才好，連恩。無論我說什麼，你都會相信。」

「我倒希望這樣。可是，親愛的，我確實得央求你，說話要當心，言詞要謹慎。你要記住，這些女人太缺乏幽默感，什麼事情都當真。」

「她們所需要的，」格賽達說，「是生活中的一小點墮落。這樣一來，她們就不會忙於刺探別人生活中的不堪了。」

說完這話，她離開了房間。我看了一眼手錶，急忙外出去進行那天早些時候就應進行的拜訪。

星期三的晚禱像往常一樣人眾稀少，我在法衣室脫下衣服從教堂出來時，教堂已是空蕩蕩的，只有一個女人站在那兒凝視著我們的窗戶。我們有一些非常古老精美的彩繪玻璃，教堂本身也很值得觀賞。聽到我的腳步聲，她轉過身來，我看見是樂思荃夫人。

我們都猶豫了一會兒，然後我說道：「希望您喜歡我們的小教堂。」

「我在欣賞那些玻璃窗。」她說。

她的聲音和悅、低沉，但非常清晰，字正腔圓。她又加了一句：「很遺憾，昨天沒見到您的夫人。」

我們談了一會兒教堂。她顯然是一位頗有教養的女人，對教堂的歷史及建築有所了解。我們一起離開了教堂，沿著小路回家，因為到牧師公館的這條路會經過她的房子。當我們走到她家門口時，她愉快地說：「進來坐坐，好嗎？告訴我您對我房間的布置有什麼看法。」

我接受了邀請。「小扉」以前是一位英印混血兒上校的官邸。房子裡已看不到黃銅餐桌和緬甸雕像，我不禁感到一陣輕鬆。房子布置得十分簡樸，卻有一種精緻的品味。室內的氣氛讓人感到和諧而寧靜。

然而，我愈來愈納悶，究竟是什麼把樂思荃夫人這樣一個女人帶到聖瑪莉米德來。她顯然是個閱歷豐富的女人，但她甘願將自己埋沒在一處鄉村裡，這似乎有點奇怪。

她的客廳光線明亮，我第一次有機會細細打量她。

她的個子很高，金黃色頭髮略帶紅色，眉毛和睫毛很黑，是化妝之故還是天生使然，我看不出來。倘若真如我認為的是化妝的效果，那她化妝的功夫真是一流。當她陷入沉思時，有幾分神似獅身人面像。她的眼睛是我所見過最奇特的眼睛……這雙眼睛幾乎是金色的。

她的衣著很講究，舉止又有著高貴婦人的優雅和自然。然而，她的身上有某種不和諧、令人迷惑的東西。你會覺得她是個謎。我想起了格賽達用過的那個字眼：「不祥」。這種說法當然很荒唐，但真是那樣荒唐嗎？我的腦海中突然湧起一個念頭：「這個女人無所顧忌。」

我們的話題再普通不過了……繪畫、書籍、古老的教堂。但不知為什麼，我有一種強烈的印象，樂思荃夫人想跟我談的，其實是某種完全不同的東西。

我有一兩次碰到她用好奇躊躇的目光盯著我，好似她打不定主意。我注意到，她使話題盡量不涉及私事，根本不提及她丈夫和親戚的事。

但她的目光中一直有那種奇怪的急切與渴望，彷彿在說：「我告訴你好嗎？我想告訴你。你能幫我嗎？」

然而，這種神情最終消失了。也許剛才完全是我的幻覺。我感到她不再需要我了，於是起身告辭。出門時我又回頭看了一眼，看到她正用迷惑疑慮的目光看著我。我突然又說了一句：「如果有什麼我可以為您效勞的……」

她一臉懷疑地說：「您真是太好了。」

我們倆都沉默不語。之後她說：「真希望我知道怎麼辦。太難了。不，任何人都幫不了我。但還是得謝謝您的誠意。」

似乎無話可說了，於是我離開了。但當我離開時，心中仍然納悶不已。在聖瑪莉米德這個地方，我們對神祕的事情還沒有習以為常。

情況就是這樣。但當我從那扇大門出來後，我就受到一陣襲擊。哈娜小姐非常善於以一種猛烈笨拙的方式突襲。

「我看見您了！」她帶著一種生硬的幽默叫喊道，「我非常興奮。現在您能把一切告訴我們了。」

「告訴你們什麼？」

「那位神祕的女士！她是一位寡婦，還是丈夫在什麼地方？」

「我實在無可奉告。她沒有告訴我。」

「這太奇怪了！我還以為她會提到呢。看來她好像有什麼不可告人的事，對吧？」

「我實在看不出來。」

「啊！但正如親愛的瑪波小姐所說，您太不諳世事了，親愛的牧師。告訴我，她早就認識荷大克醫生嗎？」

「她沒有提到他，所以我不知道。」

「真的嗎？那麼你們都談些什麼呢？」

「繪畫、音樂和書籍。」我誠實地說。

哈娜小姐的話題總繞著人打轉，現在她滿臉狐疑，一副不可置信的樣子。趁她在猶豫著準備問下一句話的空檔，我道聲晚安便溜之大吉。

我拜訪了村子邊的一戶人家，然後從花園的大門回到牧師公館。回來途中，經過了那個「危險地帶」……瑪波小姐的花園。可是，我看不出我去拜訪樂思荃夫人的消息如何傳入她的耳朵，所以我感到很安心。

打開花園的門時，我突然心血來潮地心想，乾脆到勞倫斯．瑞汀借做畫室的花棚去，親眼看看格賽達的肖像是怎樣畫出來的。

我在此附上一張簡圖，以便揭示往後的事件。圖中只畫出重要的標的物。

我不曉得有人在畫室裡，裡面沒有引起我注意的聲音；我想我的腳步在草地上也不會弄出聲音。

我打開門，卻在門口尷尬地停下來。因為畫室裡有兩個人，一個男人正摟著一個女人熱吻不已。

他們是藝術家勞倫斯．瑞汀和普瑟洛夫人。

我慌忙退出來，回到我的書房。我坐在椅子上，拿出菸斗，將事情前前後後細想了一

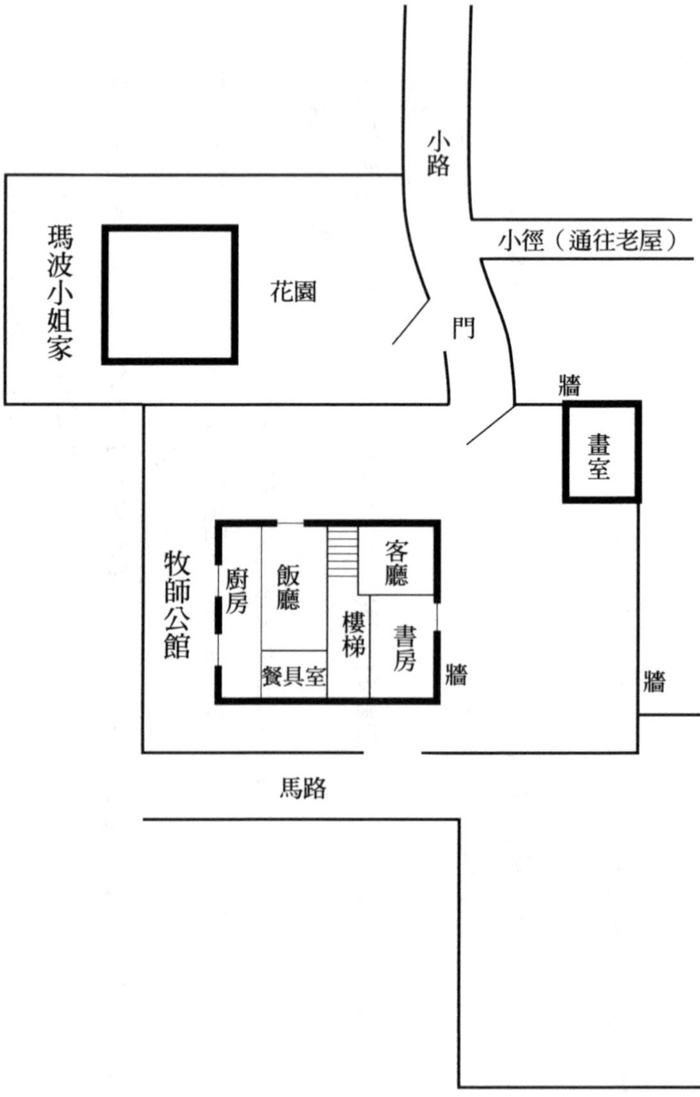
小路
小徑（通往老屋）
瑪波小姐家
花園
門
牆
畫室
牧師公館
廚房
飯廳
樓梯
客廳
書房
餐具室
牆
森林
牆
馬路

遍。剛才的發現讓我萬分震驚。尤其是那天下午與拉蒂絲談話後，我一直確信她與這位年輕人正逐漸情投意合，而且我相信她自己也這樣認為。我敢肯定，這位藝術家與她繼母之間的戀情，她絲毫未曾發覺。

齷齪的三角戀愛。我不情願地對瑪波小姐肅然起敬。她沒有被矇騙，反而是她對真相的懷疑帶有相當的準確性。我完全誤解了她對格賽達意味深長的一瞥。

我從未想到普瑟洛夫人會與此事有牽連。普瑟洛夫人總是使人聯想到凱撒的妻子，一個嫻靜、自律的妻子，沒有人會懷疑她陷入情網。

沉思到這裡，這時書房窗戶的一聲敲擊喚醒了我。我起身走去。普瑟洛夫人站在外面。我打開窗戶，她不等我邀請便走了進來，上氣不接下氣地穿過房間，一下子坐在沙發上。

我有種以前從未真正看清她的感覺。我所熟悉的那個嫻靜、自律的女人消失了，取而代之的是個氣喘吁吁、絕望無助的人。我首度意識到安．普瑟洛的美豔動人。

她是位褐髮女人，臉色蒼白，有著一雙深陷的灰眼睛。她現在臉色緋紅，胸脯急遽起伏著，彷彿一座雕像突然有了生命。我眨著眼睛，看著眼前的這種變化。

「我想最好還是來，」她說，「您……您看見剛才的事了？」

我點點頭。

她非常平靜地說：「我們彼此相愛……」

即使在這陣明顯的驚慌煩亂之中，她的嘴角也露出一絲淺淺的笑意。那種笑，只有當一個女人看見某種曼妙美好的事物時，才會散發出來。

我仍然一語不發。她很快又說道：「我想，在您看來這是非常不對的事吧？」

「您能指望我說任何其他的話嗎，普瑟洛夫人？」

「啊……不，我想不能。」

我繼續說，盡量讓我的聲音溫和些。

「您是一位已婚的女人……」

她打斷了我。

「哦！我知道，我知道。您以為我沒有反反覆覆想過這一切嗎？我真的不是一個壞女人，我不是。事情並不……並不像您想的那樣。」

我陰沉地說：「那我很高興。」

她膽怯地問：「您會告訴我丈夫嗎？」

我冷冷地說：「一般人似乎都認為，牧師不可能像高尚的紳士那般為人處事。不是這樣的。」

她感激地看了我一眼。

「我很不快樂，哦！我痛苦極了。我受不了了，我真的受不了了。我不知道該怎麼辦。」她的聲音提高了，語調有點歇斯底里。「您不知道我過的是什麼樣的生活。打一開始與魯西斯在一起，我就陷入悲慘的生活。沒有哪個女人和他在一起會快樂。我希望他死掉……這個想法很可怕，但我真的希望他死掉。我豁出去了，告訴您，我豁出去了。」她突然吃驚地抬頭看著窗戶。「什麼聲音？我想我聽到有什麼人？也許是勞倫斯。」

我朝窗戶走去，窗戶正如我所料的沒有關牢。我走向窗外，望著下面的花園，但那裡空無一人。然而我幾乎敢肯定，我也聽到有什麼聲響。或者，是她的肯定使我也這樣肯定吧。

我又回到屋子裡，看見她身子前傾，低垂著頭，一副絕望的模樣。她又說道：「我不知道怎麼辦……我不知道怎麼辦。」

我走過去，坐在她的身旁，說出一些符合職責的話，並力求帶著必要的自信，同時又不安地想起，就在那天早上，我還大聲地表示，說什麼沒有普瑟洛上校的世界將是一個更美好的世界。

最重要的是，我勸她別做什麼魯莽的事情。離開她的家庭和丈夫是一件很嚴重的事。我想我並沒有說服她。我的閱歷告訴我，規勸任何一個墜入情網的人是徒勞無益的，但我確實認為我的話給了她些許安慰。

當她起身離開時，她謝過我，並答應好好考慮我的話。

儘管如此，她走以後，我還是頗感不安，覺得以前我錯看了安・普瑟洛。現在，她給我的印象是個不顧一切的女人，那種一旦激情爆發便義無反顧的女人。現在她就是衝動、強烈、瘋狂地愛著勞倫斯・瑞汀，一個比她小幾歲的年輕人。

我不喜歡這種事。

04

我們邀請勞倫斯·瑞汀那天晚上來吃晚飯的事，我忘得一乾二淨。格賽達衝進來指責我，說離晚飯時間只有兩分鐘了，我大吃一驚。

「我希望一切順利，」格賽達在樓梯上對著我的身後喊道，「我考慮了你午餐時說的話，我確實想出了一些好吃的菜單。」

順便一提，我們的晚餐充分證實了格賽達的假設：任何事情她不試還好，一試就適得其反。菜單看來不同凡響。瑪麗對於自己能妥善安排半生不熟和煮得過爛的菜餚輪番上陣，似乎顯得異常開心。格賽達訂了一些生蠔，這似乎能免於蹩腳廚師糟蹋生鮮美食，只可惜我們沒有口福，因為正當我們準備大啖一番時，才發現屋子裡沒有可以用來打開生蠔的工具。

我原來非常懷疑勞倫斯·瑞汀是否會大駕光臨。他可以輕易就找到一個藉口爽約。

但是，他還算準時到了。我們四人開始進餐。

不可否認，勞倫斯．瑞汀具有迷人的性格。我想他大約三十歲。褐髮，有一雙明亮、湛藍驚人的眼睛。他是那種多才多藝的年輕人，擅長運動，是一位優秀的射手又是業餘演員，故事也講得很精采。他是一個能使任何聚會都保持活躍氣氛的人。我想，他大概具有愛爾蘭的血統。他不是一般人印象中那種典型的藝術家，然而我相信他是位具有現代風格、技巧靈活的畫家，儘管我自己對繪畫所知甚少。

今天晚上他竟然顯得有點漫不經心，這是理所當然的。不過，他仍是應付自如。我想，格賽達和丹尼斯沒有感覺不對勁。如果不是下午的事，我或許也不會注意到什麼。

格賽達和丹尼斯格外開心，不斷說著史東博士和克拉姆小姐的笑話，這些都是當地的傳聞。我突然痛苦地驚覺到，丹尼斯在年齡上比我更接近格賽達。他稱呼我連恩叔叔，但稱她格賽達。不管怎樣，這讓我有點落寞。

我想，我一定是被普瑟洛夫人攪得心神不定了。我通常不會陷入這種憂鬱的沉思默想。格賽達和丹尼斯的話題不時有些超出分寸，但我無心制止他們。我總認為，如果牧師在場便要掃興，那實在令人遺憾。

勞倫斯聊得很開心。儘管如此，我注意到他的眼睛不時瞟向我坐的地方。晚餐後，他走過來邀請我進書房裡談談，我並不訝異。最後只剩下我們倆時，他的態度立即改變。

「您撞見了我們的祕密，先生，」他說，「您打算怎麼辦呢？」

我與瑞汀講話時要比跟普瑟洛夫人講話時直率得多。我直言不諱，他坦然接受。

「當然，」當我說完後他說道，「您一定會說這番話。您是位牧師。我這樣說並無冒犯之意，事實上，我想您也許是對的。但是安與我之間的事情，和一般的男女私情不同。」

我告訴他，自古以來人們都是這樣說的。他的嘴角浮現出一絲古怪的微笑。

「您是說，每個人都認為他們的戀情獨特嗎？也許是吧。但有一點您得相信。」

他向我保證，迄今為止，「還沒有什麼出軌的事」。他說，安是他所見過最真摯最忠實的女人。接下來的發展，他無法預知。

「如果這只是一齣戲，」他憂鬱地說，「如果那老頭死去……對每個人都是極好的解脫。」

我指責了他。

「哦！我並不是說我會用刀子從背後捅死他，不過要是有人這麼做，我會感激不盡。沒有一個人對他有好評。我很納悶第一任普瑟洛夫人為什麼沒有幹掉他。幾年前，我見過她一次，看起來她應該有本事這麼做，她是一個陰險的女人。他老是吼來吼去，到處惹人厭，刻薄得不得了，脾氣暴躁得令人無法忍受。您不知道安是怎樣忍受他的。如果我有一點錢，我會二話不說立即帶她離開。」

我很真誠地勸說他，請求他離開聖瑪莉米德。安．普瑟洛已經夠不幸了，他留下來只會帶給她更多的不幸。人們會議論紛紛，事情會傳入普瑟洛上校的耳朵，後果便不堪設想。

勞倫斯極力辯解。

「除了您，沒人知道這件事，牧師。」

「親愛的年輕人，你低估了小鎮居民獵奇的能力。在聖瑪莉米德這兒，每個人都知道別人最隱祕的事情。在英格蘭，任何偵探也比不上一個上了年紀、有很多閒暇的老處女。」

他輕鬆地說那沒有什麼關係，因為每個人都認為是拉蒂絲與他相愛。

「你有沒有想過，」我問道，「也許拉蒂絲自己也這樣認為？」

這個問題似乎讓他相當吃驚。他說拉蒂絲對他根本不在乎，他能確定這一點。

「她是個古怪的女孩，」他說，「似乎總是在作夢，但我相信在她內心深處，她其實相當清醒。我相信她那副漫不經心的模樣只是偽裝。拉蒂絲非常清楚自己在做什麼。她還有一種可笑的復仇心理。奇怪的是她討厭安，簡直是憎恨她！但是，安一直像天使一樣對待她。」

當然，我並不贊同他的最後一句話。對一個被愛沖昏頭的年輕人來說，愛人在他們眼中總是像天使一樣。儘管如此，據我敏銳的觀察，安確實是帶著慈愛與公平對待她的繼女。那天下午，我自己也對拉蒂絲刻薄的語氣感到吃驚。

我們不得不中止談話，因為格賽達和丹尼斯闖了進來，並說我不能害勞倫斯變成一個老頑固。

「天啊！」格賽達說道，跌坐進一張安樂椅裡。「我多想來點毛骨悚然的刺激故事！謀殺案，或是竊盜案也好。」

「我想這裡沒人有值得偷的東西，」勞倫斯說，極力迎合她的心情。「除非我們去偷哈娜小姐的假牙。」

「她的假牙的確是搶手得要命，」格賽達說，「但是你說沒人有值得偷的東西，這你就錯了。在老屋就有一些精緻的古老銀器、銀盤、查理二世時期的茶杯等等。我敢說，值好幾千英鎊呢。」

「那老頭也許會用一把左輪槍射殺你，」丹尼斯說，「這事最合他意哩。」

「哦，那我們最好先進去把他扣起來！」格賽達說，「誰有左輪槍？」

「我有一把毛瑟手槍。」勞倫斯說。

「是嗎？太有趣了！你為什麼有這把槍？」

「是戰爭的紀念品。」勞倫斯簡短地說。

「今天，普瑟洛那老頭拿銀器給史東看，」丹尼斯主動說道，「老史東卻裝出不感興趣的樣子。」

「我想他們為了墳墓的事情吵了一架。」格賽達說。

「噢，他們已經和好了！」丹尼斯說，「我實在搞不懂大家在墳墓裡挖來挖去究竟是為什麼。」

「我搞不懂史東這個人，」勞倫斯說，「我想他一定非常心不在焉。有時候你會覺得，他對自己的研究一無所知。」

「他研究的是愛情，」丹尼斯說，「甜美的葛拉蒂·克拉姆，你實在太美了。你的皓齒令我心神蕩漾。來吧，和我一起飛翔，我的準新娘。在藍野豬旅館，在臥室地板上……」

「夠了，丹尼斯。」我說。

「哦，」勞倫斯・瑞汀說，「我得走了。克萊蒙夫人，您讓我度過了一個非常愉快的夜晚，非常謝謝您！」

格賽達和丹尼斯送他出門後，丹尼斯獨自回到書房。一定有什麼事情使得這個孩子心煩。他在房裡漫無目的地踱來踱去，皺著眉頭，踢著家具。

我們的家具已經破舊不堪，經不起進一步的蹂躪，然而我只是輕聲提醒他別那樣做。

「對不起。」丹尼斯說。

他沉默了一會兒，接著突然迸出一句話：「散播謠言是一件多麼卑鄙的事啊！」

我有點吃驚。「怎麼回事？」我問道。

「我不知道是否應當告訴您。」

我益發吃驚了。

「這件事真是卑鄙極了，」丹尼斯又說，「四處散布流言，講一些捕風捉影的事。甚至不僅是講，還做暗示呢。不，對不起，要是我告訴您我就會遭天譴！這件事卑鄙極了。」

我好奇地看著他，但沒有進一步追問他。不過我心中十分納悶，將事情藏在心底，非常不像丹尼斯的作風。

這時，格賽達進來了。

「衛瑟碧小姐剛才來了電話，」她說，「樂思荃夫人八點一刻出去，到現在還沒回來。沒人知道她到哪兒去了。」

「他們為什麼要知道呢？」

「她不是去荷大克醫生那兒。衛瑟碧小姐知道，因為她給哈娜小姐打過電話，哈娜小姐就住在荷大克醫生的隔壁，如果樂思荃夫人去了，她一定會看見她。」

「我實在不明白，」我說，「這個地方的人是怎麼吸收資訊的。他們一定是站在窗戶旁邊吃飯，以便保證不會漏看什麼。」

「不僅如此，」格賽達興奮地說，「他們還發現了藍野豬旅館的祕密。史東先生就住在克拉姆小姐的隔壁，可是，」她使勁地晃動著食指。「隔牆上沒有門！」

「那樣的話，」我說，「豈不令大家非常失望？」

這句話讓格賽達哈哈大笑。

星期四一開始就很糟糕。教區裡的兩位女士為教堂的裝飾吵起來，我被叫去調解。她們兩人都氣得顫抖不已。如果不是過程太令人痛苦，那倒可視為一種有趣的生理現象。

然後，我又得去責備唱詩班的兩個男童，他們在唱詩的神聖時刻，竟津津有味地含著糖果。我不安地覺得自己並未恪遵本分，虔誠盡職。

接著，我們那特別麻煩的風琴手又挑起事端，我又得把這事平息下去。

還有，四位貧窮的教區居民公開反叛哈娜小姐，她為這事怒氣沖沖地跑來找我。

我正要回家，這時又碰到普瑟洛上校。他心情相當好，因為他剛以法官的姿態處罰了三名盜獵者。

「嚴懲不貸。」他以洪亮的聲音叫喊道。

他有點耳聾，於是也像耳聾的人一樣總提高聲調說話。

「這個年頭就是需要這樣——嚴懲不貸！殺雞儆猴！亞契那個無賴昨天出獄，說他發誓向我報仇，我聽說的。無恥的惡棍！俗話說，受威脅的人命更長。下次他要再捉我的雉雞讓我抓到的話，我會讓他瞧瞧，他的報仇算什麼！太寬鬆了！我們現在人的原則太寬鬆了！我認為一個人的真面目就要讓大家看到。說什麼要考慮他妻兒的感受。他媽的胡說八道！胡扯！只因為一個人惦念他的妻兒就該讓他逃避罪責嗎？無論什麼人，醫生、律師、牧師、盜獵者、醉漢，在我看來全都一樣，如果你逮到他幹違法的事，就讓法律來懲罰他。我相信你同意我的說法。」

「你忘了，」我說，「我的職業要求我特別尊重一種品行——寬容。」

「嗯，但我是個公正的人。沒人能否認這一點。」

我沒回答，他卻尖刻地問道：「你為什麼不回答？告訴我你在想什麼，老兄。」

我猶豫了一下，才決定開口。

「我在想，」我說，「當大限來時，如果我只能接受正義的撫慰，我會感到十分遺憾。因為這可能意味著，我只配接受正義的裁決。」

「呸！我們所需要的是一點勇武的基督精神。我也希望我有盡到義務。好了，不說這個啦。我說過了，今晚我去你那兒。如果你不介意，我們就改約六點一刻而非六點。我得見村裡的一個人。」

「我想沒問題。」

他揮動著拐杖走開了。一轉身，我撞見豪斯。他今天早上病容滿面。我本想就他轄區裡那些亂七八糟的事說他幾句，但是看到他那蒼白緊張的面容，我感到這個人確實病了。

我告訴他，他生病了，他否認，不過態度並不堅決。最後，他承認他感到不太舒服，似乎也準備聽從我要他回家睡覺的建議。

我匆匆吃完午飯，出去走訪一些人。格賽達搭廉價的星期四火車到倫敦去了。

三點四十五分左右，我回到家，想把星期日的布道理出一個梗概，但是瑪麗進來說，瑞汀先生正在書房等我。

我發現他正憂心忡忡地來回踱步，面色蒼白憔悴。

我進房間時，他突然轉過身來。

「聽著，先生。我一直反覆思考您昨天說的話。這件事使我徹夜未眠。您是對的。我必須斬斷情絲，遠走他鄉。」

「我親愛的孩子。」我說道。

「您那番有關安的話是對的，我留下來只會給她帶來麻煩。她……她實在太好了，不該再遭受任何磨難。我明白我必須走。光是現在這樣，已經讓她夠為難了，願上天幫助我。」

「我想你已經下了最正確的決定，」我說，「我知道這個決定很難，但相信我，結果將證明這是最好的選擇。」

我能夠看出來，他認為在沒有親身經歷的局外人看來，這種事情說來當然容易。

「您會照顧安嗎？她需要一個朋友。」

「你盡可以放心，我會盡全力。」

「謝謝您，先生，」他握緊了我的手。「您是個好人，牧師。我今晚就向她道別，也許明天就能收拾好行李離開。延長痛苦沒有什麼好處。謝謝您讓我在花棚作畫。沒能完成克萊蒙夫人的肖像畫，我很遺憾。」

「別放在心上，我親愛的孩子。再見，願上帝保佑你。」

他走後，我努力想靜下心來準備布道，但很難做到。我不停想著勞倫斯和安的事。

我喝了一杯難喝的茶，又冷又苦。五點半，電話響了，告知我低地農場的艾博特先生要死了，請我立即去一趟。

我立即打電話到老屋。因為低地農場在將近兩英里外，所以我在六點十五分不可能趕回來。我一直學不會騎自行車。

然而，他們告訴我普瑟洛上校剛剛開車出門了，於是我只得出發，交代瑪麗說我被臨時叫走，但會盡力在六點三十分或稍後趕回。

05

當我返家走近牧師公館的大門時已近七點，而不是六點半。我正要走進大門，門卻猛然被人推開，勞倫斯．瑞汀走了出來。他看到我時，猛地愣住了，而我也被他的神情弄得驚詫不已。他像一個快要發瘋的人，眼神怪異，面色慘白，渾身顫抖抽搐著。

我一時納悶他是否喝醉了，但隨即又打消了這個念頭。

「哈囉，」我說，「你又來找我了嗎？很抱歉，我出去了，現在才回來。我得和普瑟洛談談帳目的事，但我想不會談很久。」

「普瑟洛，」他哈哈大笑說，「普瑟洛？您要見普瑟洛？哦，您會見到普瑟洛的！噢，我的上帝，您會見到他的！」

我盯著他，本能地向他伸出一隻手，他卻很快地閃到一邊。

「不，」他幾乎是叫喊道，「我得離開……去思考一番。我得想想。我必須想一想。」

他拔腿就跑，很快地消失在通向村子的小路，留下我凝視著他的背影。判斷他喝醉的念頭再度浮現。

然後我搖搖頭，繼續朝公館走去。前門總是開著，但我還是按了門鈴。瑪麗聞聲出來，一邊在圍裙上擦著手。

「您總算回來了。」她說。

「普瑟洛上校到了嗎？」我問道。

「在書房裡呢。六點一刻就來了。」

「瑞汀先生也來過這兒嗎？」我問道。

「幾分鐘前到的。說要見您。我告訴他，您很快就回來，普瑟洛上校也在書房等您，他說他也等等好了，就到那兒去了，他現在在書房裡。」

「不，他不在，」我說，「我剛才在路上碰見他。」

「嗯，我沒聽見他離開。他待了還不到幾分鐘。夫人還沒從城裡回來。」

我心不在焉地點點頭。瑪麗退回到廚房，我穿過走廊，打開書房的門。

經過幽暗的走廊後，射進房間來的夕陽餘暉讓我不由得地眨了眨眼睛。我在房內走了一兩步，隨即猛然呆住。

有好一會兒，我不明白眼前的景象究竟是怎麼回事。

普瑟洛上校張開四肢趴在我的書桌上，姿勢非常可怕、奇怪。他腦袋旁邊的桌面上有一攤暗色的液體，正滴呀滴地慢慢滴到地板上，令人毛骨悚然。

我努力鎮靜下來，朝他走去，摸了一下他的皮膚，發現已經冰涼。我舉起他的一隻手，它僵硬地低垂下去。這人死了，子彈貫穿了他的腦袋。

我到門邊叫瑪麗。她來了之後，我命令她以最快的速度去請荷大克醫生過來。他就住在路的拐角處。我告訴她發生了事故。然後我回去關上門，等著醫生來。

幸運地，瑪麗在醫生家裡找到了他。荷大克是個好人，身材高大，體格壯碩，有一張誠實粗獷的臉孔。

我默默指著房間裡的另一端，他揚了揚眉毛。但是，像老練的醫生一樣，他表情毫無變化。他向死者俯下身，迅速查看了一下，然後起身盯著我。

「怎麼樣？」我問。

「他死了好一會了，半小時吧，我想。」

「是自殺嗎？」

「絕對不可能，老兄。你看槍擊的部位。另外，就算是自殺，那武器在哪兒？」

的確，房間裡根本沒有這樣東西。

「我們最好別弄亂周圍的東西，」荷大克說，「我最好報警。」

他拿起話筒，開始敘述這事。他盡可能簡要地說明案情，掛上話筒，回到我坐的地方。

「這事真慘。你怎麼發現他的？」

我解釋了情況。

「這是……這是謀殺嗎？」我很小聲地問。

「好像是的。說得難聽點……還有可能是其他情況嗎？太奇怪了。不曉得誰對這個可憐的老傢伙懷恨在心。當然，我知道他的人緣不好，但一個人不會因為這個原因而招致謀殺。太慘了！」

「還有一件事相當不對勁，」我說，「今天下午，有人打電話要我去看一位臨死的教徒。當我到那兒時，大家都大吃一驚。病人比前幾天好轉多了，他的妻子斷然否認打過電話給我。」

荷大克皺起眉頭。

「那很可疑，很可疑。你被人支開了。你太太在哪兒？」

「今天去倫敦了。」

「女傭呢？」

「在廚房……剛好在這棟房子的另一邊。」

「在那兒她就不可能聽到這裡發出的任何聲音了。真叫人頭痛。有誰知道普瑟洛今晚要到這兒來呢？」

「今天早晨在村子的路上，他像往常一樣大喊大叫，提到了這件事。」

「這就是說，整個村子的人都知道了？他們總是對任何事情一清二楚。還知道有誰與他有私人恩怨嗎？」

我的腦海中浮現出勞倫斯．瑞汀慘白的臉孔和睜得偌大的眼睛。我正要回答，外面走廊傳來一陣緩慢的腳步聲。

「是警察。」我的朋友說，站了起來。

警方派來了赫斯特巡官，他顯得很高傲，但又有點兒憂心忡忡。

「晚安，先生們，」他與我們打了招呼。「警官一會兒就到，我暫時得執行他的指示。據我了解，有人發現普瑟洛上校在牧師公館被謀殺。」

他停頓了一下，向我拋來一道懷疑的冷冷目光，我帶著內心的坦然和適當的忍耐去面對他的凝視。

他走到書桌前宣布道：「警官來之前什麼也不許動。」

為了讀者方便，我附上一張書房的簡圖（見下頁）。

他取出筆記本，潤溼了鉛筆，用期待的眼神看著我們。

我重述一遍發現屍體的情形。他花了一些時間全記錄下來後，又轉向醫生。

「荷大克醫生，依您看，死亡的原因是什麼呢？」

「近距離射穿腦部。」

「凶器呢？」

「在取出子彈之前，我不能確定。但我想，子彈很可能是從一把小口徑的手槍射出的，

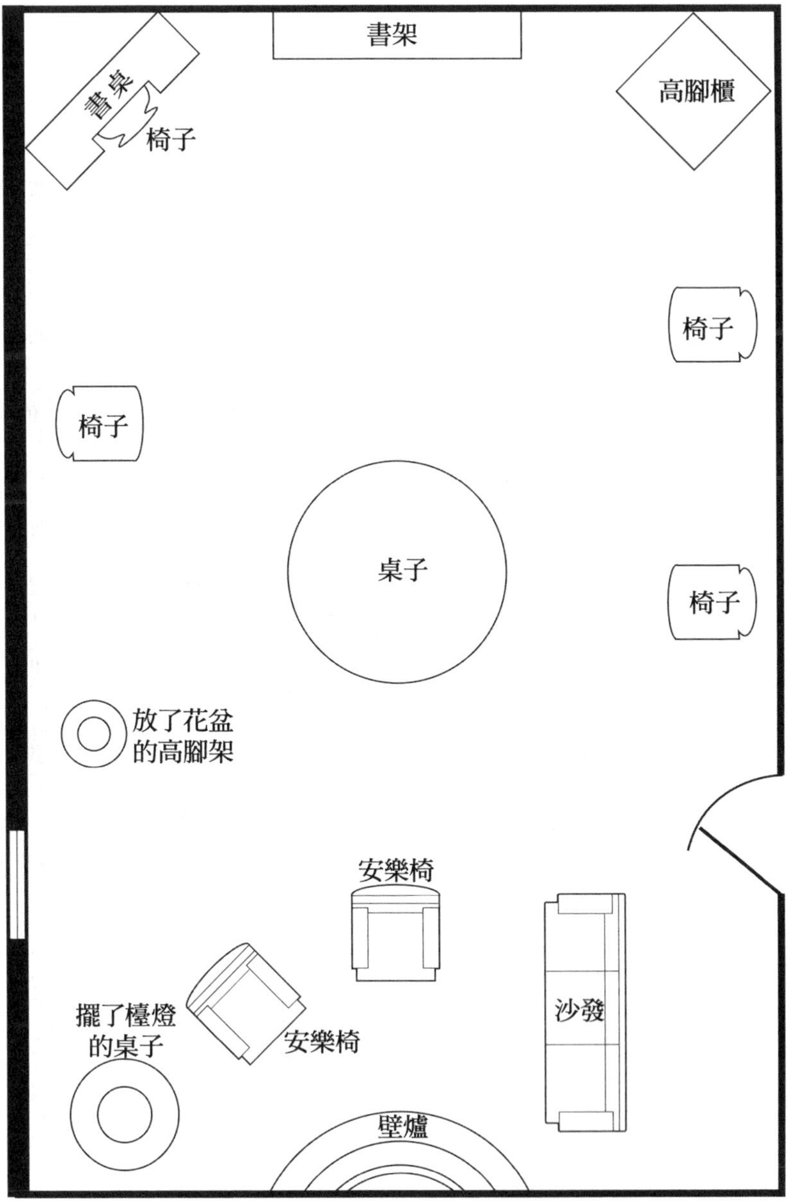
書架
書桌
椅子
高腳櫃
椅子
椅子
桌子
椅子
放了花盆
的高腳架
安樂椅
擺了檯燈
的桌子
安樂椅
沙發
壁爐

比如說口徑零點二五英寸的毛瑟手槍。」

我吃了一驚，記起了前一天晚上勞倫斯・瑞汀說他有這種手槍。警官冷漠的魚眼轉過來望著我。

「您有話要說嗎，先生？」

我搖搖頭。無論我有什麼樣的懷疑，也僅僅是懷疑罷了，而且不能讓別人知道。

「依您看，悲劇是什麼時候發生的？」

醫生猶豫了一會兒才回答：「我想這人剛死了半個多小時。一定不會超過這個時間。」

赫斯特轉身向我問道：「女傭聽見什麼了嗎？」

「就我所知，她什麼也沒聽見，」我說，「但您最好問問她。」

這時史萊克警官到了，他是從兩英里外的馬奇班罕開車趕來的。

對於史萊克警官，我只能說，我從未見過一個人像他那樣名不副實[3]。他皮膚黝黑，精力充沛，躁動不安，一雙烏黑的眼睛不停地掃來掃去，舉止粗魯專橫到了極點。

他點了一下頭，回應我們的招呼，抓起下屬的筆記本仔細看了一會兒，低聲與他交談了幾句，然後逕直向屍體走去。

「想必一切都被弄得一團糟了。」他說。

「我什麼也沒動。」荷大克說。

「我也沒動什麼。」我說。

有好一會兒，警官忙著察看桌子上的東西和那攤血。

「啊！」他洋洋得意地說，「這就是我們要找的東西。他向前倒下時弄翻了鬧鐘。這就給我們提供了犯罪的時間：六點二十二分。您剛才說死亡是什麼時間發生的，醫生？」

「我說大約半小時前，可是……」

警官看了一眼他的手錶。

「現在是七點五分。我是大約十分鐘前得到通知的，也就是六點五十五分。屍體大約在六點四十五分發現。我知道您立刻就趕來了。假設您查驗屍體是在六點五十分……哦，這樣看來幾乎是分秒不差！」

「我不能絕對保證是這個時間，」荷大克說，「那只是大概的估計。」

「夠準的了，先生，夠準的了。」

我一直想插進一句話。

「關於這只鬧鐘……」

「對不起，先生，有問題我會問您。時間很緊急。我所需要的是絕對的安靜。」

「是的，但我得告訴您……」

3　史萊克的英文是Slack，原意是鬆懈、懶散。

「絕對的安靜。」警官惱怒地盯著我。

我遵守了他的要求。他仍在仔細地察看書桌。

「他為什麼坐在這兒呢？」他咕噥道，「他是想寫一張便條嗎？哎呀，這是什麼？」

他得意地舉起了一張便條。他對自己的發現非常高興，於是允許我們到他身邊，與他一起分享那張便條。

那是一張公館的便條紙，紙的頂端寫著六點二十分。

「親愛的克萊蒙，」便條一開頭寫道，「很抱歉，我不想再等下去了，我必須要……」

從這兒開始，字跡便一路潦草。

「非常明顯，」史萊克警官得意地說，「他坐在這兒寫這張便條，正當他在寫的時候，凶手悄悄地從窗戶進來，射殺了他。還有什麼其他意見嗎？」

「我只是想說……」我開口說道。

「對不起，先生，請讓開一點。我想看看這兒是否有腳印。」

他趴在地上，爬向開著的窗戶。

「我想您應該知道……」我又固執地說道。

警官站了起來。他說話了，並沒有生氣，但語調堅定。

「我們晚一點再詳談細節。先生們，如果你們能離開這兒，我將感激不盡。請你們都出去吧！」

我們像孩子般被趕了出去。

感覺這過程似乎過了有幾小時，但其實才七點過一刻。

「嗯，」荷大克醫生說，「就這樣吧。如果那個自負的笨驢要找我，你可以叫他到診所來。再見！」

「夫人回來了，」瑪麗說道。她從廚房裡出來了一會兒，圓睜著雙眼，煥發出興奮的光彩。「大概是五分鐘前回來的。」

我在客廳裡碰見了格賽達。她看來嚇壞了，但很興奮。

我一五一十地告訴她整件事的經過。她聚精會神地聽著。

「信的上方寫著六點二十分，」我最後說道，「鬧鐘被弄翻了，指針停在六點二十二分。」

「是的，」格賽達說，「但是那個鐘，你沒有告訴他那個鬧鐘總是快一刻嗎？」

「沒有，」我說，「我沒有告訴他。他不讓我告訴他，我無能為力。」

格賽達皺著眉頭，顯出迷惑不解的樣子。

「可是，連恩，」她說，「那樣就使得整個事件非比尋常。因為當那個鬧鐘指著六點二十分時，其實只是六點五分，而在六點五分時，我想普瑟洛上校根本還沒到這裡！」

06

鬧鐘的事讓我們困惑了好一會兒，但我們又想不出什麼結論。格賽達說我應當再試著告訴史萊克警官這件事，但是在這一點上，我覺得那叫作「自討沒趣」。

史萊克警官非常粗魯，我覺得他實在不該如此。我在期待著一個能提出有利線索又使他出醜的機會。那時，我會用溫和的口吻責備說：「史萊克警官，要是您早聽我說……」

我指望他在離開前至少會和我談談，但令我們吃驚的是，瑪麗告訴我們，他已經離開，並且鎖上書房的門，還下令說任何人都不得進入書房。

格賽達提議說要到老屋去。

「警察和這一切，一定讓安．普瑟洛難過極了，」她說，「也許，我能為她做點什麼。」

我滿心贊同這個提議。於是，格賽達出發了，並說如果她認為我對她們兩位女士有用處或者能安慰她們的話，她會打電話給我。

現在，我開始給主日學學校的教師們打電話，他們原訂在七點四十五分來進行每週一次的備課。我想，在這樣的情況下，最好還是延後此事。

然後，丹尼斯來了，他剛參加一場網球聚會。謀殺案發生在牧師公館似乎使他感到心滿意足。

「想想看，身處謀殺案的凶殺現場是多麼有趣啊！」他興高采烈地說道，「我一直想親臨謀殺現場。警方為什麼鎖上書房？其他房間的鑰匙沒辦法打開嗎？」

我不允許這樣的嘗試。丹尼斯生氣地讓步了。他向我追問每一個可能的細節，然後就到花園裡去找腳印，並高興地說，還好這事發生在人人厭惡的普瑟洛身上。

他這種幸災樂禍的口氣在我聽來相當刺耳，但我想我也許對這個孩子太嚴厲了。在丹尼斯這樣的年齡，偵探故事是生活中最美好的事情之一，可以說，出現一個真正的偵探故事，而屍體就在自家門前的階梯上，這肯定會讓一個心理健康的男孩興奮陶醉不已。一個十六歲孩子對死亡還知之甚少。

格賽達大約一小時後回來了。她見到了安．普瑟洛，在這之前，警官剛向安通報了這項消息。

普瑟洛夫人告訴警官，她最後一次見到丈夫的時間大約是五點四十五分，此外，她沒有什麼其他線索可提供了。警官只得告辭，並說明天會再來進行更詳細的詢問。

「他還算彬彬有禮。」格賽達勉強地說道。

「普瑟洛夫人反應怎樣？」我問道。

「噢，她非常平靜，不過她一向如此。」

「沒錯，」我說，「我不能想像安．普瑟洛變得歇斯底里的樣子。」

「當然，這是件令她震驚的事。看得出來。她感謝我去看她，並說她感激不盡，但沒什麼需要我幫忙的。」

「拉蒂絲呢？」

「她打網球去了，還沒回家。」格賽達停頓了一下又說道：「連恩，你知道嗎，她真的非常平靜，這實在太奇怪了。」

「她受到震驚了嘛。」我提醒道。

「是的，我想是這樣。然而……」格賽達迷惑不解地皺起眉頭。「又有點不像那麼回事。與其說她感到震驚，還不如說她感到……噢，害怕。」

「害怕？」

「是的，但沒有表現出來，你知道。至少不想表現出來。但是，她的眼神怪異而警覺，我猜她可能知道是誰殺了他。她再三追問是否有人受到懷疑。」

「是嗎？」我問道，同時認真思索這個問題。

「是的。當然安有很強的自制力，但是看得出她非常惶恐不安，比我料想的更加厲害，因為她好像並不十分愛他呀。我倒認為她很討厭他。」

「死亡有時會改變一個人的感情。」我說。

「是的，我想是這樣。」

丹尼斯進來了，顯得興高采烈，因為他剛才在花圃裡發現一隻腳印。他確信警察忽略了這隻腳印，並說這一定會成為解開這個謎案的關鍵。

我整晚都不得安寧。丹尼斯沒睡，在房內四處走動，而且天還沒亮就走出房間去「研究最新的發展」（他是這麼說的）。

儘管如此，到了早晨，不是他而是瑪麗，為我們帶來了最嶄新聳動的消息。

我們剛坐下來準備吃早餐，她突然闖進房間，雙頰緋紅，眼睛露出光彩，以她慣常無禮的方式對我們說道：「你們相信嗎？麵包師傅剛才告訴我，他們逮捕了瑞汀先生。」

「逮捕勞倫斯！」格賽達不解地叫喊道，「不可能！這一定是個愚蠢的錯誤。」

「沒有什麼錯誤，夫人，」瑪麗有些幸災樂禍地說，「瑞汀先生自己去警局自首的。就在昨天晚上，真是讓人不敢相信。他直接走進警局，把手槍丟在桌上，說『是我幹的』，就是這麼回事。」

她看著我們倆，使勁地點著頭，對她造成的震撼甚感滿意，然後便走了。格賽達和我吃驚地互相凝視。

「噢！這不是真的，」格賽達說，「不可能是真的。」

她注意到了我的沉默，於是說：「連恩，你不會認為這是真的吧？」

我無言以對，只是默默坐著，心中思緒洶湧。

「他一定是瘋了，」格賽達說，「絕對是瘋了。你想想看，會不會是他們正一起看著手槍，而手槍突然走火了？」

「不可能是那麼回事。」

「但一定是出了意外。因為看不出一點動機。勞倫斯為什麼非要殺死普瑟洛上校呢？」

我本來可以明確回答那個問題，但我想盡量不讓安・普瑟洛捲入這個案子中。仍然有機會不讓她牽扯進來。

「記得他們吵過一架嗎？」我問道。

「那是關於拉蒂絲和她的泳衣那件事。沒錯，但那很荒謬。就算他與拉蒂絲偷情，哦，那也不是殺死她父親的理由。」

「我們還不知道這起謀殺案的真相到底是什麼，格賽達。」

「你竟然這樣認為，連恩！噢，你怎麼會這樣！我告訴你，我保證勞倫斯連他一根頭髮都沒動。」

「記住，我當時剛好在大門外碰到他。他看起來像個瘋子。」

「是的，可是……哦！這不可能。」

「還有那個鬧鐘，」我說，「這可以說明有關鐘的事。勞倫斯把鐘撥回六點二十分，一定是為了使自己有不在場證明。看看史萊克警官是怎樣陷入圈套了吧。」

「你錯了，連恩。勞倫斯早就知道那個鬧鐘走得比較快。『叫牧師別誤時！』他常這樣說。他絕不會把時間撥到六點二十二分，倒是有可能把指針撥到別的時間上，比如說六點四十五分。」

「他也許不知道普瑟洛何時到這兒，或者他根本就忘了鐘走快了這一點。」

格賽達並不贊同我的看法。

「不，如果你要策畫一次謀殺案，對這類事情就得小心謹慎。」

「你不會知道的，親愛的，」我溫和地說，「你從未犯過謀殺案。」

格賽達還來不及回答，早餐桌旁出現一道人影，還傳來一個非常溫和的聲音。

「我希望沒有打擾你們。你們得原諒我這個不速之客。但是，在這種悲傷的情況下，令人十分悲傷的情況下……」

這是我們的鄰居瑪波小姐。她接受了我們客氣的邀請，然後從落地窗外跨進來。我拉了一張椅子給她。她面色微紅，顯得相當激動。

「太可怕了，是吧?可憐的普瑟洛上校。或許他不是個討人喜歡的人，一點也不受歡迎，但這依然讓人悲傷。我聽說，是在牧師的書房被謀殺的?」

我說，情況確實如此。

「但牧師當時人不在場嗎?」瑪波問格賽達。

我說明我到哪兒去了。

「丹尼斯先生今天早上沒和你們在一起嗎？」瑪波小姐問道，一面環視著四周。

「丹尼斯呀，」格賽達說，「還以為自己是業餘偵探呢。他在花圃裡發現了一個腳印，非常興奮，我想他已經向警方報告去了。」

「哎呀，哎呀，」瑪波小姐喊道，「真是大驚小怪，是吧？丹尼斯先生認為他知道是誰犯了罪。哦，我想我們都認為我們知道。」

「您是說，這很顯而易見嗎？」格賽達問道。

「不，親愛的，我不是那個意思。我敢說，每個人都認為是不同的人幹的。所以，擁有證據就十分重要了。比如說，我確信我知道是誰殺的。但我必須承認，我一點蛛絲馬跡也沒找到。我知道，在這種時候一個人必須言語謹慎……誣告罪，他們不是這樣叫的嗎？我已打定主意，與史萊克警官講話時要特別小心。他傳話說今天早晨要來看我，但剛才又打電話來說他不來了。」

「我想，既然有人被逮捕了，那就沒必要了。」我說。

「逮捕？」瑪波小姐向前傾過身子，雙頰由於興奮而緋紅。「我不知道有人被逮捕。」

瑪波小姐消息沒有我們靈通的情況很罕見，所以我認為，她理所當然知道最新的進展。

「看來我們剛才是雞同鴨講，」我說，「是的，是有人被逮捕……勞倫斯．瑞汀。」

「勞倫斯．瑞汀？」瑪波小姐似乎非常吃驚。「我不認為……」

格賽達激動地打斷了她。

「即使現在，我也不能相信。我不信，他認罪了我也不信。」

「認罪？」瑪波小姐說，「你說他認罪了？哦！天呀，我真的是茫然不解，是的，茫然不解。」

「我認為，這一定是意外。」格賽達說，「連恩，你不這樣認為嗎？我是說，從他出面自首這點看，像是那麼回事。」

瑪波小姐急切地靠攏過來。

「你說他自首？」

「是的。」

「哦！」瑪波小姐說，又深深地嘆了一口氣。「我太高興了，簡直太高興了。」

我有些吃驚地看著她。

「我想，這表示出真心的懺悔。」我說。

「懺悔？」瑪波小姐顯得非常吃驚。「哦，但是……天啊，親愛的牧師，您不會以為他有罪吧？」

這回輪到我睜大眼睛了。

「但是，既然他已經認罪了……」

「是的，但那只是澄清了事情，不是嗎？我是說，他與此事無關。」

「不對，」我說，「我可能有些遲鈍，但我看不出這能證明什麼。假如你沒犯下謀殺案，我不明白你有什麼理由要假裝你做了案。」

「噢，當然有理由！」瑪波小姐說，「這是理所當然。總是有理由的，不是嗎？年輕人的個性都很急躁，而且經常往壞處想。」她轉向格賽達。「難道你不同意我的看法嗎，親愛的？」

「我，我不知道，」格賽達說，「我的頭腦很亂。我根本不明白勞倫斯有什麼理由要當一個大傻瓜。」

「如果你看到他昨夜的神色……」我開始說道。

「告訴我。」瑪波小姐說。

我講述了我回家的經過，她注意地聽著。我講完後，她說：「我知道我常常很愚蠢，看不清事情的真相，但我實在不明白您的意思。我覺得，如果一個年輕人決定狠下心謀害他人的生命，那麼他事後就不會為此顯得驚惶失措。這可能是一次精心預謀、冷酷無情的行動，雖然兇手或許有點慌亂，也可能犯下一些小錯誤，但我認為，他不會陷入您所描述的那種倉皇失措的狀態。我們很難設身處地，但我無法想像自己會陷入那樣的境地。」

「我們不知道當時的情況，」我爭辯說，「如果他們吵架，他可能由於一時衝動而開槍，並且事後自己十分震驚。的確，我傾向於認為這是當時的實況。」

「親愛的克萊蒙先生，我們看待事情的方式可以有很多種。但一個人必須尊重事實，難道不是嗎？我不認為事情如您所詮釋。你們的女傭說得很明白，瑞汀先生只在屋子裡待了幾分鐘，很顯然，這點時間是不夠用來吵架的。另外，我知道上校是在寫一封信時遭人開槍射擊後腦，至少這是我的女傭告訴我的情況。」

「完全正確，」格賽達說，「他好像正在寫一張便條，說他不能再等了。便條上的時間是六點二十分，但桌上的鬧鐘被弄翻了，指針在六點二十二分時停了下來，連恩和我感到非常迷惑不解的正是這點。」

她解釋了我們把鬧鐘撥快一刻的習慣。

「非常奇怪，」瑪波小姐說，「確實非常奇怪。但我認為有關便條的事情更加奇怪。我是說……」

她停了下來，朝周圍掃了一眼。拉蒂絲．普瑟洛正站在窗戶外面。她走進來，向我們點點頭，含糊地說了聲「早安」。

她在一把椅子上坐下，用比平時稍有精神的語調說：「我聽說，他們逮捕了勞倫斯。」

「是的，」格賽達說，「我們都很震驚。」

「我從未想到會有人謀殺了父親，」拉蒂絲說，沒有流露出一絲驚慌或悲傷，顯然她為此而自傲。「雖然我相信許多人想這樣做。有時連我自己也想呢。」

「拉蒂絲，你想吃點什麼或喝點什麼呢？」格賽達問道。

「不用了，謝謝。我只是順道過來一下，看看我的貝雷帽是否在你們這兒，那是一頂奇怪的小黃帽。我想前幾天我把帽子留在書房裡了。」

「如果這樣，帽子仍然會在那兒，」格賽達說，「瑪麗從不收拾什麼東西。」

「那麼我去看看，」拉蒂絲說，一面站了起來。「很抱歉給你們添麻煩，但是我好像丟得只剩這一頂了。」

「恐怕你現在沒辦法拿到帽子，」我說，「史萊克警官已經將書房鎖起來了。」

「啊，煩死了！難道我們不能從窗戶進去嗎？」

「恐怕不能。窗戶是從裡面閂上的。當然了，拉蒂絲，一頂黃色的貝雷帽目前也用不著，對吧？」

「您指的是服喪那些事情嗎？我才不會為服喪的事情操心呢。我認為這是非常過時的想法。勞倫斯的事也叫人討厭，是的，叫人討厭！」她起身站著，皺起眉頭，陷入沉思。「我想，這一切都是因我和我的泳衣而起。太蠢了，這整件事……」

格賽達張嘴要說些什麼，但不知為什麼，又閉口不談了。

拉蒂絲的嘴角浮現出一絲古怪的微笑。

「我想，」她輕聲說道，「我要回家去告訴安，說勞倫斯被捕了。」

她又從窗戶出去了。格賽達轉向瑪波小姐。

「您為什麼踩我的腳呢？」

這位老小姐微微一笑。

「親愛的，我以為你要說些什麼。讓事情順其自然發展比較好吧。你知道，我想那孩子只是假裝糊塗，但她其實並不這麼粗心。她一定胸有成竹，正按照她的計畫行事呢。」

瑪麗大聲地敲了敲飯廳的門，隨即猛然闖進來。

「怎麼回事？」格賽達問道，「瑪麗，你必須記住沒事別敲門。我以前告訴過你。」

「我想你們可能正忙著，」瑪麗說，「梅崎上校已經到了。要見主人。」

梅崎上校是本郡的警察局長。我立刻起身。

「我想，您不會喜歡我讓他在玄關裡等，所以我把他請進了客廳。」瑪麗繼續說道，「要我收拾餐桌嗎？」

「還不用，」格賽達說，「我會按鈴叫你。」

她轉向瑪波小姐，我離開了房間。

07

梅崎上校短小精悍，常常出其不意地噴一下鼻息。他有一頭紅髮、一雙明亮銳利的藍眼睛。

「早安，牧師，」他說，「令人很不舒服，是吧？可憐的普瑟洛。並非我喜歡他。我不喜歡，沒人喜歡他。這事也給你惹來了麻煩。希望這沒有使你的夫人不安？」

我說，格賽達頗能承受這件事。

「那好。在自己家裡發生這樣的事真糟糕。我得說，我很訝異瑞汀竟然會那樣做，根本不考慮任何人的感受。」

我突然想放聲大笑，但是，梅崎上校顯然認為一個謀殺犯會體諒別人的感受沒什麼好奇怪的，所以我極力保持鎮靜。

「我得說，當我聽說那傢伙走進警察局自首時，我非常驚訝。」梅崎上校接著說，並在椅子上坐了下來。

「事情經過究竟如何？」

「昨晚，十點鐘左右，那傢伙溜進來，拋下一把手槍，說：『我來了。是我幹的。』就這樣。」

「他說了什麼案情？」

「說得很少。當然，我們警告他招供要小心，但他只是大笑。他說他來這裡看你，卻發現普瑟洛在這兒。他們吵起架來，他就向他開槍。他不願說明吵架的原因。聽著，克萊蒙，我們倆私底下談談就好，你知道些什麼線索嗎？我聽到一些謠言……有關他被禁止進入普瑟洛家門的事。是怎麼回事？是他引誘上校的女兒呢，還是什麼事？為了眾人著想，我們盡量不把這女孩扯進來。是這件事引起的嗎？」

「不是，」我說，「我可以向你保證這根本是兩回事，但目前我不能多講。」

他點點頭，站起來。

「很高興知道這一點。閒言閒語很多，這裡的女人太多了。噢，我得走了，得見見荷大克。他被叫出去看診，但現在應該回來了。我不介意告訴你，我為瑞汀感到遺憾。他給我的一貫印象是正派的小夥子。也許，他們會找出為他辯護的理由。戰爭後遺症、受到炮彈驚嚇或是什麼的，尤其是在沒找到明顯動機的情況下。我得走了。願意一起過去嗎？」

我說我非常願意，於是我們一起出門。

荷大克住我隔壁。他的僕人說，醫生剛回來，並將我們領進飯廳。荷大克坐著，面前擺了一盤熱氣騰騰的培根蛋。他向我和藹地點點頭，以示歡迎。

「很抱歉我不得不外出，是去接生。我昨晚大部分時間都醒著，是忙你的事。我已經為你取出了子彈。」

他將一只小盒子順著桌子推過來。梅崎仔細地察看著。

「零點二五英寸的？」

荷大克點點頭。

「我先保留技術細節，以備調查，」他說，「你要知道的就是，他是瞬間死亡。小傻瓜，他這麼做是為什麼？對了，真是奇怪，沒人聽到槍聲。」

「沒錯，」梅崎說，「我也很驚訝。」

「廚房的窗戶是朝房子的另一面開著的，」我說，「書房門、餐具室門和廚房門全都關著，我懷疑你還能聽到什麼聲音，而且，房子裡只有女傭一個人。」

「哼，」梅崎說道，「即使這樣，還是令人不解。我納悶，那位老太太——她叫什麼名字來著——瑪波，竟然沒聽到槍聲，因為書房的窗戶是開著的。」

「也許她聽到了。」荷大克說。

「我想她沒聽到，」我說，「剛才她到我的公館來，沒有提到這樣的事，如果有什麼值得講的，我相信她早就說了。」

「也許她聽到了，但沒留意，以為是汽車引擎逆火發出的聲音。」

我注意到，今天早晨荷大克特別活潑愉快，看起來就像個要極力掩飾好心情的人。

「也許是用了消音器？」他又說，「很有可能。那麼，就沒人會聽到槍聲了。」

梅崎搖搖頭。

「史萊克沒有找到這樣的東西，他也問了瑞汀，一開始瑞汀似乎不知道他指的是什麼，後來也斷然否認用了任何這類東西。我想，他這話可信。」

「是的，確實，可憐的傢伙。」

「該死的小傻瓜，」梅崎上校說，「對不起，克萊蒙。但他真是傻瓜！畢竟，我們還不習慣將他想成殺人凶手。」

「有任何動機嗎？」荷大克問道，隨即喝完最後一口咖啡並推開了他的椅子。

「他說他們吵架，他一時衝動，就朝他開槍。」

「希望說成是過失殺人嗎？」醫生搖搖頭。「這無法自圓其說。上校在寫字時他從後面偷襲他，射穿了他的後腦。這種『爭吵』也太奇特了。」

「不管怎麼說，他們沒有足夠的時間爭吵，」我說，記起了瑪波小姐的話。「光是偷偷溜進去，槍殺他，把鬧鐘的指針撥回到六點二十分，再離開，這些事就足以花掉他所有的時間。我怎麼也忘不掉在大門外碰到他時他的那副神色，還有他說話的聲調，『您要見普瑟洛……哦，您會見到他的！』這就足以使我懷疑幾分鐘前剛發生的事。」

荷大克凝視著我。

「你是什麼意思？『剛發生的事』？你認為瑞汀是什麼時候槍殺他的？」

「在我到達房子前的幾分鐘。」

醫生搖搖頭。

「不可能，根本不可能，他早在那之前就死了。」

「但是，我親愛的老兄，」梅崎上校喊道，「你親口說過，半小時只是大概的估計。」

「半小時，三十五分鐘，二十五分鐘，二十分鐘，都有可能，但是少於這些時間，不可能。聽著，如果那樣，我到達時，屍體還會是暖和的。」

我們面面相覷。荷大克的臉色開始變化，突然變得灰白蒼老。這頗令我納悶。

「但是，荷大克，」上校發言了。「如果瑞汀承認是在六點四十五分槍殺他……」

荷大克跳了起來。

「我告訴你這不可能！」他咆哮道，「如果瑞汀說他是在六點四十五分槍殺普瑟洛的，那麼他就是在撒謊。豈有此理！告訴你，我是個醫生，我清楚。他的血液都開始凝固了。」

「如果瑞汀在撒謊……」梅崎說了一句，又停下了，搖了搖頭。「我們最好去警察局見見他。」他說。

08

去警察局的路上，我們都默默無語。荷大克挪後一點，小聲對我說：「你知道我不喜歡這樣子，很不喜歡。這兒有件我們不明白的事情。」

他顯得非常焦慮不安。

史萊克警官在警察局。不一會兒我們便與勞倫斯．瑞汀見面。他看上去很蒼白，緊繃著臉，但相當鎮靜。在這樣的情況下，我認為他能保持鎮靜相當厲害。梅崎哼了一下，支吾了一會，顯然很緊張。

「聽著，瑞汀，」他說，「我知道你向史萊克警官提了口供。你說你大約在六點四十五分到達牧師公館，發現普瑟洛在那裡，與他吵了一架，槍殺了他，然後就離開了。我並不是在向你複述這件事，但大致經過是這樣的。」

「是的。」

「我必須問幾個問題。我們已經告訴過你，除非你願意，否則可以不必回答。你的律師……」

勞倫斯打斷了他的話。

「我沒什麼好隱瞞的。我殺了普瑟洛。」

「呵！好吧，」梅崎哼了一聲。「你怎麼剛好身上有手槍呢？」

勞倫斯遲疑了一下。

「槍在我的口袋裡。」

「你帶槍去牧師公館？」

「是的。」

「為什麼？」

「我一向隨身攜帶手槍。」

在回答這個問題之前，他躊躇了一下，我絕對確信，他沒講實話。

「為什麼你要把鬧鐘的時間往回撥？」

「鬧鐘？」他顯得困惑。

「對，指針指到六點二十二分。」

他的臉上閃過一絲恐懼的神色。

「哦！那個，沒錯。我……我調整了時間。」

荷大克突然開口。

「你從哪兒向普瑟洛上校開槍的？」

「在牧師公館的書房。」

「我是說，朝身體的哪個部位開槍？」

「噢！我……朝頭部，我想。是的，朝頭部。」

「你不確定嗎？」

「既然您已經知道了，又何必問我呢？」這話略帶恫嚇意味。

外面一陣騷動。一位沒戴帽子的警察帶來一張便條。

「是給牧師的。很緊急。」

我打開便條，上面寫道：

拜託，拜託，到我這裡來。我已不知所措。這一切太可怕了。我得告訴某個人。請立刻來，您可帶您願意帶的任何人一起來。

安・普瑟洛

我對梅崎使了一下眼色。他立即會意。我們一起離開。我回頭瞥了一眼勞倫斯・瑞汀。他的眼睛緊盯住我手中的便條，我從未見過這樣一張充滿劇痛和絕望的面孔。

我記起安．普瑟洛坐在我的沙發上說「我豁出去了」，她的話使我內心沉重。現在，我大概明白勞倫斯．瑞汀那英雄般自我犧牲的理由了。梅崎正與史萊克交談。

「關於瑞汀那天早些時候的活動，你有什麼線索嗎？我們有一些理由相信，他槍殺普瑟洛的時間比他說的要早些。繼續追查，好嗎？」

他轉向我，我一語不發地將安．普瑟洛的便條遞給他。他看過後，驚訝地張開了嘴。然後，他用探詢的目光看著我。

「這就是你今天早上所暗示的事嗎？」

「是的。當時，我不確定說出來是否與我的職責相符。現在我完全確信了。」

於是，我將那天夜晚在畫室裡所見的情形告訴了他。

上校與警官交談了幾句，然後我們朝老屋走去。荷大克醫生也隨行。

一位非常稱職的管家開了門，舉止中流露出恰到好處的悲傷肅穆。

「早安，」梅崎說，「請你叫普瑟洛夫人的女傭告訴她我們到了，想見她，然後請她到這兒來回答幾個問題。」

管家匆匆離去，不一會兒便回來說，他已經把話傳過去了。

「現在，讓我們了解一下昨天的情況，」梅崎上校說，「你的主人昨天在家吃午飯嗎？」

「是的，先生。」

「他的情緒與平時一樣嗎？」

「在我看來是一樣；是的，先生。」

「在那之後發生了什麼事？」

「午飯後，普瑟洛夫人去睡覺，上校進了書房。拉蒂絲小姐開著雙人座汽車去參加網球聚會。四點三十分時，普瑟洛上校和夫人在客廳裡喝茶。他們叫了車子在五點三十分帶他們到村子裡去。他們才剛離開，克萊蒙先生就打電話來，」他向我躬一躬身。「我告訴他，他們已經走了。」

「哦，瑞汀先生最後一次到這兒是什麼時候？」梅崎上校問道。

「星期二下午，先生。」

「我聽說他們之間有些不和，是嗎？」

「我想是的，先生。上校吩咐我說，今後不許瑞汀先生進屋子。」

「你有聽到他們爭吵嗎？」梅崎上校開門見山地問道。

「先生，普瑟洛上校的嗓門很大，特別是由於憤怒而提高聲音的時候。我難免東一句、西一句地聽到一些。」

「這些話足夠讓你知道爭吵的原因嗎？」

「我想，先生，那與瑞汀先生正在畫的一幅畫有關，一幅拉蒂絲小姐的畫。」

梅崎哼了一聲。

「你看著瑞汀先生離開的嗎？」

「是的，先生，我送他出門的。」

「他顯得氣憤嗎？」

「不，先生，我倒覺得他好像有些開心呢。」

「啊！他昨天沒到這棟房子來嗎？」

「沒有，先生。」

「另外有人來嗎？」

「昨天沒有，先生。」

「嗯，前天呢？」

「丹尼斯．克萊蒙先生下午來過。史東博士也在這兒坐了一段時間。後來，晚上來了一位女士。」

「一位女士？」梅崎感到吃驚。「她是誰？」

管家記不起她的姓名，是一位他以前沒見過的女士。是的，她報了她的姓名。他告訴她，普瑟洛家正在用餐。她說她願意等一等。於是，他就把她領進那間小小的客廳。

她要見的是普瑟洛上校，而不是普瑟洛夫人。他告訴了上校。晚飯一吃完，上校便直奔客廳。

這位女士留了多久呢？他認為大約是半小時，上校親自送她出門。啊！是的，他現在記起她的姓名了，是一位叫作樂思荃的女士。

這令人驚訝不已。

「奇怪，」梅崎說道，「真的非常奇怪。」

但我們沒有細細追問那件事，因為正在那時，僕人來傳話說，普瑟洛夫人要見我們。

安躺在床上，面色蒼白，眼睛卻很明亮。她的臉上有一種神情令我感到迷惑，那是一種陰鬱而堅定的神情。

「謝謝您及時來到，」她對我說，「我想，您明白我為什麼叫您帶任何您願意帶的人一起來。」她停頓下來。「最好是盡快解決這件事，對吧？」她說，臉上露出一絲古怪的、有些自我憐憫的微笑。「我想您正是我應當吐露實情的人，梅崎上校。您知道，是我殺死了我的丈夫。」

「我親愛的普瑟洛夫人……」梅崎輕聲說道。

「哦！這是真的。我想我說得夠直接了，我不是會歇斯底里的人。我恨他好長一段時間了，於是昨天我槍殺了他。」她仰躺在枕頭上，閉上了眼睛。「我講完了。我想你們可以逮捕我，把我帶走。我會盡快起床穿衣。但是現在我感到很不舒服。」

「普瑟洛夫人，您知道瑞汀先生已經說是他犯下這起罪行的嗎？」

安睜開眼睛，愉快地點點頭。

「我知道。那傻孩子。您知道，他愛我愛得很深。他這樣做很崇高，卻很傻氣。」

「他知道是您做的案嗎？」

「是的，」

「他怎麼知道的？」

她猶豫起來。

「您告訴他的嗎？」

她仍然猶豫不決。終於，她似乎打定了主意。

「是的，我告訴他的……」她扭動肩膀，有些惱怒。「你們現在可以走了吧？我已經把事實告訴你們了，我不想再談這件事了。」

「您的手槍哪兒來的，普瑟洛夫人？」

「手槍！哦，那是我丈夫的。我從他的梳妝台抽屜裡拿出來的。」

「我明白了。然後您帶著槍去了牧師公館？」

「是的。我知道他會在那裡……」

「當時是幾點鐘？」

「一定是六點以後了，六點一刻，六點二十分，大約是那個時間。」

「您帶手槍就是想殺您的丈夫嗎？」

「不，我是為自己準備的。」

「這樣啊。您去了牧師公館……」

「是的。我走到公館的窗戶前。一片寂靜。我向屋子裡張望，看見我丈夫。我突然臨時起意，於是我開了槍。」
「後來呢？」
「後來？哦，後來我就離開了。」
「並告訴瑞汀先生您所做的事？」
我又注意到，她支吾了一下然後才說「是的」。
「有什麼人看見您進入或離開牧師公館嗎？」
「沒有……不，有，瑪波小姐。我與她交談了幾分鐘。她當時在她的花園裡。」
她在枕頭上不安地移動著身體。
「這些還不夠嗎？我已經告訴您實情，為什麼您還要繼續打擾我呢？」
荷大克醫生走近她，摸了她的脈搏。
他向梅崎點點頭。
「我留下來陪她，」他輕聲說，「你們去忙你們的事。不要留下她一人，她可能會想不開。」
梅崎點點頭。
我們離開房間，走下樓。我看見一個清瘦憔悴的男人從隔壁房間出來，我突然又走上樓。
「你是普瑟洛上校的貼身男僕嗎？」

這人一臉驚訝。

「是的，先生。」

「你知道你已故的主人在哪兒放著一把手槍嗎？」

「就我所知沒有，先生。」

「他的梳妝台抽屜裡也沒有嗎？好好想想，老兄。」

男僕肯定地搖搖頭。

「我十分確定他沒有，先生。如果有的話我會看見，那是一定的。」

我趕緊走下樓，跟上其他人。

關於手槍之事，普瑟洛夫人撒了謊。

為什麼呢？

09

在警察局留下口信後，警察局長表示想去拜訪瑪波小姐。

「你最好和我一起去，牧師，」他說，「我不想讓你的某位教徒變得歇斯底里，所以想勞駕你出馬，以達到安撫的作用。」

我笑而不語。儘管瑪波小姐外表纖弱，卻保證能單獨對抗任何一個警察或警察局長。

「她是怎麼樣的人？」我們按門鈴時，上校問道，「她說的話可不可信？」

我考慮了一會兒。

「我認為她非常可信，」我慎重地說，「也就是說，就她論及她親眼所見的事物而言，非常可靠。當然，當你想進一步詢問她的想法時，嗯，那又是另外一回事了。她具有豐富的想像力，能將每個人的弱點有條不紊地聯想起來。」

「說穿了就是那種典型的惡老太婆，」梅崎哈哈大笑說，「哦，我現在應該了解這種人了。天呀，這兒正在舉行茶會啊！」

一位身材嬌小的女僕為我們開門，並將我們領進一間很小的客廳。

「是小了一點兒，」梅崎上校環視著四周說，「但是有不少好玩意兒。就像個女士的房間，對吧，克萊蒙？」

我頗有同感。這時，門開了，瑪波小姐出現了。

「很抱歉來打擾您，瑪波小姐，」我介紹過他後，上校擺出一副自認吸引老太太的軍人風度，精神抖擻地說，「我們不得不履行公務，您知道。」

「當然，當然，」瑪波小姐說，「我完全理解。坐一會兒好嗎？我可以請你們喝一小杯櫻桃白蘭地，我自己釀的，是我們家的祖傳祕方呢。」

「非常感謝，瑪波小姐，您太好了。但我想我不喝為佳。午飯前什麼也不喝，這是我的規矩。現在，我想和您談談這件令人悲傷的事。這確實是十分悲哀的事，使大家相當不安，我確信。哦，由於您的房子和花園的位置，看來您也許能夠告訴我們昨天晚上的情況。」

「從昨天下午五點起，我一直待在我的小花園裡，當然，從那裡，嗯，難免會看到隔壁發生的事。」

「瑪波小姐，據我所知，普瑟洛夫人昨天晚上曾經走過這條路，是嗎？」

「是的，她有經過。我喊她，她還稱讚我的玫瑰花呢。」

「您能告訴我們，那大約是什麼時間嗎？」

「我想，是六點一刻剛過一兩分鐘。是的，沒錯，教堂的鐘剛報過六點一刻的時間。」

「很好。之後呢？」

「噢，普瑟洛夫人說她準備去找正在牧師公館的丈夫，以便一起回家。她是從小路過來的，您知道，從後門走進牧師公館，穿過了花園。」

「她從小路過來？」

「是的，我指給你們看。」

瑪波小姐非常熱情地領我們到外面的花園裡去，將順著花園延伸而來的小路指給我們看（見下頁圖）。

「這條路背對通向老屋的台階，」她解釋道，「那就是他們準備一起回家的路。普瑟洛夫人從村子裡來。」

「好極了，好極了，」梅崎上校說，「您說她經過這裡去了牧師公館，是嗎？」

「是的。我看見她從房子的牆角拐過去。我猜想，上校應該還沒到那裡，因為她幾乎是立刻就回來，穿過草坪去了畫室……就是那個地方，牧師讓瑞汀先生用來當作畫室。」

「我明白了。那麼，您沒有聽到槍聲嗎，瑪波小姐？」

「我那時沒有聽到槍聲。」瑪波小姐說。

「但是，您確實有聽到一聲槍響吧？」

「是的，在森林中的什麼地方傳來一聲槍響。但是，那是在足足有五至十分鐘之後，而

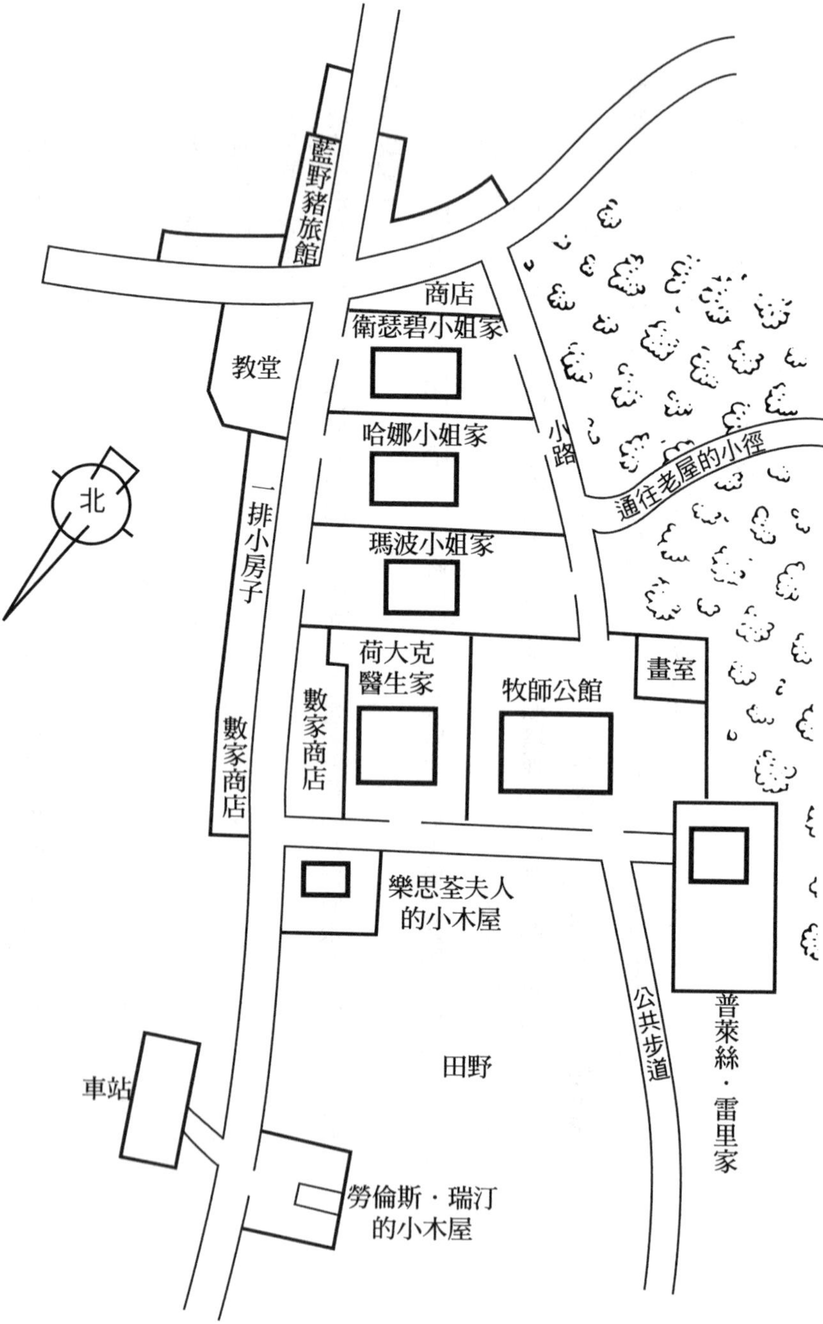
藍野豬旅館
商店
衛瑟碧小姐家
教堂
哈娜小姐家
小路
通往老屋的小徑
北
一排小房子
瑪波小姐家
荷大克醫生家
畫室
牧師公館
數家商店
數家商店
樂思荃夫人的小木屋
公共步道
普萊絲・雷里家
田野
車站
勞倫斯・瑞汀的小木屋

且如我所說的，是在外面的森林裡。至少我是這樣認為的。那不可能是、那不可能是……」她停了下來，激動得臉色發白。

「好，好，我們馬上就會討論所有這些情況，」梅崎上校說，「您請繼續說吧。普瑟洛夫人走進畫室了嗎？」

「是的，她走進去等候。一會兒，瑞汀先生沿著小路從村子裡出來了。他來到牧師公館的門口，四處張望……」

「並且看到您了，瑪波小姐。」

「其實，他沒看到我，」瑪波小姐說，臉色微微發紅。「因為，您知道，我當時剛好彎下身體，費力地拔除那些可惡的蒲公英，實在太費力了。後來，他走過後門，進了畫室。」

「他沒有走近房子嗎？」

「哦，沒有！他直接走向畫室。普瑟洛夫人來到門旁迎接他，然後他們倆就進去了。」

這時，瑪波小姐意味深長地停了下來。

「也許她在當他的模特兒？」我推測說。

「也許。」瑪波小姐說。

「後來他們出來了，什麼時候？」

「大約十分鐘後。」

「那是粗估的時間嗎？」

「教堂的鐘剛報時。他們漫步穿過花園大門，沿著小路出來，就在這時，史東博士從通向老屋的那條路走來，越過台階，加入了他們的行列。他們一起向村子走去。在小路的盡頭……但我不能完全肯定，克拉姆小姐也接著跟上去。我想，那一定是克拉姆小姐，因為她的裙子很短。」

「如果您能看得那樣遠，瑪波小姐，您的視力一定相當好。」

「我當時正在觀察一隻鳥，」瑪波小姐說，「一隻金黃色的長冠鶲鶲吧，我想。可愛的小傢伙。我戴上了眼鏡，所以碰巧看見克拉姆小姐（如果是她的話。我想是的）加入他們。」

「啊！好吧，可能如此，」梅崎上校說，「既然您很善於觀察，瑪波小姐，不曉得您是否有注意到，普瑟洛夫人和瑞汀先生經過小路時的神色如何？」

「他們有說有笑，」瑪波小姐說，「好像在一起感到很快樂，如果您懂我的意思。」

「他們沒有顯出慌亂不安的神情嗎？」

「哦，沒有！剛好相反。」

「太奇怪了，」上校說，「這整件事有點不對勁。」

突然，瑪波小姐用平靜的聲調說出一句話，使我們吃了一驚。

「普瑟洛夫人堅持說是她犯案的嗎？」

「天呀，」上校說，「您是怎麼猜到這一點，瑪波小姐？」

「噢，我想這很可能，」瑪波小姐說，「我認為小拉蒂絲也這樣認為。她是個非常精明的女孩，不過偶爾有點魯莽。所以，安．普瑟洛說她殺死了丈夫。唉，唉，我想不是這麼回事。不，我確信這不是真的。像安．普瑟洛這樣的女人不會這樣做。雖然說人不可貌相，是吧？至少，這是我目前發現的情況。她說她是什麼時間開的槍？」

「六點二十分。剛好在與您交談之後。」

瑪波小姐憐憫地慢慢搖搖頭。我想，她是在憐憫兩個大男子如此愚蠢，竟然會相信這樣一種說法。至少，我們感覺如此。

「她用什麼殺他的呢？」

「手槍。」

「她在哪裡拿到的？」

「隨身帶來的。」

「哦，她並沒有帶槍，」瑪波小姐說，語氣出奇地斬釘截鐵。「我可就此發誓。她身上沒有那種東西。」

「您可能沒看見。」

「如果有，我會看見。」

「槍或許放在她的手提包裡。」

「她沒帶手提包。」

「嗯，槍也可能藏在……呃，她身上。」

瑪波小姐向他投去充滿遺憾和輕蔑的一瞥。

「我親愛的梅崎上校，您也知道，時下的年輕女人最愛充分展示造物主是怎樣造就她們的，而且一點也不會害羞。在她的長襪上端，最多只能放一條手帕。」

梅崎仍然固執己見。

「您得承認一切吻合，」他說，「時間、弄翻的鬧鐘指向六點二十二分，還有……」

瑪波小姐轉向我。

「那麼，您還沒有告訴他有關鬧鐘的事嗎？」

「鬧鐘怎麼了，克萊蒙？」

我告訴了他。他顯得很不愉快。

「真該死，昨晚你為什麼沒有告訴史萊克這件事呢？」

「因為，」我說，「他不讓我說。」

「胡說，你應該堅持的。」

「也許，」我說，「史萊克警官對你的態度與對我的不大一樣。我根本沒有堅持的機會。」

「這整件事太離奇了，」梅崎說，「如果又有第三個人出來聲稱他幹了這樁謀殺案，那我就會進瘋人院。」

「請允許我向您建議……」瑪波小姐喃喃說道。

「嗯？」

「如果您告訴瑞汀先生普瑟洛夫人所做的事，並說您不相信凶手是她；然後，您到普瑟洛夫人那裡去，告訴她瑞汀先生是清白的，那麼，他們兩人就會向您吐露實情。實情才對案情有所幫助。不過我敢說，他們對案情也不是很了解，可憐的東西。」

「很好，但是只有他們兩人才有除掉普瑟洛的動機。」

「哦，我可不認為，梅崎上校。」瑪波小姐說。

「哦，難道您想得出其他人嗎？」

「哦！是的，當然。哎呀，」她扳著指頭。「一、二、三、四、五、六，沒錯，可能還有七。我至少能想到七個很樂於除掉普瑟洛上校的人。」

上校冷冷地看著她。

「七個人？在聖瑪莉米德？」

瑪波小姐愉快地點點頭。

「請注意，我沒有說出名字，」她說，「那樣做不妥當。但是，恐怕世界上充滿了邪惡。像您這樣正直的軍人是不會知道這些事情的，梅崎上校。」

我想，警察局長就要中風了。

10

我們離開後，他談到瑪波小姐時所說的那些話，絕非讚賞之辭。

「我看那個乾癟的老處女自以為無所不知。她一輩子幾乎沒踏出過這個村子一步。真可笑！她對世事能了解些什麼？」

我溫和地表示，儘管瑪波小姐確實不了解什麼是「世事」，但對聖瑪莉米德發生的一切事物卻瞭若指掌。

梅崎勉強承認這一點。她是個有利的證人，尤其對普瑟洛夫人特別有利。

「我想，她所說的話不容置疑吧？」

「如果瑪波小姐說她沒帶槍，你大可相信，」我說，「如果有這種可能，絕對逃不過她一雙利眼。」

「這倒是真的。我們最好去看看畫室。」

所謂的畫室只是一個帶天窗的簡陋棚子。沒有窗戶，門就是唯一的進出通道。查看了此地後，梅崎表示要和警官去看看牧師公館。

「現在，我要去警察局。」

當我走進前門時，傳來一陣低語聲。我推開客廳的門。格賽達身旁的沙發上，坐著葛拉蒂・克拉姆小姐，正在侃侃而談。她穿著非常耀眼的粉紅色長襪，翹著二郎腿，我清清楚楚地看見她穿著粉紅色條紋絲質內褲。

「哈囉，連恩。」格賽達說。

「早安，克萊蒙先生，」克拉姆小姐說，「關於上校的消息確實太可怕了，不是嗎？可憐的老先生。」

「克拉姆小姐好心地過來幫忙協會的事。你記得吧，我們上星期日說要找幫手。」我確實記得，並相信若非牧師公館發生這起刺激的事件，克拉姆小姐根本不會想要加入。我從格賽達的口氣中聽出她也了解這點。

「我剛才正對克萊蒙夫人說，」克拉姆小姐繼續說，「當我聽到這個消息時，我簡直嚇呆了。謀殺案？不會吧。在這個寧靜無趣的小村子，您得承認，它是寧靜的，當然不如畫中的房屋那樣寧靜。至於那些三姑六婆就別提了！後來，我聽說是普瑟洛上校，哎呀，我簡直不能相信。他怎麼看也不像那種會遭謀殺的人。」

「於是，」格賽達說，「克拉姆小姐就過來了解此事的來龍去脈。」

我擔心，這番直言不諱的話會冒犯這位女士，但她只是把頭往後一仰，哈哈大笑，每顆牙齒都暴露無遺。

「太糗了。克萊蒙夫人，您可真犀利啊！可是想要聽聽這樣一件案子的前因後果，其實是很自然吧？我很樂意按照您的指示來協助協會的事。很刺激，就是這樣。我的生活一直缺乏樂趣。是的，真的是。倒不是說我的工作不好，這工作報酬豐厚，史東博士又是一位十足的紳士。但是，一個女孩在工作時間之外還需要一點真正的生活，除了您，克萊蒙夫人，在這兒我還能找誰聊天呢？就只有那些老處女了。」

「還可以與拉蒂絲．普瑟洛聊嘛。」我說。

葛拉蒂．克拉姆小姐搖搖頭。

「我們這種人可高攀不起她。她自以為是鎮上的頭號人物，才不會紆尊注意一個必須為了生活而工作的女孩呢！雖然我聽她說過她想獨立賺錢謀生，但我倒要看看，誰會雇用她？哎呀，不到一個禮拜，她就會被解雇。除非她去當模特兒，穿著各種時裝，東走西走。我想，她可以做那種工作。」

「她肯定會成為一名非常出色的模特兒，」格賽達說，「她有一副十分曼妙的身材。」格賽達並無惡意。「她什麼時候談到獨立謀生的啊？」

克拉姆小姐似乎一時顯得很尷尬，但隨即又恢復了她平時的機敏。

「聽起來很驚人，是吧？」她說，「但她確實這樣說過。我想，是家裡的事不太順心。

要是我與繼母一起生活，我在家裡連一分鐘也坐不住。」

「啊！你是這麼活潑獨立嘛。」

格賽達認真地說，我懷疑地看著她。

克拉姆小姐喜形於色。

「沒錯，那正是我的性格。可以被帶領，但不能受人驅使。這是一個看手相的不久前才告訴我的。不，我可不是一個乖乖被人欺負的人。我向史東博士說得很清楚，我必須有正常的休息時間。這些研究科學的先生，總把女孩子當成機器，起碼有一半的時間，他們根本沒注意到她或是不記得她的存在。當然。我對科學了解得不多。」這女孩坦承道。

「你認為史東博士在工作上好相處嗎？如果你對考古學感興趣，這一定是有趣的工作。」

「我總是認為，挖掘那些死人、那些死了好幾百年的人並不……哦，這好像有點多管閒事，不是嗎？而史東博士卻對此十分著迷，大半時候，要不是我提醒，他會連飯也忘記吃。」

「他今天早上在墳墓那裡嗎？」

克拉姆小姐搖搖頭。

「他今天早上有點不舒服，」她解釋道，「不想工作。那意味著，小葛拉蒂可以休一天假。」

「我很遺憾。」我說。

「啊！沒什麼大不了的。又不會死人。但是，克萊蒙先生，請您一定要告訴我，我聽說您整個早上都與警方在一起。他們的看法如何？」

「嗯，」我慢吞吞地說，「案情仍有點……不明朗。」

「啊！」克拉姆小姐喊道，「那麼，他們並不認為凶手是勞倫斯．瑞汀先生。他真帥，不是嗎？簡直像個電影明星。當他向你道早安時，那微笑迷死人了。聽到警方逮捕了他，我簡直不敢相信自己的耳朵。況且，人們總是說小郡上的警察最是愚蠢。」

「在這件事上，你不能指責他們，」我說，「是瑞汀先生自己去自首的。」

「什麼？」這女孩目瞪口呆。「哦，可憐的傢伙！如果我殺了人，我才不會馬上去自首哩。我還以為勞倫斯．瑞汀比較聰明呢。就那樣去自首！他為什麼要殺普瑟洛？他說了嗎？只是因為一場爭吵嗎？」

「現在還不能肯定是他殺的。」我說。

「不過這是當然的嘛，如果他說是他幹的，哎呀，克萊蒙先生，他就應該知道內情的呀。」

「當然，他應該知道，」我同意，「但警方不滿意他的說法。」

「但是，如果他沒殺人，為什麼要說殺了呢？」

在這一點上，我無意啟發克拉姆小姐，我只是含糊地說：「我相信，在一些引人注目的謀殺案中，警方總會收到無數民眾寄來的自首信件。」

克拉姆小姐對這句話的反應是：「他們一定是傻子！」語調中充滿了驚訝和輕蔑。

「唉，」她嘆了一口氣。「我想我得走了。」她站起身來。「瑞汀先生投案自首的事，史東博士會感興趣的。」

「他感興趣嗎？」格賽達問道。

克拉姆小姐不解地皺起眉頭。

「他是個怪人。你老摸不透他的脾氣。完全沉溺在過去的時光裡。可能的話，他寧願將一把出土的無聊古老青銅刀看上一百遍，也不願看一眼克里本[4]殺他妻子時用的利刃。」

「哦，」我說，「我得承認我同意他的做法。」

克拉姆小姐的眼中露出不解和些微輕蔑的神情。然後，她再三道別後便離開了。

「這女孩還不錯，真的，」關上門後，格賽達說，「當然，非常普通，但確是一位粗獷、活潑、隨和的女孩，叫人無法不喜歡。不曉得她來這兒的真正目的是什麼」？

「好奇吧。」

「是的，我想是這樣。嘿，連恩，把事情一五一十告訴我，我很想知道。」

我坐下來，將當天發生的全部經過忠實地講述一遍，格賽達不時津津有味地嘖嘖稱奇。

「這麼說，從頭到尾勞倫斯追求的人一直是安，不是拉蒂絲！我們大家都瞎了眼啊！瑪

4 克里本（Hawley Crippen），英國一九一〇年著名殺妻案的凶手。

波小姐昨天暗示的一定是這件事。你不認為嗎？」

「是的。」我說，將眼睛轉向了一邊。

瑪麗進來了。

「外面有幾個人，從一家報社來的……他們是這麼說的。你們想見他們嗎？」

「不，」我說，「當然不想。叫他們去找警察局的史萊克警官。」

瑪麗點點頭，轉身要走開。

「你打發他們走後，」我說，「回到這兒來。我有些事要問你。」

瑪麗又點點頭。

幾分鐘後，她回來了。

「費了好大的勁才打發掉他們，」她說，「他們根本賴著不走。從沒有碰過這種情形，怎麼趕也趕不走。」

「我想，他們還會給我們帶來很多麻煩，」我說，「嗯，瑪麗，我想問你的是：你能確定昨天晚上沒有聽到槍聲嗎？」

「殺死他的槍聲嗎？沒有，當然沒有。我要是聽到，就會進去看看發生了什麼事。」

「好的，但是……」我記起瑪波小姐說她聽到「森林中」有槍聲。於是我換個方式問：「你聽到什麼其他的槍聲嗎？比如說，森林中的槍聲？」

「噢！那個啊。」這女孩停頓下來。「是的，現在我想起來了。我相信我有聽到。不是許多槍聲，只是一聲，『砰』的一聲，很奇怪。」

「很好，」我說，「當時是什麼時間？」

「時間？」

「是的，時間。」

「我想，我無法確定。下午茶過後很久了，這點我倒是知道。」

「你不能說得再準確一點嗎？」

「不，不能。我有工作要做，不是嗎？我不能一直盯著時鐘，而且這也沒有多大用處，鬧鐘每天快上三刻鐘。撥鬧鐘，然後又忙這忙那的，我永遠搞不清楚正確的時間。」

這也許解釋了我們開飯從不準時的原因。我們開飯有時太晚，有時又太早，令人摸不著頭腦。

「那是在瑞汀先生來之前很久嗎？」

「不，不久。十分鐘，一刻鐘，不會超過這個時間。」

我點點頭，感到滿意。

「問完了嗎？」瑪麗問道，「我想說的是，我已經把肉塊放進爐子了，而布丁很可能滾到溢出來了。」

「好吧。你可以走了。」

她離開房間，我轉向格賽達。

「勸瑪麗叫『先生』或『夫人』難道是不可能的事嗎?」

「我告訴過她,她沒有記住。別忘了,她只是個沒經驗的女孩。」

「這事我完全清楚,」我說,「但是沒經驗的人並不一定永遠沒經驗。我覺得可以教瑪麗一點烹飪。」

「哦,我不贊成,」格賽達說,「你知道我們支付僕人的錢有多麼少。一旦我們讓她脫胎換骨,她就會離開,一定的,她會想賺更多的錢。但只要瑪麗不善烹飪,並保持那些粗魯的舉止,哦,我們就安全了,沒有其他人會雇用她。」

我發覺,我妻子的持家方式並不像我所以為的那樣漫不經心。這其中還是有一定的邏輯。是否應該雇用一個不善烹飪、習慣隨便丟盤子、對誰都用一種令人尷尬和唐突語氣說話的女傭,這看來還有待爭議。

「而且,」格賽達繼續說,「你必須容忍她最近的舉止會比平時更糟。你不能指望她會對普瑟洛上校的死產生同情,因為他曾將她的男友關進監獄,」

「他關過她的男友?」

「是的,因為盜獵。你知道,那個人,亞契。瑪麗曾與他私奔兩年。」

「我不知道這件事。」

「連恩,我親愛的,你一向什麼也不知道。」

「真奇怪,」我說,「每個人都說槍聲是從森林裡傳來的。」

「我一點也不認為有什麼奇怪的，」格賽達說，「你知道，人們常常聽到森林裡的槍聲。所以，當人們聽到槍聲時，就會想當然耳地認為那是從森林裡傳來的。這個槍聲也許比平時更響些。當然，如果一個人在隔壁房間，應該會知道槍聲是從屋子裡傳來的，但是，瑪麗工作的廚房窗戶剛好在屋子的背面，我想她就聽不清楚了。」

門又開了。

「梅崎上校回來了，」瑪麗說，「那個警官和他在一起，他們說，如果你去見見他們，他們會很高興。他們在書房裡。」

11

我一眼就看出，對這個案件，梅崎上校與史萊克警官的意見不一。梅崎面色脹紅，十分氣惱，警官一臉鐵青。

「很遺憾，」梅崎說，「我認為瑞汀無罪，但史萊克警官不同意我的看法。」

「如果他沒做，為什麼他要說是他做的呢？」史萊克懷疑地問道。

「記住，史萊克，普瑟洛夫人也做出了同樣的表示。」

「那不一樣。她是個女人，而女人往往會做出那種蠢事。我不是說她出於一時衝動。她聽說他被指控，於是編造了一番謊言。我太熟悉這一套把戲了。女人那些蠢把戲，我很了解，說出來你一定不信。但是，瑞汀不一樣。他很有頭腦，如果他承認是他做的，那麼，我得說他確實做了。凶器是他的槍，你不能否認這一點。而且感謝普瑟洛夫人的這番舉動，我們才得以知道了動機。之前這個論據沒有說服力，但是現在我們清楚了，哎呀，整個案子十分順利。」

「你認為他可能在早些時候殺他嗎？比如說，在六點三十分？」

「他不可能那樣做。」

「你調查了他的活動嗎？」

警官點點頭。

「六點十分他在村子裡的藍野豬旅館附近。從那裡，他沿著花園後的小路過來，你說隔壁的老太婆在這兒看見他，我想，她所見如實。然後他到花園中的畫室內與普瑟洛夫人約會。六點三十分剛過，他們就一起離開那裡，沿著小路去村子裡，半路上碰到史東博士。他完全證實了這一點，我見過他。他們站在郵局旁交談了幾分鐘，然後，普瑟洛夫人走進哈娜小姐的家，去借一本園藝雜誌。這點也沒問題，我見過哈娜小姐。普瑟洛夫人在那兒與她聊天一直聊到七點整，這時，她說時間晚了，她必須回家。」

「她的神色怎麼樣？」

「哈娜小姐說，非常輕鬆愉快，心情似乎很好，哈娜小姐非常肯定她沒有什麼心事。」

「好的，繼續說吧。」

「瑞汀呢，他與史東博士到了藍野豬，一起飲酒。在六點四十分時，他離開那兒，疾步走過村子的街道，又沿小路來到牧師公館。許多人見到他。」

「這一次沒有沿花園後面的小路來嗎？」上校敏銳地問道。

「沒有，他來到前門，說要見牧師，一聽說上校在那兒，就進去，向他開槍……正如他所說！這就是案情真相，我們用不著進一步調查了。」

梅崎搖搖頭。

「還有醫生的證詞。你不能否認，普瑟洛被槍殺的時間不會晚於六點三十分。」

「啊，醫生！」史萊克警官露出輕蔑的神色。「你要是相信醫生就慘了。他們總是拔掉你所有的牙——現在他們就只會幹這種事——然後才說非常抱歉，而實際上你患的是盲腸炎。醫生！」

「這和診斷無關。荷大克醫生在這點上絕對確定。你不能略過醫學的證據，史萊克。」

「還有我的證據，也許有用，」我說，突然記起一件忘記了的事。「我當時摸過屍體，感覺已經冰涼了。我可以發誓。」

「明白了嗎，史萊克？」梅崎說。

「哦，當然，如果真是如此。但這實在是一個荒謬的案子。比方說，瑞汀先生未免太急於被絞死。」

「這件事也叫我感到有點蹊蹺。」梅崎上校說。

「唉，人各有所好，」警官說，「有許多人在戰後變得有點呆氣。現在我想，這表示我們得從頭開始。」他轉向我。「你為什麼故意讓我對鬧鐘的時間做出錯誤判斷，先生，我不明白。這叫作干擾司法的行為。」

「我曾三次想告訴您，」我說，「但每一次您都不讓我開口，不願聽我說。」

「先生，那只是我的一種說話方式。如果你真有心告訴我，早可以講得清清楚楚了。鬧鐘與便條的線索似乎完全吻合。現在，根據你的說法，鬧鐘時間完全錯了。我從未碰過這種情形。把鬧鐘撥快一刻究竟有什麼用意？」

「是為了讓人準時。」我說。

「我想，我們現在不必研究這一點，警官，」梅崎上校機智地說，「我們現在所需要的，是從普瑟洛夫人和瑞汀口中獲得實情。我已經打過電話給荷大克，叫他把普瑟洛夫人帶到這兒來。他們應該十五分鐘後會到。我想，先叫瑞汀到這兒來也好。」

「我來接通警察局。」史萊克警官說，拿起電話。

「現在，」他放下話筒後說，「我們得研究一下這個房間。」他意味深長地看著我。

「也許，」我說，「您希望我迴避。」

警官立即為我打開了門。梅崎喊道：「牧師，瑞汀到達時你再回來好嗎？你是他的朋友，也許你有足夠的影響力來說服他吐露實情。」

我看見我妻子和瑪波小姐正在交頭接耳。

「我們一直在討論各種可能性，」格賽達說，「我希望您能破解這個案子，瑪波小姐，就像上次衛瑟碧小姐因為精選的蝦子失蹤而大驚失色，您幫她解開謎題一樣……因為它使您想起一袋煤什麼的。這根本毫不相關嘛。」

「你在取笑我，親愛的，」瑪波小姐說，「但畢竟這是一種探明真相的好方法。這確實是人們稱為直覺並對此深入發揮的東西。直覺就像讀一個單字而不用拼寫一樣。兒童不能那樣做，因為他們的經驗很少。但成年人認識這個單字，因為他們以前經常看這個單字。牧師，您明白我的意思嗎？」

「是的，」我慢慢說道，「我想我明白。您是說，如果一件事使您想起另外一件事，那麼，那也許是同一類的事。」

「沒錯。」

「那麼，普瑟洛上校被謀殺這件事，到底使您想起什麼呢？」

瑪波小姐嘆了一口氣。

「難就難在這裡。我的腦中浮現好多類似的人物。比如說，我想起哈格里少校，一位教堂執事，備受各方尊崇。但是，他一直與一個從前的女僕保持婚外情，想想看！五個孩子，整整五個孩子，對他的妻子和女兒真是青天霹靂。」

我極力想像普瑟洛上校扮演偷情者的角色，但實在想像不出。

「還有洗衣店的那件事，」瑪波小姐繼續說，「哈娜小姐非常粗心地把蛋白石別針留在一件送洗的花邊襯衫上。拿走這枚別針的女人根本無意要別針，也絕非一個賊。她只是將別針藏在另一個女人的家裡，然後告訴警方她看見那女人拿走別針。怨恨，您知道，純粹是怨恨。這是一個令人吃驚的動機。當然，因男人而起。總是這樣。」

這一次，我看不到任何類似之處，八竿子打不著嘛。

「還有，可憐的艾維爾的女兒，那麼一個美麗飄逸的女孩，竟企圖掐死她的小弟。還有唱詩班郊遊的經費其實是被風琴師偷走……那是在您任職之前，牧師。因為他的妻子負債累累。是的，這個案子使人想起這麼多事情，太多了。這就很難判斷出真相了。」

「我希望您能告訴我，」我說，「那七名有嫌疑的人是誰？」

「七名有嫌疑的人？」

「您說過，您可以想出七名……嗯，會為普瑟洛上校的死而高興的人。」

「我說過嗎？是的，我記得我說過。」

「那是真的嗎？」

「哦！當然是真的。但是我不能說出名字。我相信，您自己也很容易想到。」

「我實在想不到。我想，拉蒂絲．普瑟洛算一個吧，她也許能因父親的死而得到一筆錢。但是，把她與此事聯想在一起很荒謬，除她以外，我想不出誰了。」

「你看呢，親愛的？」瑪波小姐轉向格賽達問道。

令我頗感吃驚的是，格賽達的臉紅起來。某種很像眼淚的東西開始出現在她眼裡。她握緊了兩隻小手。

「啊！」她憤怒地喊道，「人們太可惡了，太可惡了！他們說的那些東西！那些討厭的東西……」

我好奇地看著她，她是如此激動不安，實在不像平時的格賽達。她注意到我的目光，努力擠出笑容。

「別那樣看著我，連恩，好像我是某種你不了解的有趣動物。我們別太激動，偏離了正題。我不相信是勞倫斯或安，也不可能是拉蒂絲。一定有某種線索能幫助我們。」

「當然，還有便條，」瑪波小姐說，「你們還記得吧，我今天早上說過，那使我感到非常奇怪。」

「那似乎精準地確定了他的死亡時間，」我說，「但是，那有可能嗎？那時普瑟洛夫人才剛離開書房，幾乎沒時間到達畫室。我能做出的唯一解釋是，他看了自己的錶，而他的錶慢了。我想，這好像是一個可能的答案。」

「我還有一個想法，」格賽達說，「連恩，假設鬧鐘已經被撥慢了……不，結果還是一樣，我真笨！」

「我離開時，鬧鐘還沒被調整過，」我說，「我記得把鬧鐘和我的手錶對過時間。而且就像你說的，那與目前的案情沒有關係。」

「您認為呢，瑪波小姐？」格賽達問道。

「親愛的，我得承認我根本沒有從那個角度來考慮。從一開始就使我感到奇怪的是那張便條。」

「我不明白這一點，」我說，「普瑟洛上校只是寫說，他不想再等下去了。」

「在六點二十分嗎?」瑪波小姐說,「你們的女傭瑪麗已經告訴他,您最早也要六點半才會回來,而他似乎也願意等到那時。但是在六點二十分時,他卻坐下來說他『不想再等下去了』?」

我凝視著這位老小姐,益發欽佩她的判斷能力。她的敏銳思維,使她洞察到我們未能看到的東西。

真是令人不可思議,非常令人不可思議。

「要是信上沒有註明時間就好了。」我說。

瑪波小姐點點頭。

「對!」她說,「如果沒註明時間就好了!」

我開始回憶,極力回想起那張便條和潦草的筆跡,以及信紙頂端書寫工整的六點二十分。顯然,這些數字和信上其他的筆跡不一樣。

我喘了一口氣。

「假設,」我說,「信上並未註明時間,假設在六點三十分左右普瑟洛上校開始不耐煩,於是坐下來說他不想再等下去。他坐在那兒寫便條,某個人從窗戶進來……」

「或從門進來。」格賽達補充道。

「他會聽見開門聲並抬起頭來。」

「普瑟洛上校有點聾,您記得的。」瑪波小姐說。

「是的，沒錯，他不會聽到開門聲。不管凶手從哪兒進來，反正他悄悄溜到上校背後，槍殺了他。然後他看見便條和鬧鐘，靈機一動，在信紙頂端寫下六點二十分，並將鬧鐘的時間調整成六點二十二分。這是個高明的主意。這給了他……或者他自認為這給了他完美的不在場證明。」

「所以我們要找的那個人，」格賽達說，「在六點二十分一定有確實的不在場證明，然而他絕對提不出不在場證明的時間則為……這太難了，根本無法鎖定是何時。」

「我們能把時間確定在很窄的範圍內，」我說，「荷大克將六點三十分作為最晚的極限。從我們剛才所做的推理，我想也許可以將時間範圍改為六點三十五分，因為普瑟洛不可能在六點三十分前就不耐煩起來，這點似乎很清楚。我想，確實很清楚。」

瑪波小姐說：「接下來是我聽到的那個槍聲，是的，我想那相當可能是槍聲。我當時沒在意，根本沒在意。真可惡！但是現在我試著回想，我覺得那槍聲好像與平時聽到的槍聲不一樣。是的，是不一樣。」

「更響嗎？」我提醒道。

不，瑪波小姐並不認為那個槍聲更響。事實上，她覺得很難說出到底有什麼不一樣，但她堅持說是不一樣。

我想，她也許只是自我灌輸這件事情，其實並不記得這件事，但她剛才還是對這個問題發表了一番言之有理的新見解，我由衷佩服。

她站起身，輕聲說她真的必須回去了，還說能與親愛的格賽達將案件從頭分析一遍，非常有趣。

我送她到圍牆和後門口，回來時發現格賽達正陷入沉思。

「還在想那張便條嗎？」我問道。

「不。」

她突然戰慄了一下，不耐煩地搖搖肩膀。

「連恩，我一直在想，有人一定對安．普瑟洛恨之入骨！」

「恨她？」

「是的。難道你不明白嗎？沒有對勞倫斯不利的實據，所有對他不利的證據都可以說是碰巧的。他只是碰巧心血來潮到這兒的。如果他沒來……唉，沒人會將他與這樁凶殺案扯在一塊。但安就不一樣了。假設有人知道六點二十分時她人在這兒，那麼鬧鐘和信紙上的時間都對她不利。我認為，並不僅是為了製造不在場證明，鬧鐘才被人剛好撥到那個時間上；我認為這另有所圖，顯然企圖嫁禍於她。如果不是瑪波小姐說她沒有隨身帶槍，並注意到她一下子就走進畫室……是的，如果不是那樣……」她又戰慄了一下。「連恩，我覺得有人對安．普瑟洛恨之入骨。我，我不喜歡這件事。」

／12

當勞倫斯·瑞汀到達時，我被喚進書房。他顯得憔悴，而且我認為，疑心重重。梅崎上校還算客氣地與他打招呼。

「我們想在這兒當場問你幾個問題。」他說。

勞倫斯只是冷冷地一笑。

「這是一個法國式的做法嗎？重構犯罪過程？」

「親愛的孩子，」梅崎上校說，「別用那種腔調與我們講話。你假裝幹了這樁謀殺案，但你知道另外有人也坦承自己幹了這樁謀殺案嗎？」

這些話立即令他痛苦。

「另……另外有人？」他結結巴巴地說，「是……是誰？」

「普瑟洛夫人。」梅崎上校注視著他說。

「胡扯。她根本沒有。她不可能，這是不可能的。」

梅崎打斷他的話。

「奇怪的是，我們不相信她的說法。可以說，我們也不相信你的。荷大克醫生肯定地說，凶殺案不可能是在你所說的時間發生。」

「荷大克醫生那樣說嗎？」

「是的，所以，你看，不管你願不願意，你的罪嫌已被澄清。現在，我們要你協助我們，據實以告事發經過。」

勞倫斯仍然猶豫不決。

「有關……有關普瑟洛夫人的事，您不是在欺騙我吧？你們真的不懷疑她？」

「以我的名譽擔保。」梅崎上校說。

勞倫斯深深地吸了一口氣。

「我一直是個傻瓜，」他說，「一個十足的傻瓜。我竟然會一時以為是她幹的……」

「你把所有情況告訴我們怎麼樣？」警察局長建議道。

「沒什麼好講的。我，我那天下午碰見普瑟洛夫人……」他停頓下來。

「那件事我們全知道，」梅崎說，「你可能認為，你與普瑟洛夫人之間的私情是個無人知道的祕密，但事實上，這件事已眾所皆知並議論紛紛。無論在任何情況下，一切事情都會曝光。」

「那麼，很好。我希望您是對的。我曾答應這位牧師（他瞥我一眼）說我會……會立刻離開。那天晚上六點一刻，我與普瑟洛夫人在畫室見面。我告訴了她我的決定。她也同意這是唯一的選擇。我們……我們互相道別。

「我們離開畫室，一下子便碰上了史東博士。安努力裝出若無其事的樣子，我卻做不到。我與史東去藍野豬喝酒。然後我想我得回家，但當我走到這條路的拐角處時，我改變了主意，打算走過去看看牧師。我覺得想找個人聊聊這件事。

「在門口，女傭告訴我牧師出去了，但一會兒就回來，還說普瑟洛上校在書房裡等他。哦，這下子我又不想走開了，以免看起來好像我害怕見他似的。所以我說我也要等，並走進書房。」

他停下來。

「嗯？」梅崎上校問。

「普瑟洛正坐在書桌旁，正如您發現他的時候那般。我走近他，摸了他。他死了。然後我往下看，看見手槍掉在他身旁的地板上。我撿起槍，立刻就認出是我的槍。

「我嚇了一跳。我的槍！然後我一下子就得出結論。安一定在哪時偷拿走我的槍，為了她自己而準備，以便在痛苦不堪時結束生命。也許她今天就帶著槍。我們在村子分手之後，她一定回到這兒，然後……然後，哦！我當時那樣想真是瘋了。但是，我當時就是這麼想。我把槍偷偷放進衣袋，離開了。剛到牧師公館的大門口，我碰見牧師。他客氣又正常地說了一些要和普瑟洛會面的事，突然間，我有一股想放聲大笑的衝動。他的舉止是那樣的稀鬆平常，而我卻緊張萬分。我記得我胡言亂語喊了幾句，並看見他的臉色驟變。我相信，我當時幾乎失去理智。我離開後走啊走的，最後我再也受不了了。如果安幹了這件可怕的事，我至少得負起道義責任，於是就去自首了。」

他講完後，屋裡一片沉默。然後上校用一種公事公辦的語氣說：「我得問你一兩個問題。首先，你以任何方式觸摸或移動過屍體嗎？」

「沒有，我根本沒碰過他。不用碰也能看出他已經死了。」

「你注意到他的屍體半遮著的記事本上的便條嗎？」

「沒有。」

「你以任何方式動過鬧鐘嗎？」

「我根本沒動過鬧鐘。我好像記得一個弄翻的鬧鐘擺在桌上，但我根本沒動它。」

「至於你的槍，你最後看見它是什麼時候？」

勞倫斯想了一下。

「不太記得了。」

「你把槍放在哪兒？」

「噢，放在我的住處客廳的一堆雜物中。在書櫃的一層架子上。」

「你都把槍隨處亂放嗎？」

「是的，我真的沒想過這件事。槍就放在那兒。」
「這麼說來，任何到你住所的人都可能看見槍了？」
「是的。」
「你真的記不得最後看見那把槍是什麼時候嗎？」
勞倫斯皺起眉頭沉思。
「我幾乎可以肯定，前天槍還在那裡。我記得把槍挪到一邊，去取一只舊菸斗。我想是前天，但也可能是再前一天。」
「最近誰到過你的住處？」
「哦！很多人。總有人進進出出，前天有些人來喝茶聚會，有拉蒂絲．普瑟洛、丹尼斯和他們的一群朋友。後來，不時來一兩個老太太。」
「你外出時會鎖門嗎？」
「沒有，為什麼要鎖門呢？我沒有什麼可讓別人偷的。這兒沒有人鎖門。」
「誰在那兒照管你的東西？」
「一位亞契老太太每天早晨來『照料我』，他們是這樣說的。」
「你認為她會記得槍最後一次出現在那裡的時間嗎？」
「不知道。也許她記得。但我想，認真打掃並不是她所擅長的。」
「這樣看來，幾乎每個人都可能拿了那把槍，是嗎？」

「看來如此，是的。」

門開了，荷大克醫生和安・普瑟洛走了進來。

她看見勞倫斯後很吃驚。而他呢，躊躇地朝她走近一步。

「原諒我，安，」他說，「想到我所做的事，真是難過。」

「我……」她結結巴巴地說，然後用乞求的目光看著梅崎上校。「荷大克醫生告訴我的話，是真的嗎？」

「你是指瑞汀先生的罪嫌澄清了？是的。現在，普瑟洛夫人，您的話又是怎麼回事呢？哎，怎麼回事？」

她有點羞澀地笑了一下。

「我想你們會認為我差勁透了，是吧？」

「哦，倒不如說，我們認為……很傻吧？但這已經過去了。普瑟洛夫人，現在我想知道的是真相，絕對的真相。」

她嚴肅地點點頭。

「我會告訴你們。我想你們知道……知道一切。」

「沒錯。」

「那天晚上，我準備在畫室與勞倫斯、也就是瑞汀先生見面，約好在六點一刻。傍晚我丈夫和我一起開車去村子裡。我得買點東西。我們分手時，我丈夫隨口說他要去看牧師。我來不及通知勞倫斯，感到非常不安。我，哦，我丈夫在牧師公館，而我卻在牧師公館的花園與他見面，這真令人尷尬。」

說到這裡，她的臉頰紅了。此時她可不好受。

「我想，也許我丈夫不會逗留太久。為了一探究竟，我沿著花園後的小路過來，走進花園。我希望沒人看到我，但瑪波小姐當然一定在她的花園裡！她喊住我，我們交談了幾句，我解釋說我要去叫我丈夫。我覺得有必要說點什麼，不知道她是否相信我。她的表情顯得相當古怪。

「我離開她之後，就直接走到牧師公館，拐過房子的牆角，來到書房窗戶前。我小心翼翼地爬上窗台，指望聽到說話聲。但令我驚訝的是，屋裡安靜無聲。我往裡面掃了一眼，看見書房空無一人，便慌忙穿過草坪，來到畫室。勞倫斯幾乎是立刻就從畫室出來迎接我。」

「普瑟洛夫人，您說書房空無一人嗎？」

「是的，我丈夫沒在那裡。」

「真奇怪。」

「夫人，您是說，您沒看見他？」警官問道。

「沒有，沒看見。」

史萊克警官向警察局長耳語，後者點點頭。

「普瑟洛夫人，給我們據實示範一下您當時的動作，您不介意吧？」

「一點也不。」

她站起身，史萊克警官為她推開窗戶，她跨到外面的平台上，拐過房子走向左邊。

史萊克警官傲慢地示意我走過去，在書桌旁坐下。

不知怎地，我不太喜歡這樣做，這讓我感到很不舒服，但我當然還是得照辦。

一會兒，我聽到外面的腳步聲，腳步聲停了一下又退回去。史萊克警官向我示意，我可以回到房間的另一邊。普瑟洛夫人又從窗戶進來。

「經過就是如此嗎？」梅崎上校問道。

「我想就是如此。」

「那麼，普瑟洛夫人，您能告訴我們，您剛才往室內看的時候，牧師在室內的什麼地方？」史萊克警官問。

「牧師？我，不，恐怕我無法告訴您。我沒有看見他。」

史萊克警官點點頭。

「那就是您沒有看見您丈夫的原因。他在書桌旁，在房間的一角。」

「哦！」她停頓下來。突然，她恐懼地睜圓雙眼。「是在那裡發……發……」

「是的，普瑟洛夫人。正是當他坐在那裡的時候。」

「哦！」她渾身顫抖。

他繼續盤問。

「普瑟洛夫人，您知道瑞汀先生有一把槍嗎？」
「知道，他告訴過我。」
「您曾經拿過那把槍嗎？」
她搖搖頭。
「沒有。」
「您知道他把槍放在哪兒嗎？」
「我不太確定。我想……對了，我想我看過槍在他家的一個架子上。你是不是把槍放在那裡，勞倫斯？」
「您最後一次到他家裡是什麼時候，普瑟洛夫人？」
「噢！大約三週前。我丈夫和我在那裡與他一起喝茶。」
「在那之後，您沒有到過那裡嗎？」
「沒有，再也沒有去過。您知道，這可能會在村子裡引起閒言閒語。」
「這是毫無疑問。」梅崎上校冷淡地說，「恕我冒昧，您通常在哪兒與瑞汀先生見面呢？」
「他常常到老屋來。他給拉蒂絲作畫。我們常常在他作畫結束後在森林裡見面。」
梅崎上校點點頭。
「夠了嗎？」她的聲音突然變了。「這太可怕了，不得不告訴你們這一切。而且……而且這沒錯。沒有，確實沒有。我們只是朋友。我們……我們忍不住互相關心。」

她用乞求的目光看著荷大克醫生，於是這個軟心腸的人走近一步。

「我真的認為，梅崎，」他說，「普瑟洛夫人吃不消了。她各方面都受到震驚。」

警察局長點點頭。

「我真的沒有什麼要問您的了，普瑟洛夫人，」他說，「謝謝您如此坦率地回答。」

「那麼，那麼我可以走了嗎？」

「你太太在家嗎？」荷大克問我，「我認為普瑟洛夫人想見見她。」

「在，」我說，「格賽達在家。你們可以在客廳見到她。」

她和荷大克一起離開房間，勞倫斯也和他們一起走了。

梅崎上校緊閉雙唇，擺弄著一把拆信刀。史萊克在看便條。就在這時，我提到瑪波小姐的推論。史萊克仔細地審視著便條。

「哎呀，」他說，「我相信這老太太是對的。瞧，長官，你有沒有看見，這些數字是用不同的墨水寫的。我敢打賭日期是用鋼筆寫的，如果不是，我就辭職！」

我們都相當興奮。

「你已經檢查便條上的指紋了吧？」警察局長說。

「您認為呢，上校？便條上根本沒有指紋。手槍上的那些指紋全都是勞倫斯・瑞汀的。在他把槍放在口袋四處晃蕩之前，槍上可能有其他人的指紋，但現在取不到了。」

「一開始，這個案子看來對普瑟洛夫人不利，」上校若有所思地說，「比對瑞汀要不利得多。那位老太太雖提供了她沒隨身帶槍的證詞，但這些老太太常常會弄錯。」

我沉默無語，但我並不同意他的看法。我相信，既然瑪波小姐已經這樣說了，那麼安・普瑟洛就是沒帶槍。瑪波小姐可不是那種會弄錯的老太太，她有一種百發百中的神奇本領。

「使我大傷腦筋的是，沒人聽到槍聲。如果那時開了槍，有人一定聽到槍聲，無論他們認為是從哪兒傳來的。史萊克，你最好與女傭談談。」

史萊克警官欣然地走向門口。

「最好別問她是否聽到室內有槍聲，」我說，「因為如果您這樣問，她會否認。就說是森林裡的槍聲好了，那是她唯一會承認聽到的槍聲。」

「我知道該怎麼應付。」史萊克警官說，然後離去。

「瑪波小姐說她後來聽到槍聲，」梅崎上校若有所思地說，「我們必須弄清楚她是否能確定時間。當然，那也許是與本案無關的一聲槍響。」

「當然，可能如此。」我同意。

上校在室內轉了一兩圈。

「你知道，克萊蒙，」他突然說，「我有一種感覺，這個案件一定比我們所想的要複雜、困難得多。該死，案件背後一定有什麼不對勁。」他哼了一下。「有某種我們不了解的東西。我們才剛開始，克萊蒙。記住我的話，我們才剛開始。所有的這些東西，鬧鐘、便條、手槍，都解釋不了什麼問題。」

我搖搖頭。這些東西當然解釋不了問題。

「但我會弄個水落石出，不會去蘇格蘭警場求助。史萊克是個精明的人，非常精明。他就像一隻雪貂，會用鼻子嗅出真相。他已經辦了好幾件漂亮的案子，這個案子將會成為他的『傑作』。有的人會到蘇格蘭警場求助，我不會。我就要在唐恩許這兒把案子弄得水落石出。」

「希望如此，我有信心。」我說。

我盡量使聲音充滿熱情，但我已經對史萊克警官產生了厭惡感，所以他如果成功，我並不感到欣喜。我認為，一個成功的史萊克比一個遭受挫折的史萊克更令人憎惡。

「隔壁房子是誰的？」上校突然問道。

「你是說路盡頭的房子嗎？是普萊絲．雷里夫人的。」

「等史萊克問完女傭後，我們去問問她。也許她聽到了什麼。她不聾，對吧？」

「我想，她的聽覺非常靈敏。她經常以『碰巧聽見』作為開場白，說人閒話，因此我認為她並不聾。」

「我們要找的就是這種女人。哦！史萊克來了。」

警官的樣子像是進行過一場艱苦的搏鬥。

「咻！」他說道，「你雇的人脾氣可真火爆啊，先生。」

「瑪麗是個性格倔強的女孩。」我說。

「而且不喜歡警察，」他說，「我警告她，盡我所能對她施加法律壓力，但沒用。她不把我放在眼裡。」

「很有個性。」我說，對瑪麗比較有好感了。

「但我還是把她制服了。她聽到一聲槍響，只有一聲。那是在普瑟洛上校來之後很久。我沒辦法問出她準確的時間，但最後我們根據送魚的時間確定了。魚送晚了，送魚小弟來的時候她責備他，但小弟說，反正才差不多六點半而已嘛。在那之後不久，她就聽到槍聲。當然，可以說這時間不準，但給了我們一個頭緒。」

「嗯。」梅崎應了一聲。

「我認為，普瑟洛夫人與此案並無牽連，」史萊克說，語氣略顯遺憾。「她沒有時間，這是第一點。另外，女人從不喜歡帶著武器四處遊蕩，她們比較喜歡下砒霜。不，我認為不是她做的。真可惜！」他嘆息道。

梅崎說，他要去普萊絲・雷里夫人家，史萊克同意一起去。

「我可以和你們一起去嗎？」我問道。「我開始感興趣了。」

他們同意了，於是我們一起出發。我們剛出現在牧師公館大門，就聽到有人大聲招呼我們一聲「嗨」。我的侄兒丹尼斯沿路從村子跑來，加入我們。

「聽著，」他對警官說，「我告訴您的那個腳印怎麼樣？」

「是園丁的。」史萊克警官簡短地說。

「您不認為也許是另有他人穿了園丁的靴子？」

「不，我不認為！」史萊克警官用一種令人洩氣的語調說。然而，這樣還不足以讓丹尼斯洩氣。他拿出幾根燒過的火柴。

「我在牧師公館大門那兒找到的。」

「謝謝你。」史萊克說，隨手將火柴放進口袋。

看來場面有點僵了。

「你們不是逮捕了連恩叔叔吧？」丹尼斯開玩笑地問道。

「我們為什麼要逮捕他？」史萊克問道。

「有許多可以指控他的證據，」丹尼斯宣稱，「您問問瑪麗。就在凶案發生的前一天，他還希望普瑟洛上校從這個世界上消失哩。不是嗎，連恩叔叔？」

「呃……」我欲言又止。

史萊克警官慢慢朝我投來一道懷疑的目光，我感到渾身發熱。丹尼斯太亂來了。他應該知道，警察很少有幽默感的。

「別胡扯，丹尼斯。」我生氣地說。

這個天真的孩子吃驚地睜大眼睛盯著我。

「哎呀，這只是個玩笑，」他說，「連恩叔叔只是說，任何一個殺掉普瑟洛上校的人，就是為世界做了一件好事。」

「啊！」史萊克警官說，「這倒是解釋了女傭說的某些事情。」僕人也很少有什麼幽默感。我在內心裡狠狠詛咒丹尼斯惹事生非。這件事以及鬧鐘的誤會將使警官一輩子懷疑我。

「快來，克萊蒙。」梅崎上校呼喚我。

「你們要上哪兒？我也能去嗎？」丹尼斯問道。

「不，你不能。」我厲聲說。

他滿腹委屈地望著我們離去。我們來到普萊絲．雷里夫人家整潔的前門，警官用一種我只能說是公事公辦的態度敲了門、按了門鈴。一個俏麗的女傭前來應門。

「普萊絲．雷里夫人在家嗎？」梅崎問道。

「不在，先生。」女傭停了一下又說道，「她剛去警察局了。」

這是一個完全出乎預料的進展。當我們往回走時，梅崎抓住我的手臂，低聲說：「如果她也去坦白自首，那我就真的要瘋了。」

13

我認為，普萊絲．雷里夫人不大可能有什麼驚人之見，不過我實在納悶，是什麼原因促使她去警察局。她真有重要的證據或她認為重要的證據要提供嗎？不管怎樣，我們很快就會知道。

我們看到普萊絲．雷里夫人正劈里啪啦地對著一個一臉迷惑的警官說話。她非常氣憤，我可以從她帽子的蝴蝶結抖個不停看出這點。我相信雷里夫人戴的是所謂的「仕女帽」。在馬奇班罕一帶的小鎮上，這種帽子獨樹一格，可以隨意地放在頭髮上，由於飾有大朵的絲帶蝴蝶結，給人有點超重的感覺。格賽達老是威脅說，要買一頂仕女帽。

我們進來時，滔滔不絕的普萊絲．雷里夫人暫時住了口。

「普萊絲．雷里夫人嗎？」梅崎上校問道，一面舉了一下帽子。

「普萊絲．雷里夫人，我給您介紹一下，這是梅崎上校，」我說，「梅崎上校是我們郡警察局的局長。」

普萊絲・雷里夫人冷淡地看著我，卻對上校優雅地微微一笑。

「我們剛繞到您家去，雷里夫人，」上校解釋道，「聽說您已經來這兒了。」

雷里夫人的態度完全緩和下來。

「啊！」她說，「這件事能受到一點關注，我很高興。無恥，我說，簡直是無恥。毫無疑問，謀殺是無恥的，但我自己不會用這樣的字眼來描述。這也使梅崎很吃驚，我看得出來。

「您對此案能提供什麼線索嗎？」他問道。

「那是你們的事，這是警方的事。我倒要問問，我們繳稅是為了什麼？」不曉得一年中這個問題會被人問上多少次！

「我們正全力以赴，雷里夫人。」警察局長說。

「但這位先生甚至沒聽說過此事，還要我們來告訴他！」她喊道。

我們都看著這個警官。

「這位女士打電話來，」他說，「她很氣惱。是有關言詞猥褻的事，我想。」

「哦！我明白了。」上校的眉頭鬆開了。「我們談的不是同一件事。您是到這兒申訴的，是嗎？」

梅崎是個聰明人，他知道，如果遇到的是一個生氣的中年女士，你只有一件事可做，就是聽她講。當她講完所有她想講的話之後，才有機會讓她聽你講。

雷里夫人開始長篇大論。

「這麼無恥的事應當制止。這種事不應該發生。在自己家裡接電話，竟然受到侮辱……是的，受到侮辱。我可不習慣這樣的事發生在我身上。自從大戰以來，人們的道德逐漸敗壞。人人口不擇言，至於他們穿的衣服……」

「說得對極了，」梅崎上校急促地說，「到底發生了什麼事？」

雷里夫人吸了一口氣，說道：「我接到電話……」

「什麼時候？」

「昨天下午，準確地說，是晚上，六點半左右。我去接電話，並沒有起什麼疑心。但我立刻受到惡言攻擊、威脅……」

「電話裡到底說些什麼？」

普萊絲．雷里夫人的臉色微微發紅。

「這點我拒絕陳述。」

「猥褻的言辭。」警官用低沉的聲音輕聲說道。

「粗話嗎？」梅崎上校問道。

「要看您所謂的粗話是什麼。」

「您懂嗎？」我問道。

「我當然懂。」

「那麼，那不可能是粗話。」我說。

雷里夫人懷疑地打量著我。

「一位有教養的女士，」我解釋說，「當然不熟悉粗話。」

「不是那種情況，」雷里夫人說，「首先，我必須承認，當時我相當清楚。我以為真有什麼事情。後來，那……那人開始惡言相向。」

「惡言相向？」

「惡劣極了，我相當吃驚。」

「使用威脅性的字眼，嗯？」

「是的。我不習慣受到威脅。」

「他們怎樣威脅您？要傷害您嗎？」

「不完全是。」

「雷里夫人，恐怕您必須說得更明確些。您受到怎樣的威脅？」

雷里夫人似乎非常不情願地回答。

「我記不清楚了。那令人非常不安。但是就在最後……那時我真的非常不安，這個……這個壞蛋哈哈大笑起來。」

「是男人的聲音還是女人的聲音？」

「是一種頹廢的聲音，」雷里夫人義正辭嚴地說，「我只能說那是一種變態的聲音。一會兒魯莽粗啞，一會兒尖聲尖氣。實在是一種很奇特的聲音。」

「也許是個玩笑。」上校安慰道。

「如果是這樣，那真是一件邪惡的事。我也許會得心臟病。」

「我們會調查此事，」上校說，「對吧，警官？追查這通電話。關於電話裡說的話，您不能講得更明確具體一點嗎，雷里夫人？」

普萊絲．雷里夫人的心裡開始掙扎，沉默的念頭對抗著報復的念頭，最後報復的念頭占了上風。

「當然，這種事不能繼續下去。」她開始說道。

「當然不能。」

「這個畜生開始時說……我實在說不出口……」

「說吧，說吧。」梅崎鼓勵道。

「『你是個專門散布流言蜚語的老巫婆！』你聽聽，梅崎上校，我，竟然成了專門散布流言蜚語的老巫婆。『但這一次，你太過分了。蘇格蘭警場要以誹謗罪來抓你。』」

「自然，您嚇了一跳。」梅崎說，咬住他的鬍鬚，以掩飾一絲微笑。

「『除非你今後閉嘴，否則你就會遭到報應……各式各樣的報應。』我無法形容那種威脅口吻。我喘起氣來，像這樣輕聲問：『你是誰？』那個聲音回答：『復仇者。』我輕輕尖叫了一聲。這聽起來可怕極了，然後這人哈哈大笑。哈哈大笑！十分清楚，就是那樣。我聽見他掛上了話筒。當然，我問了電信局剛才打電話給我的是什麼號碼，但他們說不知道。您也知道電信局是怎麼回事，非常粗魯，一點同情心也沒有。」

「的確如此。」我說。

「我感到頭昏腦脹，」雷里夫人繼續說道，「非常緊張不安，以致當我聽到森林中的一聲槍響時，我發誓，我簡直嚇得靈魂出竅。你們要是在當場一定會了解。」

「森林中的一聲槍響？」史萊克警官機警地問道。

「當時我處於一種緊張不安的情緒中，我覺得這聲音聽起來像大炮發射一樣。『哦！』我叫道，疲憊地躺倒在沙發上。克拉拉不得不給我拿來一杯李子琴酒。」

「令人震驚啊，」梅崎說，「真令人震驚。這一切讓您太不好受。您說，槍聲很響？好像近在咫尺？」

「那就是我當時的感覺。」

「當然，當然。這一切是什麼時候發生的？這有助於我們追查電話，您知道。」

「六點半左右。」

「您不能告訴我們更準確的時間嗎？」

「哦，您知道，當時我壁爐台上的小鐘剛剛響過半點報時，我還說：『那鐘一定快了。』那鐘確實快了。於是我把鐘與我戴的手錶對了時，錶的時間只是六點十分，但後來我把錶挨近耳朵，發現錶已經停了。於是我想：『哦，如果鐘快了，我一會兒就會聽到教堂塔樓上的鐘聲。』後來，當然，鐘聲響了，我就把這事全忘了。」她停頓下來，氣喘吁吁。

「噢，這就夠了，」梅崎上校說，「我們會派人為您調查此事，普萊絲．雷里夫人。」

「就把這事當作愚蠢的玩笑吧，別擔憂，雷里夫人。」我說。

她冷淡地看著我。顯然，她仍然為一英鎊鈔票的事對我懷恨在心。

「最近，這個村子裡發生了好些奇怪的事，」她對梅崎說，「非常奇怪的事。普瑟洛上校準備調查這些事，結果如何？可憐的人。說不定我是下一個？」

說完這句話，她起身離開，而且帶著一種不祥的憂鬱搖著頭。梅崎小心翼翼地說：「不會如此倒楣。」

然後他變得臉色凝重，用探詢的目光望著史萊克警官。

那位大人物慢慢點點頭。

「問題快要解決了，長官。有三個人聽到槍聲。我們現在得找出是誰開的槍。瑞汀先生的這件事拖延了我們，但我們有了一些頭緒。我原本認為瑞汀先生有罪，根本不打算費力去調查這些線索，可是現在這一切都改變了。目前首先要做的事情就是追查那通電話。」

「打給普萊絲．雷里夫人的那通嗎？」

警官咧嘴而笑。

「不是，儘管我認為我們最好查一下那件事，否則那老太太又會來這兒煩我們；我是指那通把牧師騙出門的假電話。」

「對，」梅崎說，「那很重要。」

「其次，查出那天晚上六到七點時每個人在做些什麼。我是說，老屋的每一個人，以及村裡的每一個人。」

我發出一聲嘆息。

「您可真是精力充沛啊，史萊克警官。」

「我相信辛苦工作終會獲得報償。克萊蒙先生，我們就從記錄您本人的活動開始吧。」

「非常樂意。電話大約是五點半打來的。」

「是男人的聲音還是女人的聲音？」

「女人的，至少聽起來像女人。但我理所當然認為是艾博特夫人。」

「您沒有特別聽出是艾博特夫人的聲音嗎？」

「沒有，我沒有。我當時沒有特別注意聲音，或留神它。」

「然後您馬上就出發了？走路去嗎？難道您沒有自行車？」

「沒有。」

「我明白了。所以您走了……有多遠呢？」

「將近兩英里，不管你走哪條路。」

「穿過老屋那片林子是最短的路程，是嗎？」

「確實如此。但這條路不是非常好走。我來去都是走田野小徑。」

「是出來時正對牧師公館大門的那條路嗎？」

「是的。」

「克萊蒙夫人呢？」

「我妻子當時在倫敦。她是搭六點五十分的火車回來的。」

「好。女傭我見過了，牧師公館的調查就到此吧。我接下來要去老屋那片林子，然後我要與樂思荃夫人談談。真怪，在普瑟洛上校被害的前一天晚上，她去看他。關於這個案子，稀奇古怪的事真多。」

我贊成他的說法。

我瞥了時鐘一眼，發現已近午餐時間。我邀請梅崎與我們吃一頓家常便飯，但他藉口得去一趟藍野豬而推辭了。藍野豬提供兩菜一肉的一流午餐，我想他的選擇是明智的。瑪麗受到警方的詢問後，也許會變得比平時更喜怒無常。

／14

回家的路上，我碰到哈娜小姐，她攔住我至少十分鐘，用她的低音嗓門數落著貧民階級的目光短淺和忘恩負義。問題的癥結好像是窮人不歡迎哈娜小姐到他們家裡去，我完全同情他們的立場。礙於我的社會地位，我無法用他們那樣的激烈方式來表達我的觀感。

我竭盡所能安撫她，然後溜之大吉。

在牧師公館那條路的拐角，荷大克開著車趕上了我。

「我剛把普瑟洛夫人送回家。」他喊道。

他在他家門口等我。

「進來坐一會兒吧。」他說。

我照辦。

「這件事非比尋常。」他說，一面將他的帽子丟在椅子上，並打開診所的門。他坐進一張破舊的皮椅裡，目光茫然，顯得痛苦而焦慮。

我告訴他，我們已經成功確定了槍聲的時間。他心不在焉地聽著。

「那就能讓安．普瑟洛脫身，」他說，「唉，唉，我很高興他們倆都不是凶手。我喜歡他們。」

我相信他的話，但我禁不住納悶，既然他說喜歡他們，為什麼他們擺脫了共犯的嫌疑後，他反而悶悶不樂？今天早上，他看起來如釋重負，而現在他卻垂頭喪氣、煩亂不安。不過我仍然相信他說的是實話。他喜歡安．普瑟洛和勞倫斯．瑞汀兩人。那麼又怎麼會有這種深深的陰鬱不安呢？他努力站起身來。

「我本想告訴你豪斯的事。但忙這些事情害我把他忘記了。」

「他真的病了嗎？」

「沒有什麼致命的疾病。當然，您知道他患過昏睡性腦炎，一般叫作昏睡症吧？」

「不，」我大吃一驚地說，「我根本不知道這件事，他從來沒跟我提過。他什麼時候得病的？」

「大約一年前。後來他康復了，情況再好不過了。這是一種怪病，會對人的精神產生奇怪的影響，患病後整個人的性格可能改變。」

他沉默了一陣，又說：「我們現在一想到以往燒死巫師的那段歷史，便會恐懼不已。我相信，今後我們只要一想到曾絞死過罪犯，也會戰慄不安。」

「你不贊同死刑嗎？」

「不完全是那樣，」他停了一下。「你知道，」他慢慢地說，「我寧願做我的工作，也不願擔任你的職務。」

「為什麼？」

「因為你的職務涉及到我們所謂的對與錯……我根本不確定是否有對錯這回事。試想這一切只是一個內分泌問題。一種人內分泌太多，另一種人內分泌太少，所以就有凶手、竊賊、慣犯。克萊蒙，我相信總有一天，我們會因為曾在漫長的幾個世紀裡嚴懲罹患疾病的人而感到懼怕……他們患病是身不由己，這些可憐的傢伙。你不會因為一個人患有肺結核而吊死他吧？」

「他對公眾沒有危害。」

「從某種意義上來說他有，他會感染其他人。比方說有一個自認是中國皇帝的人，你不會就此認為他很邪惡。我贊成你那番關於公眾的觀點，公眾必須受到保護。把這類人限制在某地，使其不能危害社會，甚至溫和地將他們隔離，是的，我可以贊同這個做法，但別施予懲罰，別給他們和他們無辜的家庭帶來恥辱。」

我好奇地看著他。

「我以前從未聽過你這樣說。」

「我通常不會四處散布我的理論，今天我是有感而發。你是個聰明人，克萊蒙，比一些牧師聰明得多。我敢說，你不會承認沒有所謂的『罪』，但你可以心胸寬闊地考慮這種東西的可能性。」

「這會動搖所有現存觀念的根基。」他說。

「是的，我們是一群心胸狹窄、自以為是的人，過分熱中裁斷我們一無所知的事物。我真心相信，犯罪應該由醫生來處理，而不是讓警察和牧師來負責。將來也許就不會有這樣的事了。」

「你會治癒犯罪嗎？」

「我們會治癒犯罪。好一個奇妙的想法。你研究過犯罪統計學嗎？沒有？很少有人研究過。不過我研究了，那些少年犯罪的數量會令你驚訝，又是內分泌的問題，你知道。年輕的尼爾，那個牛津郡的凶手，殺死五個小女孩後才被人懷疑。他是個好孩子，從未惹事生非。莉莉・羅絲，康沃爾郡的那個小女孩殺死了她的叔叔，因為他減少她的糖果量，她便趁他睡覺時，用一把敲煤用的槌子打死他。回到家，兩個禮拜後又殺死因為某件小事惹她生氣的姐姐。當然，他們誰也沒有被絞死，而是被送進瘋人院。也許後來好了，也許沒有。我很懷疑那女孩會康復。她唯一關心的事情就是看殺豬。你知道自殺在什麼時候最普遍嗎？十五、六歲的年齡層。自殺和殺人並沒有很大的距離。但這不是道德的缺陷，而是生理的缺陷。」

「你所說的事真可怕！」

「不，對你來說應該是新鮮罷了。我們必須面對新的真理，一個人的觀念必須調整，但有時這使得生活很艱難。」

他坐在那兒，皺著眉頭，仍然帶著那副疲憊不堪的奇怪表情。

「荷大克，」我說，「如果我懷疑——如果我知道——某個人是凶手，你會將那人繩之以法呢，還是想要包庇他們？」

他對這個問題的反應出乎我的預料。他帶著憤怒和懷疑的神情轉向我。

「你為什麼那麼說，克萊蒙？你心裡在想什麼？說出來，老兄。」

「哎呀，沒什麼特別的，」我說，頗感吃驚。「只是，嗯，剛才我們滿腦子是謀殺案的事。我只是納悶，如果你碰巧發現了真相，你會有怎樣的感覺，如此而已。」

他的氣消了。他再度茫然地看著前方，彷彿正努力解讀使他困惑的謎語答案，但這個謎語只存在於他的腦袋裡。

「如果我懷疑，如果我知道……我會盡職，克萊蒙。至少，我希望這樣。」

「問題是，你怎樣看待你的職責？」

他用深不可測的目光看著我。

「克萊蒙，我想每個人在生活中偶爾都會碰到這個問題。每個人都得以自己的方式來決定。」

「你不知道嗎？」

「不，我不知道……」

我感到最好改變話題。

「我那個侄兒對這個案件非常熱中，」我說，「花費他的所有時間來尋找腳印和菸灰。」

荷大克微笑起來。

「他多大？」

「才十六歲。在這種年齡，不會把悲劇看得很嚴重。對他而言，那只是福爾摩斯和亞森．羅蘋的偵探故事。」

荷大克若有所思地說：「他是個英俊的孩子。你打算讓他幹什麼？」

「恐怕我付不起大學教育的費用。這孩子自己想去跑船。他報考海軍失敗了。」

「嗯，海軍的生活很辛苦，但他的生活可能更艱難。是的，可能更艱難。」

「我得走了，」我看到鐘便叫了起來。「我的午飯差不多遲到半小時了。」

我到家時，全家人剛坐下來。他們要我將早上的活動全講給他們聽，我講了，同時我感到大部分內容都令人掃興。

但是，普萊絲．雷里夫人的電話事件卻讓丹尼斯興高采烈。我繪聲繪影地講到她受到相當大的震驚，要靠李子琴酒來定神時，丹尼斯笑翻了。

「那老處女活該！」他叫道，「她是這兒最饒舌的女人。要是我也想到打電話給她、嚇她一大跳就好了。我說，連恩叔叔，再讓她嚇一次怎麼樣？」

我趕緊請求他千萬不要。年輕人好心努力幫助你，想表示他們的同情……再也沒有什麼比這更容易招惹是非了。

丹尼斯的神情突然改變，他皺起眉頭，擺出一副不可一世的姿態。

「今天早上，我大都與拉蒂絲在一起，」他說，「你知道，格賽達，她真的非常擔心。她不想表現出來，但她很擔心，非常擔心。」

「我想也是。」格賽達揚起了頭說道。

格賽達不太喜歡拉蒂絲．普瑟洛。

「我想，你對拉蒂絲不太公平。」

「難道你不是嗎？」格賽達問道。

「許多人都不服喪的。」

格賽達一語不發，我也是。丹尼斯繼續說：「她不和別人講話，卻和我講。對整個事情，她非常擔憂，她認為這件事情應該要解決。」

「她會發現，」我說，「史萊克警官與她的看法相同。他今天下午要去老屋，也許在他努力查明真相的時候，會使那兒的人不得安寧。」

「你認為真相是什麼呢，連恩？」我妻子突然問道。

「很難說，親愛的。我不能說此時我已經有什麼線索。」

「你是說，史萊克警官要追查那通電話，就是把你騙到艾博特家去的那一通？」

「是的。」

「但他查得到嗎？這不是一件很棘手的事嗎？」
「我倒不這樣認為。電信局會有電話紀錄。」
「噢！」我妻子陷入沉思。
「連恩叔叔，」我侄兒說，「今天早上我開玩笑說你希望普瑟洛上校被殺掉，你怎麼一下子就火大了？」
「因為，」我說，「凡事都得看場合。史萊克警官毫無幽默感，他對你的話會信以為真，也許會盤問瑪麗，並取得逮捕我的證據。」
「一個人是不是在開玩笑，難道他不知道嗎？」
「不知道，」我說，「他不知道。他憑苦幹和盡職盡責升到目前的職位，所以根本沒有休閒娛樂的時間。」
「你喜歡他嗎，連恩叔叔？」
「不，」我說，「我不喜歡，第一眼見到他就厭惡至極。但我毫不懷疑，他在他的專業領域上是個非常成功的人。」
「你認為他會查出是誰槍殺了普瑟洛那個老頭嗎？」
「如果他查不到，」我說，「也不會是因為他的努力不夠。」
瑪麗現身說道：「豪斯先生要見你，我讓他到客廳等著。這兒還有一張便條，要你回話，口信也行。」

我撕開便條，看見上面寫著：

親愛的克萊蒙先生……如果您今天下午能盡早來看我，我將不勝感激。我的麻煩大了，希望能聽聽您的意見。

艾絲塔·樂思荃

「告訴她我大約半小時後去。」我對瑪麗說。

然後，我走進客廳去見豪斯。

15

看到豪斯的容貌讓我非常難過。他雙手顫抖，臉孔不由自主地抽搐著。我認為他應該臥床休息，於是我這樣告訴他。他堅持說，他安然無恙。

「我向您保證，先生，我感到再好不過了，一輩子沒這麼好過。」

這話顯然太言過其實，連我也不知道怎麼回答。我對於不向疾病屈服的人懷有一定的欽佩，但豪斯實在太勉強了。

「我是前來向您表示，這樣的一件事竟然發生在牧師公館，我深感遺憾。」

「是的，」我說，「這不太令人愉快。」

「這太可怕了，相當可怕。好像他們後來沒有逮捕瑞汀先生？」

「沒有，那是個錯誤。他做了……唉，一個有點愚蠢的口供。」

「警方現在相當確信他是無罪的？」

「完全確信。」

「請問，為什麼呢？是因為……我是說，他們懷疑其他的人嗎？」

豪斯竟然對一樁謀殺案的細節有如此濃厚的興趣，我始料未及，也許是因為凶案發生在牧師公館。他似乎像記者一樣急切。

「我不知道史萊克警官是否對我完全信任。就我所知，他並沒有特別懷疑任何人，目前他正著手進行偵查。」

「是的。是的，當然。但是誰可能做出這樣一件可怕的事呢？」

我搖搖頭。

「普瑟洛上校不是個人緣很好的人，這點我知道。但想不到竟然被人謀殺！因為要謀殺一個人，得有十分強烈的動機呀。」

「我也這樣想。」我說。

「誰可能有這樣強烈的動機呢？警方有任何線索嗎？」

「我不清楚。」

「他可能有仇人，您知道。我愈想這一點，就愈相信他是那種有仇人的人。他是嚴厲得出了名的法官。」

「我想他是有這種名聲。」

「唉，難道您不記得，先生？昨天早上他告訴您，他受到那個名叫亞契的人的威脅。」

「噢，我想起來了，他告訴過我，」我說，「當然，我記得，當時你離我們很近。」

「是的，我不小心聽到他說的話。這對普瑟洛上校來說幾乎是沒辦法的事。他的嗓門很大，不是嗎？我記得您的話給我留下很深的印象。您當時說，當大限來時，他只能獲得正義的撫慰，而非憐憫。」

「我那樣說了嗎？」我皺起了眉頭問道。我記得我的話稍微有些不同。

「您說得很清楚，先生。您的話給我很深的感觸。正義是一種可怕的東西。想想看，這個可憐的人不久就遭到懲罰。好像您有一種預感。」

「我根本沒有什麼預感。」我簡短地說道。

我很不喜歡豪斯那種神祕主義的傾向，他有一點愛幻想。

「您向警方提過亞契這個人嗎，先生？」

「我對他一無所知。」

「我是說，您把普瑟洛上校那番亞契威脅他的話重複給他們聽了嗎？」

「沒有，」我慢慢地說，「我沒有。」

「但您打算這樣做嗎？」

我無言以對。一個已經受到法令制裁的人，我不喜歡逼他太甚。我並不贊同亞契的做法。他是個劣習難改的盜獵老手，任何教區都能看到這樣無憂無慮的浪蕩子。無論他在被判刑時一怒之下說了些什麼，我也不能確定在他出獄之時還會不會這麼說。

「你聽到談話，」我終於說，「若你認為向警方舉報是你的責任，你就得這樣做。」

「由您來舉報更好些，先生。」

「也許。但老實說，唉，我無意這樣做。那等於是把絞繩套在一個無辜者的脖子上。」

「但如果他殺害了普瑟洛上校……」

「哦，如果！沒有任何證據證明是他幹的。」

「他的威脅就是證據。」

「嚴格來說，這個威脅不是來自於他，而是來自普瑟洛上校。普瑟洛上校威脅說，下一次抓到他時，要讓他看看他的報復算什麼。」

「我不理解您的態度，先生。」

「是嗎？」我疲憊地說，「你是個年輕人，你想伸張正義。等你到我這個年紀，就會發現你喜歡多想別人的好處。」

「不是，我是說……」

他欲言又止，我驚訝地看著他。

「我是說，對於凶手是誰，您難道沒有任何……任何自己的看法嗎？」

「天啊，沒有。」

豪斯仍然追問道：「那麼對於動機呢？」

「沒有。你呢？」

「我嗎？沒有。我只是在納悶，如果普瑟洛上校信……信任您，提過什麼……」

「他的信任，昨天早上已經一五一十地讓村子裡的大街小巷都聽到了。」我冷冷地說。

「是，是的，當然。關於亞契，您不認為……」

「不用多久，警方就會知道與亞契相關的所有事情，」我說，「如果我親耳聽到他威脅普瑟洛上校，那另當別論。但你可以確定，如果他真的威脅過他，村裡一半的人都會聽到，這個消息自然也會傳到警方那兒。當然，對此事，你可以照你的意思去做。」

但真奇怪，豪斯好像不願親自出馬做任何事。

這個人的神態又緊張又古怪。我想起荷大克說及他的病情。我想，這就是原因。

他不太情願地告辭了，彷彿還有話要說，卻又不知從何說起。

在他走之前，我與他安排參加「母親聯誼會」的事，然後是地區巡查牧師的會議。下午，我還有自己的幾件事要處理。

將豪斯和他帶來的困擾從我腦海中排除後，我動身去拜訪樂思荃夫人。

門廳的桌上擺著尚未翻閱的《衛報》和《教會時報》。

我一邊走，一邊想起，在普瑟洛上校死去的前一夜，樂思荃夫人曾與他談過話，很有可能那次談話中洩漏的內容，會讓這個凶案有點眉目。

我被引進小客廳，樂思荃夫人起身迎客。這個女人創造出的奇異氣氛，再度令我驚訝。她身穿一套肅穆的黑色衣服，襯托出非常白皙的皮膚。她看起來出奇地死氣沉沉，只有一雙眼睛炯炯有神。今天，她的眼神有幾分警覺，除此之外，她整個人毫無生氣。

「您能來真好，克萊蒙先生，」她與我握手時說道，「那天我本來想找您談談，後來我又改變了主意。我錯了。」

「就如我當時告訴您的，我很樂意為您效勞。」

「是的，您是那樣說的，而且看來您說的是真心話。克萊蒙先生，這個世界上很少有人願意誠心地幫助我。」

「我簡直無法相信這一點，樂思荃夫人。」

「是真的。大多數的人，至少是大多數的男人，為了達到目的會不擇手段。」她的聲音帶著一絲痛苦。

我沒有回答，她又說：「坐下，好嗎？」

我聽從了她的話，她也在一張椅子上坐下來，面對著我。她猶豫了一下，然後開始謹慎地慢慢說話，似乎在斟酌她說的每一個字。

「我的立場很特殊，克萊蒙先生，我想請教您的意見。也就是說，我想請教您我下一步該怎麼做。過去的已經過去，不能改變。您明白嗎？」

我還來不及回答，剛才領我進門的女傭開門，一臉懼怕地說：「哦！快，夫人，來了一個警官，他說他必須和您談談，您快去。」

談話停頓下來。樂思荃夫人的表情沒有變化，只是眼睛慢慢闔上，又慢慢睜開。她似乎吞了一兩口氣，然後用與剛才一樣清楚平靜的聲音說：「帶他進來，希達。」

我準備起身，但她用一個傲慢的手勢示意我別走。

「如果您不介意……請您留下來，我將不勝感激。」

我又坐下。「當然，如果您希望這樣。」我輕聲說。

史萊克已經邁著他慣常的敏捷步伐走進來。

「午安，夫人。」他說。

「午安，警官。」

這時他看見了我，立即板起臉孔。毫無疑問，史萊克不喜歡我。

「我希望您不會反對牧師在場吧？」

我想，史萊克不能直接說他反對。

「噢……不，」他不情願地說，「不過，也許最好……」

樂思荃夫人對這個暗示置之不理。

「您有什麼事嗎，警官？」她問道。

「是這樣，夫人。是關於普瑟洛上校的謀殺案。我負責此案，正在進行調查。」

樂思荃夫人點點頭。

「只是例行公事，我正在調查每個人昨天傍晚六到七點的行蹤。只是例行公事，您知道。」

「您是想要知道昨天傍晚六到七點我在哪兒嗎？」

「麻煩您告訴我，夫人。」

「讓我想想，」她回憶了一會兒。「我在這兒。在這屋子裡。」

「哦！」我看見警官的眼睛亮了一下。「那麼您的女傭……我想您只有一個女傭，能證實這個說法嗎？」

「不能，當時是希達的下午外出時間。」

「我明白了。」

「所以，遺憾的是，您得相信我的話。」樂思荃夫人愉悅地說。

「您能保證說，整個下午您都在家嗎？」

「您說六到七點之間，警官。昨天下午早些時候，我曾外出散步。五點前就回來了。」

「那麼，如果一位女士，比如說哈娜小姐，聲明說她大約六點來這兒，按了門鈴卻沒人應門，只得又離開，您會說她弄錯了嗎？」

「哦，不。」樂思荃夫人搖搖頭。

「但是……」

「如果女傭在家，她會說主人不在家。如果一個人單獨在家，碰巧又不想見來訪者……噢，那唯一能做的事就是讓他們按門鈴。」

史萊克警官顯得有些困惑。

「上了年紀的女人讓我很心煩，」樂思荃夫人說，「哈娜小姐尤其是。她至少按了六、七下門鈴才肯走開。」

她向史萊克警官甜甜一笑。警官改變了策略。

「那麼，如果有人說他們看見您那時外出走動……」

「哦！但是他們沒有，對吧？」她迅速地抓住他的弱點。「沒人看見我外出，因為我在家，您明白這一點。」

「是如此，夫人。」

警官猛地將他的椅子拉近一點。

「聽著，樂思荃夫人，在普瑟洛上校死去的前一天傍晚，我知道您到老屋去拜訪過他。」

樂思荃夫人平靜地說：「沒錯。」

「您能為我說明那次談話的性質嗎？」

「這事關個人隱私，警官。」

「恐怕我必須要求您告訴我那件個人隱私的性質。」

「我不會告訴您任何這方面的事。我只能向您保證，那次談話中所說的內容完全不可能與謀殺案有什麼關聯。」

「我想，這一點您無法做出判斷。」

「無論如何，您得相信我說的是實話，警官。」

「事實上，您說的每件事，我都不得不信。」

「看來確實如此。」她表示同意，仍然面帶原先平靜的微笑。

史萊克警官面紅耳赤。

「事關重大，樂思荃夫人。我需要真相……」他將拳頭「砰」地砸向桌面。「我一定要獲得真相。」

樂思荃夫人一語不發。

「難道您不明白，夫人，您正把自己推向一個令人懷疑的境地嗎？」

樂思荃夫人仍然沉默以對。

「偵訊時，您必須出面作證。」

「好的。」

只是兩個字，心平氣和，無動於衷。警官只得又改變策略。

「您以前認識普瑟洛上校嗎？」

「是的，我認識他。」

「很熟嗎？」

她停頓了一下，才又說道：「我好幾年沒見到他了。」

「您以前認識普瑟洛夫人嗎？」

「不認識。」

「對不起，在那個時間去拜訪可不同尋常。」

「我不認為。」

「您這是什麼意思？」

「我想單獨見普瑟洛上校，不想見到普瑟洛夫人或普瑟洛小姐。我認為，這是達到我此番目的的最好方式。」

「為什麼您不想見普瑟洛夫人或普瑟洛小姐呢？」

「警官，那是我的私事。」

「這麼說，您拒絕說出更多內情囉？」

「沒錯。」

史萊克警官站起身來。

「夫人，如果您不當心，會使自己陷入困窘的處境。這一切看來很不樂觀，很不樂觀。」

她大笑起來。我本來可以告訴史萊克警官，她可不是那種輕易被嚇唬住的女人。

「好吧，」他說，力求體面地脫身。「別說我沒告誡過您，我說完了。午安，夫人，請您注意，我們會弄清真相的。」

他離開了。樂思荃夫人站起身來，伸出她的手。

「我得送您了，是的，最好這樣。您知道，現在來聽取意見太晚了，我已經決定該怎麼做。」她用一種有點絕望的聲音說，「我已經決定該怎麼做了。」

16

當我出來時，在門前台階處碰到荷大克。他緊盯著史萊克走過大門的背影，問道：「他剛才在盤問她？」

「是的。」

「希望，他還算有禮貌吧？」

在我看來，禮貌是一種史萊克警官從未學到的藝術，但我想，根據他自己的標準，他還算有禮貌。並且，無論如何，我不想再讓荷大克感到不安。他還是顯得那樣鬱鬱寡歡。因此，我說他還算有禮貌。

荷大克點點頭，走進屋子裡。我走到村子街道上，並且很快地趕上警官。我猜他是有意慢慢走。儘管他非常討厭我，但他不會讓這種討厭阻礙他獲得有用的線索。

「您知道這位女士的任何事情嗎？」他直截了當地問道。

我說我什麼也不知道。

「她從來沒說過為什麼到這裡來定居嗎？」

「沒有。」

「但是你去看她？」

「看我的教民是我的職責。」我答道，避免說出我是被叫去的。

「哼，我想是的。」他沉默了一陣，然後忍不住談論他最近的失敗，又說道：「我看這事有點可疑。」

「您這樣認為嗎？」

「如果你問我，我會說是『敲詐』。想到人們對普瑟洛上校一貫的看法，這似乎很好笑。但聽著，事情總是很難說。他不會是第一個過著雙重生活的教堂執事。」

我的腦海中依稀憶起瑪波小姐提過同一個話題。

「您真的認為這有可能嗎？」

「哦，這符合事實，先生。為什麼一個聰明伶俐、衣著講究的女人會來到這個窮鄉僻壤？為什麼她要在那個奇怪的時間去看他？為什麼她要迴避普瑟洛夫人和普瑟洛小姐？是的，這一切都相互連貫。要她承認也夠難為她了……敲詐是一種會受到懲罰的罪行，不過我們會從她的身上找出真相。就我們掌握的所有情況看來，這可能與此案有重要關聯。如果普瑟洛上校的生活中有什麼罪惡的隱情……某種羞恥的事情，哦，你想想，我們又會發現多少東西啊！」

我想會的。

「我一直想套那位男管家的話。也許他偷聽到普瑟洛上校和樂思荃夫人談話的內容。男管家有時會，但他發誓根本沒聽到。對了，他因為這件事被解雇。他讓她進門，上校很生氣，狠狠罵了他一頓。男管家以辭職來反擊，說他反正不喜歡這個地方，早就想辭職了。」

「這是真的。」

「所以，我們又找到一個對上校心懷怨恨的人。」

「您不是真的懷疑這個人吧？對了，他叫什麼名字？」

「他叫黎夫斯，並不是說我真的懷疑他。我的意思是，事情很難說。我不喜歡他那油腔滑調的樣子。」

我納悶，史萊克警官那副樣子，黎夫斯又會怎麼說。

「我現在要去盤問司機。」

「那麼，也許，」我說，「您會讓我搭便車。我想找普瑟洛夫人談一下。」

「談什麼事？」

「安排葬禮的事。」

「噢！」史萊克警官略微吃了一驚。「驗屍審訊是在明天，星期六。」

「正是如此。葬禮也許安排在星期二。」

史萊克警官似乎對他的粗魯感到有點慚愧。為了表示求和，他盤問司機曼寧的時候也讓我在場。

曼寧是個好男孩，不超過二十五、六歲，他向來對警察敬畏三分。

「喂，小夥子，」史萊克說，「我想向你打聽點消息。」

「好的，先生，」司機結結巴巴地說，「沒問題，先生。」

如果他是兇手，也不會比現在更恐慌了。

「你昨天送你的主人到村子裡去嗎？」

「是的，先生。」

「什麼時間？」

「五點三十分。」

「普瑟洛夫人也去了嗎？」

「是的，先生。」

「你們直接去村子嗎？」

「是的，先生。」

「你們中途沒有停下來嗎？」

「沒有，先生。」

「你們到了以後做些什麼？」

「上校下車，並對我說他不會再用車，他會走路回家。普瑟洛夫人要買點東西。她買完之後把大包小包放進車內，然後說這樣就好，於是我把車開回家。」

「把她留在村子裡？」

「是的，先生。」

「那是什麼時間？」

「六點一刻，先生，剛好過一刻。」

「你在哪兒讓她下車？」

「教堂旁邊，先生。」

「上校究竟提到他要去哪兒沒有？」

「他好像說要去看獸醫什麼的……和家裡的一匹馬有關。」

「我明白了。後來你直接開車回到這裡？」

「是的，先生。」

「到老屋有兩個進口，一個通過南門，一個通過北門。我想，到村子裡去，你得經過南門，是嗎？」

「是的，先生，一向如此。」

「你也從同一條路回來嗎？」

「是的，先生。」

「嗯。我想就這些了。啊！普瑟洛小姐來了。」

拉蒂絲朝我們飄然走來。

「我要飛雅特，曼寧，」她說，「幫我發車，好嗎？」

「好的，小姐。」

他走向一輛雙人座汽車，掀起了引擎蓋。

「等一下，普瑟洛小姐，」史萊克說，「我無意冒犯，但我有必要記錄每個人昨天下午的活動。」

拉蒂絲盯著他。

「我做事從不記時間。」她說。

「我知道，您昨天午飯之後不久就出去了。」

她點點頭。

「請問，到哪兒？」

「打網球。」

「和誰打？」

「哈利・納比爾家。」

「在馬奇班罕嗎？」

「是的。」

「什麼時間回來的？」

「我不知道。我告訴您，我從來不知道這些事情。」

「您大約在七點三十分回來的。」我說。

「對了，」拉蒂絲說，「在命案引起騷動的時候。安大為震驚，格賽達在安慰她。」

「謝謝您，小姐，」警官說，「我想知道的就是這些。」

「怪了，」拉蒂絲說，「這似乎很乏味嘛。」

她朝飛雅特走去。

警官鬼鬼祟祟地摸摸他的額頭。

「智力有點問題？」他試探地問道。

「一點也不，」我說，「但她喜歡人們這樣看她。」

「哦，我現在要去盤問女傭。」

史萊克著實不討人喜歡，但其幹勁值得敬佩。

我們分道揚鑣。我問黎夫斯，我是否可以見見普瑟洛夫人。

「先生，她這會兒剛躺下。」他回答道。

「那麼，我最好別打擾她。」

「也許您可以等等，先生，我知道普瑟洛夫人急於想見您。她在午餐時這麼說過。」

他將我帶進客廳，打開電燈，因為窗簾已經放下。

「這件事叫人非常難過。」我說。

「是的，先生。」他的聲音既冷淡又恭敬。

我看著他。在他無動於衷的態度中，隱藏著什麼樣的感覺？有他知道並早該告訴我們的事嗎？一個盡職的僕人在掩飾情緒時最不近情理了。

「還有什麼事嗎，先生？」

在那得體的舉止下，難道有一絲轉瞬即逝的焦慮？

「沒有什麼事。」我說。

我等了一會兒，安．普瑟洛就來了。我們商量並敲定了一些事項。然後她說道：「荷大克醫生真是個仁慈的大好人！」

「荷大克是我所認識最好的人。」

「他一直對我關懷備至，但是他顯得很傷心，對吧？」

我從未想過荷大克在傷心。我在心中反覆思考。

「我想我從未注意到這一點。」我最後說。

「我也是，直到今天才注意到。」

「遇到麻煩時，會使人的目光變得敏銳。」我說。

「說得非常對。」她停了一會兒，然後說：「克萊蒙先生，有件事我怎麼也想不透。如果我丈夫是在我剛離開他後就被人槍殺，我怎麼會沒有聽到槍聲呢？」

「他們有理由相信是後來開的槍。」

「可是便條上寫的六點二十分該怎麼解釋？」

「可能是另外一個人……凶手加上去的。」

她的面色變得蒼白。

「您沒有看出來那個日期不是他的筆跡嗎？」

「好可怕！」

「便條上的字完全不像他的筆跡。」

這話有幾分真確。這是一種有點難辨認的潦草字體，不像普瑟洛上校平常的筆跡。

「您能確信他們仍然不懷疑勞倫斯嗎？」

「我想他完全清白了。」

「但是，克萊蒙先生，凶手可能是誰呢？我知道魯西斯的人緣不好，不過我想他沒有真正的敵人。沒有，沒有那種敵人。」

我搖搖頭。

「這是個謎。」

我不禁想起瑪波小姐推測的七個涉嫌人。他們會是誰呢？

離開安後，我開始實施我自己的某個計畫。

我從老屋回來走的是幽靜的小路。走到台階那兒時，我順原路返回，選擇了一處我猜灌木叢遭人撥動過的地方，我從小路上轉下來，撥開灌木叢往前走。森林很茂密，許多灌木盤根錯節糾纏在一起。我前進得不是非常快，而且突然意識到，離我不遠的灌木叢中，另外有人也在走動。當我躊躇不定地停下時，勞倫斯．瑞汀出現在我眼前。他拿著一塊大石頭。

我想，我一定是一臉驚訝，因為他突然放聲大笑。

「和平的貢禮？」

「不，」他說，「這不是我找到的線索，而是一份和平的貢禮。」

「哦，可以說是談判的基礎吧？我想找藉口拜訪您的鄰居瑪波小姐，別人告訴我，一塊能裝飾她的日式花園的精美岩石或石頭最讓她喜歡了。」

「完全正確，」我說，「但你找那個老太太做什麼？」

「我只想知道昨天傍晚瑪波小姐是否看見了什麼。我並不是指一定與謀殺有關的事，我是說某些反常或古怪的事，一些可能為我們提供線索的細微事件，或某種她認為不值得向警方提供的瑣事。」

「我想，這有可能。」

「無論如何，值得一試。克萊蒙，我打算把這件事弄個水落石出。不為別人，只為了安。而且我對史萊克沒有太多信心，他是個熱情的傢伙，但熱情實在無法替代頭腦。」

「我明白，」我說，「你是小說中最討好的人物，業餘偵探。我不知道，在現實生活中，他們是否真的能與專業偵探相媲美。」

他不懷好意地看著我，突然哈哈大笑。

「您在森林裡做什麼，牧師？」

這回輪到我臉紅了。他說：「我敢發誓，做我也正在做的事。我們的想法一樣，不是嗎？凶手究竟是怎樣來到書房的？第一條路沿著小路穿過大門；第二條路從前門；第三條路……有第三條路嗎？我的想法是，看看靠近牧師公館花園圍牆的灌木叢，是否有被人動過或折斷的痕跡。」

「那就是我的想法。」我承認道。

「不過我還沒有真正開始，」勞倫斯繼續說，「因為我覺得我得先見見瑪波小姐，弄清楚昨天傍晚我們在畫室裡時確實沒人經過小路。」

我搖搖頭。

「她相當確定沒人經過。」

「是的，沒有她稱為是『任何人』的人經過……這聽起來令人很不解，但您明白我的意思。不過可能有其他人經過，比如說郵差、送奶工或屠夫的兒子，這些人的出現非常自然，您不會想到要提到他們。」

「你一直在讀卻斯特頓[5]的書吧。」

勞倫斯並未否認。

「難道您不認為這個想法可能產生線索？」

「哦，我認為可能。」我承認道。

我們不再瞎猜，徑直朝瑪波小姐家走去。她正在整理花園，我們爬上台階時，她大聲喊住我們。

「您看，」勞倫斯低聲說，「什麼人也逃不過她的法眼。」

她非常優雅地接待我們。勞倫斯莊重得體地送上那塊大岩石，她滿心歡喜。

「您想得真周到，瑞汀先生。真的很周到。」

這番稱讚使勞倫斯壯了膽，他開始提出問題。瑪波小姐聚精會神地聽著。

「是的，我明白您的意思，我也同意，這是大家不會提到或不願提到的事。但我能向您保證，沒有這樣的事，完全沒有。」

「您確定嗎，瑪波小姐？」

「十分確定。」

「那天下午，您看見有人從這條路走進森林，或從森林中出來嗎？」我問道。

「噢，有啊，有好多人。史東博士和克拉姆小姐走過那條路。這是到墓地的捷徑。那時兩點剛過。後來史東博士從這條路回來，這事您知道，瑞汀先生，因為他在半路上遇到您和

5 卻斯特頓（G. K. Chesterton, 1874-1936），英國作家、記者，以撰寫布朗神父的偵探小說聞名。

普瑟洛夫人。」

「對了，」我說，「那聲槍響，就是您聽到的那一聲，瑪波小姐，瑞汀先生和普瑟洛夫人也一定會聽到。」

我用探詢的目光看著勞倫斯。

「是的，」他說，皺起了眉頭。「我相信我確實聽到一些槍聲。是一聲還是兩聲呢？」

「我只聽到一聲。」瑪波小姐說。

「我腦中只有很模糊的印象，」勞倫斯說，「真該死，我希望我記得起來。我要是知道就好了。您知道，當時我滿腦子都是……都是……」他住了口，一臉尷尬。

我乾咳了一聲。瑪波小姐有點故作正經地改變了話題。

「史萊克警官一直想叫我說出，我是在瑞汀先生和普瑟洛夫人離開畫室之前還是之後聽到槍聲的。我不得不老實說，我真的無法確定，但我有一種印象……我愈想這件事，這種印象就愈鮮明……是他們離開之後。」

「那麼，知名的史東博士就沒嫌疑了，」勞倫斯嘆了口氣說，「毫無理由懷疑他射殺可憐的老普瑟洛。」

「啊！」瑪波小姐說，「我總認為，對每個人加以懷疑是一種謹慎的做法。我的意思是，事情很難說，對吧？」

這是瑪波小姐的一貫作風。我問勞倫斯，他是否同意她那番槍聲的說法。

「我真的不確定。您看，那是很普通的一聲槍響。我傾向認為，槍聲是我們在畫室時發出的。槍聲減弱了，從畫室那裡比較不會聽到。」

除了槍聲被減弱外，還有其他原因吧，我暗自想道。

「我必須問問安，」勞倫斯說，「她可能記得。對了，樂思荃夫人這位聖瑪莉米德的神祕女郎，星期三晚上晚飯後去拜訪過老普瑟洛。這次拜訪究竟是為什麼，似乎無人知曉。普瑟洛對他的妻子和拉蒂絲隻字未提。」

「也許牧師知道。」瑪波小姐說。

這個女人是如何知道我那天下午拜訪過樂思荃夫人？她總是無所不知，真不可思議。

我搖搖頭，說我不清楚。

「史萊克警官的看法呢？」瑪波小姐問道。

「他用盡方法威脅管家，但顯然管家還不至於好奇得跑到門口偷聽。所以囉，這事無人知曉。」

「不過，我想總有某人會偷聽到什麼，不是嗎？」瑪波小姐說，「我是說，總是有那個某人。我想，瑞汀先生可以從那兒發現某些事情。」

「但普瑟洛夫人一無所知。」

「我不是指安．普瑟洛，」瑪波小姐說，「我是指那些女傭。她們確實非常討厭向警方透露任何事情。但一個英俊的青年……請原諒我這麼說，瑞汀先生，而且又是一個受冤枉的青年，哦！我相信她們會馬上告訴他的。」

「今晚我就去試一下，」勞倫斯興匆匆地說，「謝謝您的提醒，瑪波小姐。我這就……嗯，等會兒我和牧師辦完一件小事之後我就去。」

我突然想到。我們最好開始著手進行那件事。我向瑪波小姐道別，我們又進入森林。

首先，我們順著路走去，直到抵達一個新地點，看起來顯然有人從右邊離開過這條路。勞倫斯解釋說，他剛順著這個特別的足跡走過，最後這個足跡就消失了，但他又說我們可以再試一下。他可能追錯了。

然而，情況正如他說的那樣。我們走了十或十二碼之後，被折斷和踐踏過的枝葉漸漸消失，剛才勞倫斯就是從這兒折回到小路上碰到我。

我們再來到路上，順路往前走了一小段。我們又碰到一個灌木似乎被撥動過的地方，這裡只露出很輕微的痕跡，但我想不會錯。這一次的足跡更有希望。它順著一條彎曲的路線，一直延伸到牧師公館。很快地，我們來到一個灌木茂密叢生直達牆端的地方。牆很高，牆頭鑲嵌著碎玻璃。如果有人在牆上放過梯子，我們應該會發現他們通過的痕跡。

我們正順著牆往前摸索，這時，一聲折斷樹枝的聲音傳入我們的耳朵，我趕緊往前走幾步，從一片茂密的灌木叢中破路前行。我們與史萊克警官撞了個滿懷。

「原來是你，」他說，「還有瑞汀先生。你們兩位先生在幹什麼呢？」

我們垂頭喪氣地向他做了解釋。

「的確如此，」警官說，「你們的做法並不笨，我自己也有同感。我在這兒有一個多小時了。你們想知道什麼事嗎？」

「是的。」我順從地說。

「無論是誰謀殺普瑟洛上校，都不是走這條路來的！牆的這一邊沒有一點痕跡，另一邊也沒有。無論是誰謀殺普瑟洛上校，他一定是從前門來的，不可能走其他的路。」

「不可能！」我喊道。

「為什麼不可能？你的門是開著的。任何人只消走進去就行了。從廚房是看不到他們的。他們知道你已經外出，不用擔心，他們知道克萊蒙夫人在倫敦，也知道丹尼斯在網球場上。簡單極了。他們不必經過村子來去。正對著牧師公館大門的是一條公共街道，從那裡你可以躲進這樣的灌木叢裡，並從任何一個地方出來。除非普萊絲．雷里夫人恰好在那一刻從她的大門走出，否則此人就可安然無憂了。這比翻牆要安全得多，因為從普萊絲．雷里夫人家樓上的窗戶，可以俯瞰那道牆。不，一定沒錯，他就是從那條路來的。」

看來他似乎是對的。

17

第二天早上，史萊克警官過來看我。我想，他對我的態度正在緩和。遲早他可能會忘記鬧鐘事件。

「哦，先生，」他招呼我說，「我已經查到了你接到的那通電話。」

「真的嗎？」我急切地問道。

「這非常奇怪。這次電話是從老屋的北門房打來的。現在那個門房是空的，看門人已經領到退休金退休了，新的看門人還沒住進去。那個地方空蕩蕩的，又很方便，房後的一扇窗戶是開著的。電話上沒有指紋，已經被擦乾淨。這很耐人尋味。」

「您是什麼意思？」

「我的意思是，那通電話是故意打來支開您的。可見這樁謀殺案事先經過密謀。如果這只是一次惡作劇，指紋就不會如此細心地被擦掉。」

「是不會。我明白這一點。」

「這也表明，凶手非常熟悉老屋和它周圍的環境。這通電話不是普瑟洛夫人打的。我已經調查過她那天下午的所有活動。有六個僕人發誓說，她在家裡一直待到五點半。然後車來了，將普瑟洛上校和她送到村子裡去。上校去看獸醫昆廷，談他們家一匹馬的事。普瑟洛夫人在雜貨店和魚店買了點東西，從那兒直接走後面的小路回來，瑪波小姐就是在那兒看見她的。店裡的人都說，她沒有隨身帶手提包。那老太太說得對。」

「她往往說得都對。」我溫和地說。

「並且，普瑟洛小姐五點三十分時在馬奇班罕那邊。」

「的確如此，」我說，「我的侄兒當時也在那裡。」

「這就可以排除她的嫌疑了。女傭似乎沒問題……有點歇斯底里和不安，但你還能指望什麼呢？當然，我也盯上了男管家，問了他辭職等事。但我認為，他完全不知道相關案情。」

「看來您的調查結果非常令人失望，警官。」

「可以說是，也可以說不是，先生。我發現了一件非常古怪的事……可以說，是一件完全出乎意料的事。」

「是嗎？」

「你記得住你隔壁的普萊絲．雷里夫人昨天早上吵吵嚷嚷、暴跳如雷那件事嗎？就是說，有人打電話給她？」

「怎麼了？」我說。

「哦，我們追查那通電話，只是想讓她冷靜一下。你認為這通電話是從哪兒打來的？」

「電信局？」我猜測道。

「不，克萊蒙先生。那通電話是從勞倫斯・瑞汀先生的住所打來的。」

「什麼？」我大吃一驚地喊道。

「是的。有點奇怪，不是嗎？瑞汀先生與此事無關。當時，六點三十分，他正與史東博士一起去藍野豬的途中，全村人都看見了，但問題就在這兒。耐人尋味，嗯？有人走進那棟木屋，使用了電話，這人是誰？一天之內就有兩通奇怪的電話，讓人不禁認為，這兩者之間有某種關聯。如果這兩通電話不是由同一個人打的，我頭給你。」

「但出於什麼動機呢？」

「哦，那就是我們要查的事了。第二通電話似乎沒有特別的動機，但一定有什麼目的。您看出其中的奧妙了嗎？瑞汀先生的房子被用來打電話，兇手使用瑞汀先生的手槍，這一切都使瑞汀先生無法脫離此案。」

「如果第一通電話是從他的住所打的，才能加強這個論點。」我反駁道。

「啊，但這一點我已經想清楚了。瑞汀先生多半在下午做什麼？他去老屋給普瑟洛小姐畫畫。他一向從住所騎摩托車出發，經過北門房。現在，您明白從那兒打電話的原因了吧。兇手並不知道吵架的事，也不知道瑞汀先生不再去老屋了。」

我思考了一下，以便弄懂警官的推理。我覺得，這番推理似乎符合邏輯、無懈可擊。

「瑞汀先生家的電話話筒上有指紋嗎？」我問道。

「沒有，」警官痛苦地說，「昨天早上，那個為他做家務的糟老太婆去了那裡，把指紋擦乾淨了。」他生氣地沉默了一陣。「反正她是個蠢婆子，記不清楚她什麼時間最後看見手槍。在案發的那天早上，『槍可能在那裡，也可能不在。』『她確信她不確定。』他們全都是一個樣！依照程序，我去看史東博士，」他繼續說，「我得說，對於此事，他的態度相當愉快。昨天大約兩點半，他和克拉姆小姐去那個土堆或墳墓──不管你們叫它什麼──整個下午都在那裡。史東博士一個人先回來，她稍後回來。他說他沒有聽到槍聲，但承認他當時心不在焉。但是，這一切都證實了我們的判斷。」

「只是你們還沒抓到凶手。」我說。

「哼，」警官說，「你從電話中聽到的是一個女人的聲音。很有可能普萊絲．雷里夫人聽到的也是。但願那聲槍響沒有碰巧在電話結束時響起，不然，我就會知道從哪兒著手了。」

「哪兒？」

「啊！這一點我最好保密，先生。」

我厚著臉皮建議去喝一杯波爾多葡萄酒。我有一些非常可口的陳年佳釀波爾多。上午十一點通常不是飲酒的時間，但我想這對史萊克警官來說沒什麼關係。當然，這太浪費佳釀波爾多了，可我們也不必拘泥於這類事。

當史萊克警官喝完第二杯酒後，開始變得平易近人、和藹可親。這就是這種佳釀波爾多葡萄酒的效力。

「我想，這件事跟你說沒什麼關係，先生，」他說，「你會保密嗎？千萬別讓這事在教區傳開。」

我向他保證不會。

「事情是在你家發生的，所以照理說你有權知道。」

「我也這麼覺得。」我說。

「哦，先生，案發前一天晚上去看普瑟洛上校的那位女士……」

「樂思荃夫人！」我驚訝地大聲喊道。

警官瞪了我一眼。

「別這麼大聲嚷嚷，先生。樂思荃夫人是我盯上的女人。你記得我說過吧……敲詐。」

「這實在不是謀殺的理由，那樣不等於殺雞取卵嗎？即使您的推測是對的，我一點也不認同。」

警官對我眨了眨眼睛。

「啊！她是那種會讓男人們挺身相護的女人。聽著，先生，假設她過去成功地敲詐過這位老先生。時光流逝了幾年，她又風聞他的行蹤，來到這裡想再次得手。但這時情況已經改變，法律已經採取了不同的立場。如今，報紙不得披露告發敲詐者的姓名，因此這些人可以隨心所欲。假設普瑟洛上校反咬她一口，說要讓法律制裁她，她的處境就不利了。敲詐罪是很重的。風水輪流轉，拯救她自己的唯一辦法就是一不做二不休地除掉他。」

我無言以對。我得承認，警官的推論是有理的。這其中只有一點讓我無法接受，也就是樂思荃夫人的人格。

「我不同意您的看法，警官。」我說，「我想，樂思荃夫人似乎不是個潛在的敲詐者。她……嗯，說來有點八股，不過她可是位淑女。」

他同情地看了我一眼。

「啊！好吧，先生，」他耐著性子說，「你是位牧師。你對現實世界的了解還不到一半。她確實是個淑女！如果你知道了我所知道的一些事情，你會吃驚的。」

「我並不僅是指社會地位。總之，我想樂思荃夫人應該是個失去社會地位的人。我所指的是個人修養的問題。」

「你和我看待她的眼光不同，先生。我是個男人，但我也是個警官。她們不能憑個人修養來矇騙我。唉，這個女人能把刀子捅進你的身體，連眼睛都不眨一下。」

真奇怪，要說樂思荃夫人會敲詐他人，我反而比較相信她會殺人。

「但是，她不可能同時給鄰居打電話，又向普瑟洛上校開槍。」警官繼續說。突然間，他猛地一拍大腿說出了幾句話。「我懂了，」他喊道，「那正是那通電話的用意：不在場證明。她知道我們會把它與第一通電話串聯起來，知道我會去調查這件事。她也許賄賂村子裡的小夥子替她打電話。這小夥子絕對想不到打個電話會與謀殺有關。」

警官匆匆離去。

「瑪波小姐要見你，」格賽達探頭進來說道，「她送來一張語無倫次的便條，密密麻麻畫滿了加重線，大部分我都看不懂。顯然她無法出門，趕快過去看看是怎麼回事。那些老太太一會兒就來，否則我也會去。我真討厭老太太，她們老是對你說她們的腿有毛病，有時候還堅持要讓你看。今天下午進行審訊真是太好了，省得去看唱詩班俱樂部的板球比賽。」

我匆匆出門，心中苦苦思索瑪波小姐要我去的原因。

我發現瑪波小姐有點慌張。她面色脹紅，有些語無倫次。

「我外甥，」她解釋說，「我外甥，雷蒙・衛司，那位作家，他今天來了，弄得我手忙腳亂的。我得親自監督每件事。別指望女傭會把床鋪得整齊，當然，我們今晚得吃點肉。男人們需要吃很多肉，不是嗎？還有飲料……當然得有一些飲料，還有吸管。」

「如果有什麼我能幫上……」我開口說道。

「哦！您真好。但我不是這個意思。還有足夠的時間。他帶來了自己的菸斗和菸草，我很高興，因為這省得我去猜測該買哪種菸才合他的口味。但也很遺憾，因為窗簾上的菸味要很長時間才會散去。當然，我每天清晨會打開窗戶，讓菸味散盡。雷蒙起床很晚，我想作家常常是這樣。我想，他寫的書堪稱構思精巧，不過人們其實並不像他虛構的那樣憂鬱。聰明的年輕人對生活的了解很膚淺，您說是嗎？」

「您願意帶他到牧師公館來吃晚飯嗎？」我問道，仍然摸不透為什麼我被叫來。
「哦！不，謝謝您，」瑪波小姐說，「您太好了！」她又說了一句。
「我想，您要見我……呃，是有什麼事吧？」我終於脫口而出。
「哦！對了，我一激動，就完全忘了這回事。」她突然住了口，朝她的女傭喊道：「艾蜜莉，艾蜜莉，不是那些，是那條繡了字母、有花邊的床單，別放得離火太近。」
她關上門，然後踮著腳尖走回我的跟前。
「昨天晚上發生一件很奇怪的事，」她解釋說，「我想您會願意聽聽，儘管目前這件事不能說明什麼。我昨天晚上沒有睡意，一直為這件慘事納悶不已。於是我起床，看著窗外。您猜我看見了什麼？」
我看著她，想知道究竟。
「葛拉蒂·克拉姆，」瑪波小姐加重語氣說，「千真萬確，她帶一只手提箱進森林。」
「手提箱？這不是很奇怪嗎，她在半夜十二點帶著手提箱進森林幹什麼？」
「您知道，」瑪波小姐說，「我敢說這與謀殺案無關。但這是件奇特的事。在這種非常時期，我感覺必須特別注意些奇特的事。」
「太奇怪了，」我說，「她準備，呃，要到墓地睡覺嗎？」
「無論如何，她沒有，」瑪波小姐說，「因為才一下子，她就回來了……手提箱卻沒帶回來。」

18

審訊於那天（星期六）下午兩點在藍野豬進行。不用說，這事轟動了整個村子。聖瑪莉米德至少有十五年沒發生謀殺案了。像普瑟洛上校這樣的人在牧師公館的書房被謀殺，更是村民們難得一見的感官盛宴。

我無意中聽到各式各樣的議論。

「牧師來了，臉色蒼白，不是嗎？不曉得他是否有涉案。畢竟是在牧師公館發生的。」

「你怎麼這樣說呢，瑪莉．亞當斯？他當時正在拜訪亨利．艾博特呢。」

「哦！但他們確實說他和上校吵了一架。瑪麗．希爾來了。瞧，她擺出那副架子，仗著自己在那兒工作。別吵，法醫來了。」

驗屍官是我們鄰鎮馬奇班罕的羅伯茲醫生。他清清喉嚨，調整一下眼鏡，儼然一副大人物的模樣。

重述所有的證據十分令人乏味。勞倫斯・瑞汀作證發現屍體，並確認手槍屬於他。他確信，他在案發前兩天，即星期二，見過手槍。槍放在他住所的架子上，而住所的門習慣上是不鎖的。

普瑟洛夫人作證說，她最後一次看見丈夫，是大約五點四十五分，他們在村子的路上分手。她的確稍後到牧師公館去找他。六點一刻左右，她沿後面的小路從花園的大門到了牧師公館。她沒有聽到書房有什麼聲音，以為房間是空的……但她的丈夫可能正坐在書桌旁，那樣的話，她就看不到他了。就她所知，他的健康和精神狀況正常。她沒有聽說有哪個對他懷恨在心的仇人。

然後是我作證，敘述我與普瑟洛的約會和被電話叫到艾博特家去的情況。我敘述了我怎樣發現屍體，以及叫來荷大克醫生的經過。

「克萊蒙先生，有多少人知道普瑟洛上校那天傍晚要來見您？」

「我想有許多人。我妻子知道，我侄兒知道，而且那天早上我在村子裡碰見普瑟洛上校時，他本人也提到這件事。我想有好些人都可能不小心聽到他的話，因為他有點聾，講話的嗓門大。」

「那麼，這是件人人皆知的事了？任何人都可能知道？」

我表示贊同。

荷大克接著作證。他是個重要證人。他仔細地、內行地描述了屍體的外觀和遭槍擊的準確部位。按他的判斷，死者大約在六點二十分至六點三十分遭到槍擊……絕對不會晚於六點三十五分，那是最大的時限。他確定並強調不可能自殺，傷口不可能是自己施加的。

史萊克警官的證詞謹慎而簡短，他講述了他接到通知和看到屍體時的現場。他出示那封未完成的信，還叫大家注意信上的時間……六點二十分。還有鬧鐘。他巧妙地假定死亡時間是六點二十二分。警方什麼也沒洩漏。後來，安．普瑟洛告訴我，警方要她說她到牧師公館的時間稍稍早於六點二十分。

接下來的證人是我們的女傭瑪麗，看來她是個有點粗暴的證人。她沒有聽到什麼，也不想聽到什麼。好像來看牧師的先生們通常是不會被槍殺的，不會。她有自己的工作要做。普瑟洛上校正好在六點一刻到。不，她沒有看鐘。在她帶他進書房後，她聽到教堂的鐘響了。她沒有聽到任何槍聲。如果有槍聲，她會聽到的。哦，當然，既然先生被人槍殺，她知道一定有槍聲，但她沒聽到。

驗屍官並未繼續追問。我發現，他與梅崎上校頗有合作默契。

樂思荃夫人也被傳喚作證，但她出具了一份經荷大克醫生簽字的證明，說明她因病不能到場。

還有最後一個證人，一個有點蹣跚的老太婆。照史萊克的說法，她就是為勞倫斯．瑞汀「料理家務」的那個老太婆。

庭上向亞契老太太出示了手槍後，她認出那就是在瑞汀先生的客廳裡看到的槍，那槍

「放在架子上，他隨便放在那兒的」。她在案發那天最後一次看到槍。是的，在回答進一步的問題時她說，她確信星期四午餐時間槍還在那兒。她離開時是十二點四十五分。

我還記得警官告訴我的話，所以不由得有點驚奇。他之前詢問她時，她表示記憶模糊，而現在卻對槍的事相當肯定。

驗屍官用一種平靜的態度宣布審理結束，但語氣非常堅定，幾乎立刻就做出了裁決：由不明的個人或數人所謀殺。

當我走出房間時，看到一小群年輕人，個個一臉聰明機伶，外表上也有些相像。其中幾個人我覺得面熟，因為過去幾天他們老在牧師公館周圍出沒。我為了脫身，折回藍野豬，幸好碰到那位考古學家史東博士。我也顧不得禮節，一把抓住了他。

「那些記者，」我簡短而明確地說，「您能幫我甩掉他們嗎？」

「噢，沒問題，克萊蒙先生，跟我上樓。」

他帶頭爬上狹窄的樓梯，走進他的客廳，克拉姆小姐正坐在那裡熟練地敲著打字機。她笑容滿面地向我打招呼，表示歡迎，並趁機停止了工作。

「太可怕了，不是嗎？」她說，「我是說，不知道是誰幹的。不過我對審訊感到失望。我說啊，悶死了，從頭到尾一點刺激也沒有。」

「那麼，您也在那兒嗎，克拉姆小姐？」

「我當然在呀。您竟然沒看見我。您沒看見我嗎？這讓我有點傷心。是的，我確實傷心。一個男人，哪怕他是個牧師，頭上也應該長眼睛的啊。」

「您也在場嗎？」

我問史東博士，試圖擺脫這種嬉笑嘲弄。像克拉姆小姐這樣的年輕女人總是讓我感到尷尬。

「沒有，恐怕我對這樣的事興趣不大。我是個沉溺於自身嗜好的人。」

「那一定是種非常有趣的嗜好。」我說。

「也許。這您也略知一二吧？」

我不得不坦承，我幾乎一無所知。

即使承認一竅不通，也不會使其氣餒，史東博士就是這樣的人。承認不懂和說我唯一的愛好是掘墓，對他的效果是一樣的。他眉飛色舞、滔滔不絕地講開了。長形墓、圓形墓、石器時代、青銅器時代、舊石器時代和新石器時代的石墓和環狀石柱群，他如數家珍。我只有點頭裝懂的份……這樣說也許過於樂觀了。史東博士繼續用深沉而洪亮的聲音講個不停。他個子小，頭又圓又禿，臉渾圓紅潤，一雙眼睛從很厚的鏡片後炯炯有神地盯著你。我從未見過一個人，這麼小的一點鼓勵竟然使他變得如此熱情。他詳細地討論著每一個支持或反對他孤芳自賞的理論、說法，我對這種理論簡直茫然不知所以。

他詳細敘述了他與普瑟洛上校意見多麼分歧。

「一個固執的鄉巴佬，」他憤憤地說，「對，對，我知道他死了，一個人不該講死人的壞話。但是死並不能改變事實。他確實是個固執的鄉巴佬。就因為他讀過幾本書，便以權威自封，對抗一個終生研究這個領域的人。克萊蒙先生，我把一生都投入到這個工作中了。我的一生……」

他激動得語無倫次。葛拉蒂．克拉姆短短的一句話把他帶回現實。

「如果您不當心，就要誤了火車。」她說。

「哦！」這位小個子停止了演說，從口袋裡掏出一只錶。「天啊！只差一刻？不可能。」

「您一旦開始講話，總記不住時間。如果沒有我的照顧，您會怎樣，我真的不知道。」

「說得對極了，親愛的，說得對極了，」他充滿感激地拍拍她的肩膀。「她是個了不起的女孩，克萊蒙先生。從不會忘記什麼。我認為自己能找到她非常幸運。」

「哦！別說了，史東博士，」女孩說，「您太抬舉我了，真的。」

我不禁感到，我會支持第二種觀點……這種觀點可以預見合法的婚姻將是史東博士和克拉姆小姐的最終結局。我想，克拉姆小姐有自己的一套，不失為一個聰明的年輕女郎。

「您最好動身吧。」克拉姆小姐說。

「好，好，我不得不走了。」

他走入隔壁房間，出來時拎著一只皮箱。

「您要離開嗎？」我有些驚訝地問道。

「只是到鎮上去幾天，」他解釋說，「明天去看我的老母親，星期一和我的律師談一些事，星期二就回來。對了，我想普瑟洛上校的死應該不會影響我們的計畫。我是指墓地的事。普瑟洛夫人不會反對我們繼續工作吧？」

「我想應該不會。」

他說這話時，我在猜想，到底誰將成為老屋的主人。很可能普瑟洛會把房子留給拉蒂絲。知道普瑟洛的遺囑內容一定很有趣。

「一個人死了，會給家人帶來很多麻煩，」克拉姆小姐略顯陰鬱地說，「您簡直無法想像氣氛會變得多麼悲傷。」

「哦，我真的得走了。」

史東博士費力地想拿起皮箱、一張大毛毯和一把笨重的傘，我過去幫他，他謝絕了。

「不用麻煩，不用麻煩。我應付得來。樓下應該有人。」

但是，樓下連個腳夫或什麼人影也沒有。我懷疑他們接受媒體款待去了。時間很緊急，於是我們朝火車站走去，史東博士提著皮箱，我拿著毛毯和傘。

我們一面匆匆走著，史東博士一面喘著氣說：「您真是太好了，本不想麻煩您的……希望我們不會錯過，火車，葛拉蒂是個好女孩，確實是個了不起的女孩，天性非常溫和——恐怕在家裡不太愉快，絕對……心地純潔——心地純潔。我向您保證，儘管年齡懸殊，我發現我們有許多共同點……」

正當我們朝車站拐過去時，我看見了勞倫斯．瑞汀的小木屋。它孤零零地坐落在那兒。

周圍沒有別的房子。我看見兩個相貌機靈的年輕人站在階梯上，另外還有幾個在窗口對著屋內東窺西探。這一天媒體也夠忙的了。

「瑞汀，這傢伙不錯。」我說了一句，想看看我的同伴會說些什麼。

他喘得上氣不接下氣，很難說出什麼，但他還是奮力吐出一個詞，我起初並沒有聽清楚。我要他重複他的話，他喘出一個字眼：「危險。」

「危險？」

「非常危險。純真的女孩們很容易落入這種人的圈套，他們老是在女人堆裡打轉……不好。」

從這話中，我推測，這位村子裡唯一的年輕人也受到漂亮的葛拉蒂注意了。

「天啊！」史東博士喊道，「火車！」

這時，我們已經接近火車站，於是開始疾步奔跑。從倫敦開來的火車正停在站上，開往倫敦方向的火車正進站。在售票處的門口，我們撞到一個文雅的年輕人，我認出是瑪波小姐的外甥。我想，他是個不喜歡被碰撞的年輕人。他為自己那種泰然自若、超然的氣質而驕傲，那粗俗的一撞無疑有損他瀟灑從容的風度。他向後搖晃幾步。我連忙道歉，然後我們進了站。史東博士爬上火車，我遞給他行李，火車剛好沉重地往前一衝，啟動了。

我向他揮揮手，然後轉身離開。雷蒙．衛司已經走了，而我們當地一位喜歡人叫他「小天使」的藥劑師剛好也要到村子裡去。我和他並肩而行。

「我差點和您擦肩而過，」他說，「噢，審訊進行得怎麼樣，克萊蒙先生？」

我告訴他裁決的結果。

「哦！原來是這麼回事。我早認為裁決會是如此。史東博士要去哪兒？」

我將他告訴我的話重複一遍。

「沒錯過火車，真走運。您總是弄不清這條鐵路的情況。我告訴您，克萊蒙先生，真要命，我說啊，真丟人。我坐來的火車晚了十分鐘，還是在交通不繁忙的星期六。而且星期三，不，星期四，對，是星期四，我記得是謀殺案發生的那天，因為我打算向鐵路公司寫一封措辭強硬的投訴書——謀殺案使我忘了這件事——是的，上個星期四。我去參加藥學學會的一次會議。您說六點五十分的火車誤點多久？半小時！整整半小時！您對這事有什麼看法？十分鐘，我不在乎，但如果火車七點二十分才到站，哦，那您在七點半以前就別想回到家。我要說的是，那為什麼要把這班火車叫作『六點五十分那班』呢？」

「您的話很有道理。」我說。

這時，我看見勞倫斯．瑞汀從路的另一頭向我們走來，為了擺脫他的這番嘮叨，我藉故說我有話要和瑞汀說，便溜之大吉了。

19

「很高興見到您，」勞倫斯說，「請到我家來。」

我們走進生鏽的大門，走過小路，他從口袋裡掏出鑰匙，插進鎖裡。

「你現在鎖門了。」我說。

「是的，」他苦笑著說，「亡羊補牢，對吧？是有點像這麼回事。您知道，牧師，」他撐著門，讓我走進去。「這整件事有個地方我不喜歡。這太像是……該怎麼說好呢，熟人所為。有人知道我有那把手槍。那就意味著那個凶手，不管他是誰，一定在這所房子裡待過，說不定還和我一起喝過酒。」

「不一定，」我反對道，「聖瑪莉米德村的人也許全知道你的牙刷放在什麼地方，以及你用哪一種牙粉。」

「但是，他們為什麼會對這些事情感興趣呢？」

「不知道，」我說，「但他們就是這樣。如果你換了刮鬍膏，這也會成為他們的話題。」

「他們一定非常缺乏新聞。」

「他們是這樣。這兒從未發生過刺激的事。」

「哦，現在發生了，超級刺激。」

我同意他的看法。

「究竟是誰告訴他們這些事的？譬如刮鬍膏之類的事？」

「也許是亞契老太太吧。」

「那個死老太婆嗎？就我所知，她是個笨蛋。」

「那只是窮人的偽裝，」我解釋說，「他們假裝愚蠢以求自保。您也許會發現，這老太太還是滿有頭腦的呢。對了，她現在似乎非常肯定星期四中午手槍放在原處。是什麼使她突然變得這麼肯定了？」

「我一點也不知道。」

「您認為她是對的嗎？」

「這我也不知道。我並不是每天都帶著我的財產目錄到處走。」

我環視了一下這間小小的客廳。每個架子和每張桌子都堆著各種各樣的物品。勞倫斯生活在藝術家特有的雜亂無序中，住在這種環境一定會逼得我發狂。

「有時候在這兒找東西很費事，」他直視著我的眼睛說，「但是每樣東西又很方便取得，沒有特別收藏起來。」

「當然，沒有什麼東西特別收藏起來，」我附和他的說法。「如果手槍早點收藏起來就好了。」

「您知道，我以為驗屍官會說類似的話。驗屍官都是蠢蛋。我原以為會受到非難什麼的。」

「對了，」我問道，「槍裝了子彈嗎？」

勞倫斯搖搖頭。「我不至於那樣粗心。槍是空的，但槍的旁邊有一盒子彈。」

「顯然，六個彈膛都裝進了子彈，其中一顆子彈已經射出。」

勞倫斯點點頭。

「不過是由誰的手射出的呢？先生，除非找到真正的凶手，情況不會有什麼改變。直到我死的那天，都會被人懷疑與此案有關。」

「別那樣說，我的孩子。」

「但我真的這樣認為。」

他變得沉默了，獨自皺著眉頭。最後，他打破沉默說道：「告訴您我昨晚的事進行得怎樣吧。您知道，老瑪波小姐知道一點點。」

「就是那個原因，讓她有點不討人喜歡。」

他繼續複述他的故事。

他聽從瑪波小姐的勸告，去了老屋。在安的協助下，他在那裡與女傭談了一次話。安只是簡單地說：「瑞汀先生要問你幾個問題，羅絲。」

她說完後便離開房間。

勞倫斯感到有點緊張。羅絲是位二十五歲的美女，用清澈的目光凝視著他，這使他感到非常不安。

「是……是有關普瑟洛上校死亡的事。」

「是的，先生。」

「您知道，我急於獲得真相。」

「是的，先生。」

「我感到也許……有人可能……呃，也許有某種偶發事故……」

勞倫斯感到自己並沒有旗開得勝，心中不由得暗暗咒罵瑪波小姐和她的鬼點子。

「我想，你是否能幫助我？」

「是什麼事，先生？」

羅絲依然還是十足的女傭神情，彬彬有禮，急於效力，但又非常冷漠。

「該死，」勞倫斯說，「你們難道沒有在女傭休息室談過這件事嗎？」

這種進攻法使羅絲臉色微微發紅。她那種無動於衷的態度有了一點改變。

「先生，在女傭休息室嗎？」

「或是在看門人的房間，或是在擦鞋匠的休息室，或是在你們談話的什麼地方。一定在什麼地方吧。」

羅絲咯咯笑了兩聲，勞倫斯感到有點希望。

「聽著，羅絲，你是個非常好的女孩。我相信，你一定理解我現在的感覺。我不想被吊死。我沒有謀殺你的主人，但許多人認為是我幹的。你難道不能幫我一下嗎？」

我可以想像得出，說這句話的時候，勞倫斯一定顯得非常可憐。他那英俊的臉龐向後一仰，那雙愛爾蘭人的藍眼睛露出乞求的目光。羅絲的心腸軟下來，屈服了。

「哦，先生！我相信……但願我們能幫助您。我們根本不認為是您幹的，先生。我們確實不這樣想。」

「我知道，親愛的女孩，但警方不會因此放過我。」

「警方！」羅絲搖搖頭。「我可以告訴您，先生，我們認為那個警官不怎麼樣。史萊克，他是這樣介紹自己的。警方就是這樣。」

「警方的確很難對付。現在，羅絲，你說你要盡力幫我。我認為我們還有許多情況不清楚，比如說那位夫人，她在普瑟洛上校死的前一個晚上來看過他。」

「樂思荃夫人嗎？」

「是的，樂思荃夫人。我認為她的那次拜訪有點奇怪。」

「是的，的確，先生，那是我們大家一致的說法。」

「是嗎？」

「她來到這兒，要找上校。當然，他們談了許多話，根本沒人知道她來這兒的目的。希蒙絲太太，她是女管家，先生，她認為她是個壞傢伙。但聽過戈蕾娣說的話後，哦，我不知道應該怎樣看了。」

「戈蕾娣說了些什麼？」

「哦！沒什麼，先生！我們只是在閒聊罷了，您知道。」

勞倫斯看著她。他感到，她是欲言又止。

「我很想知道她與普瑟洛上校談些什麼事。」

「是的，先生。」

「我相信你知道，羅絲。」

「我？哦，不，先生！我確實不知道。我怎麼會知道呢？」

「聽著，羅絲，你才說你要幫我。如果你不小心聽到什麼事情……什麼事情都好，這些事情可能未必重要，但任何事情都好……我會對你感激不盡。畢竟，有人可能……可能碰巧或正好碰巧聽到什麼事。」

「但我沒有，先生，真的，我沒有。」

「那麼其他人總會聽到吧。」勞倫斯敏銳地說。

「噢，先生……」

「快告訴我吧，羅絲。」

「我不知道戈蕾娣會說些什麼。」

「她會要你告訴我的。對了，戈蕾娣是誰？」

「她是廚房女傭，先生。您知道，她只出去見個朋友，正好經過窗戶……書房的窗戶，主人與那位夫人在那兒。當然，他說話很大聲，主人總是這樣。自然，她感到有點好奇……我是說……」

「太自然了，」勞倫斯說，「我是說，簡直不能不聽。」

「但是，當然，除了我以外，她沒有告訴任何人。我們倆都覺得這事很奇怪。可是戈蕾娣什麼也不能說，您知道，如果被人知道她出去與……一個朋友見面，普拉特太太，也就是廚師，會很不高興。但我相信，她會願意告訴您，先生。」

「那麼，我能去廚房找她談談嗎？」

這個建議使羅絲大吃一驚。

「哦，不，先生，千萬不可以！戈蕾娣是個很神經質的女孩。」

最後，兩人詳細地討論了諸多困難後，問題總算解決。兩人安排在灌木叢中私下會面。

按照前議，勞倫斯在這兒見到了緊張萬分的戈蕾娣。他認為與其說她是一個人，不如說她是隻發抖的兔子。經過了十分鐘，這小姐才鎮靜下來。顫顫抖抖的戈蕾娣解釋說，她怎麼也想不到……她想不到、她不認為羅絲會背叛她，並說不管怎樣，她並無惡意，她確實沒有惡意，還說如果普拉特太太聽到了這事，她的日子會很不好過。

勞倫斯一再保證、連哄帶騙，終於說服戈蕾娣同意說出實情。

「您能保證您不再外傳吧，先生。」

「當然不會。」

「還有，這事不會使我吃上官司吧？」

「絕不會。」

「您也不會告訴女主人吧？」

「在任何情況下都不會。」

「如果這事傳到普拉特太太的耳朵裡……」

「不會的。說吧，戈蕾娣。」

「您能確信這沒有什麼問題嗎？」

「當然沒問題。總有一天，你會因為從絞刑架上救了我的命而感到高興。」

戈蕾娣輕輕驚叫一聲。

「哦！我實在不願意那樣，先生。唉，我聽到的很少，完全是碰巧聽到的。」

「我完全能理解。」

「但主人顯然很生氣。『經過這麼多年，』他當時這樣說，『你還敢來這兒。』『你觸犯了我！』我聽不清那位夫人說什麼，但過了一會兒他又說：『我完全拒絕，完全……』

我記不起所有的話，好像他們在大吵大鬧爭論些什麼，她要他做某件事，他拒絕了。『你竟敢來這兒，真丟臉！』他說了這麼一句。還說：『你不能見她，我不准……』這時我豎起了耳朵。好像那位夫人要告訴普瑟洛夫人一兩件事，他很害怕。於是我想：『哦，想不到主人會這樣。原以為他與眾不同。也許，戳穿他的假象後，他就臉上無光了。想不到！』我事後對我的朋友說『男人都一樣』。他並不同意這樣的看法，反而與我爭論。但他確實承認，他對於身為教堂執事、在星期日分發聖餐盤、讀《聖經》的普瑟洛上校感到不解。『但這種人，』我說，『往往是最卑劣的。』我常聽我媽這麼說。」

戈蕾娣停下來，氣喘吁吁，勞倫斯巧妙地使她回到原來的話題。

「你還有聽到其他事情嗎？」

「哦，很難記得一清二楚，先生，差不多都是同樣的話。他有一兩次說『我不相信』就是這類的話。『不管荷大克說什麼，我也不相信。』」

「他那樣說了，是嗎？說了『不管荷大克說什麼』嗎？」

「是的。他還說，這完全是一個圈套。」

「你完全沒聽到那位夫人說些什麼嗎？」

「只是在會面結束時。她一定是起身，走近了窗戶。我聽到了她說的話。那使我毛骨悚然，真的，我絕忘不了。『明晚這個時候，你也許就死了。』她說，口氣很邪惡。當我一聽到謀殺案的消息，我就對羅絲說：『應驗了，應驗了！』」

勞倫斯納悶不已。他猜不透戈蕾娣的故事可信度有多高。大致上是事實，但他懷疑，謀殺案發生後，她便開始加油添醋，編造一番。特別是，他懷疑最後一句話的真實性。他想，非常有可能是因為謀殺案，她才這樣說。

他適當地酬謝了戈蕾娣，還向她保證，不會讓普拉特太太知道，然後帶著一團疑雲離開老屋。

有一點是清楚的，樂思荃夫人與普瑟洛上校的會面不是在心平氣和的狀態下，而且，他不讓妻子知道這次會面。

我想到瑪波小姐提過一個有婚外情的教堂執事。這是一個相似的案子嗎？

荷大克牽涉進來，更使我納悶不已。他設法使樂思荃夫人免於在審訊時作證，並盡力保護她免受警方的糾纏。

他這樣保護她，能有多久呢？假設他懷疑她做案，他還會包庇她嗎？

她是個奇怪的女人，一個魅力無窮的女人。不管怎樣，連我自己也不願把她與凶殺案扯在一起。

我的內心有某個聲音在說：「不可能是她！」

為什麼？

我腦中一個頑皮小精靈回答：「因為她是個美豔絕倫、富魅力的女人。這就是原因。」

正如瑪波小姐所說的，人性深不可測哪。

20

我回到家時，發現我們正面臨家庭危機。

格賽達在玄關見到我，淚眼汪汪地將我拖進客廳。

「她要走了。」

「誰要走了？」

「瑪麗。她向我辭職了。」

聽到這個消息，我實在無法感到傷悲。

「哦，」我說，「我們不得不另找一個女傭了。」

我覺得這樣說似乎合情合理。一個女傭走了，就另找一個。但看到格賽達臉上露出責備的神情，我迷惑不解了。

「連恩，你真沒心肝，一點都不在乎。」

我是不在乎。事實上，想到不會再有燒焦的布丁和半生不熟的蔬菜，我的心情變得輕鬆愉快了。

「我不得不另找一個女孩，要先找到她，又要再訓練她。」格賽達用自憐的聲音說。

「瑪麗受過訓練嗎？」我問道。

「她當然受過。」

「我想，」我說，「是有人聽到她稱呼我們『先生』和『夫人』了，以為她完美無缺，於是立刻把她從我們身邊搶走。我只能說，他們會失望的。」

「不是那麼回事，」格賽達說，「沒有別的人想要她。看不出他們怎麼會要她。她只是在鬧情緒。因為拉蒂絲．普瑟洛說她沒有把灰塵清乾淨，她因此心情不好。」

格賽達常常語出驚人，但這句話讓我更是驚訝萬分，我不由得產生疑問。拉蒂絲．普瑟洛竟然會多管閒事，干涉我們的家務事，責怪我們的女傭做事馬虎，這對我說來好像是根本不可能的事。「這完全不像是拉蒂絲的作風。」我說。

「我不明白，」我說，「我們的灰塵與拉蒂絲有什麼關係。」

「毫無關係，」我妻子說，「那就是此事講不通的地方。我希望你親自去和瑪麗談談。她在廚房裡。」

我根本不想與瑪麗談這件事，但格賽達精力充沛，動作敏捷，不容我反抗，就把我推過毛呢門，推進了廚房。

瑪麗正在水槽旁削馬鈴薯。

「呃……午安。」我緊張地說。

瑪麗抬頭看我一眼，哼了一聲，就沒有其他反應了。

「克萊蒙夫人告訴我，你想離開我們。」我說。

瑪麗總算紆尊回答了這個問題。

「有些事情，」她悶悶不樂地說，「沒有哪個女孩能夠忍受。」

「請你告訴我，究竟是什麼惹你心煩，好嗎？」

「用兩個詞就能回答你（我得說，她實在估計得太少了）。我一轉身，人們就來這兒打探，四處打探。書房多久打掃一次灰塵、關一次燈，關她什麼事？只要你和夫人不抱怨，就不關別人的事。我說，我是否使你們滿意，那才是要緊的。」

瑪麗從來不曾使我滿意。我承認，我渴望有一間每天清晨打掃得一塵不染、整理得井井有條的房間。瑪麗通常是拂去矮桌子上的顯眼灰塵就算完事，我認為這太不像話了。但是我知道，在這時計較枝節問題並不妥當。

「我不得不接受那次審訊，不是嗎？站在十二個男人的面前，像我這樣正經的女孩！天知道他們會問你什麼樣的問題。我告訴你，我從未在一個發生謀殺案的地方待過，也絕不想再待了。」

「不會吧，」我說，「按照或然率的規則，我得說，這非常不可能。」

「我才不管什麼規則呢。他是個執法官，許多可憐的傢伙因為獵殺一隻野兔就被關進監獄，他卻養雉雞什麼的。還有，他還沒入土為安，他那個女兒就過來說我工作做得不好。」

「你是說，普瑟洛小姐來過這兒嗎？」

「我從藍野豬回來時，發現她在這兒。在書房裡。『哦！』她說，『我在找我的黃色小貝雷帽……一頂黃色的小帽子。我有天把帽子留在這兒了。』我說：『我沒看到什麼帽子。星期四早上我收拾房間時就沒看到。』她又說：『我敢說你不會看到的。你不常花時間收拾房間，對吧？』她這樣說時，就用手指沿著壁爐台擦了一下，還看著手指。她以為像這樣的一個早上，我會有時間移開所有擺設，又放回原處，警察前一天晚上才打開房間呀。『我想，小姐，牧師和夫人是否滿意，那才是要緊的，』我說。她哈哈大笑，走出落地窗，而且還說：『哦！但你確信他們會滿意嗎？』」

「我明白了。」我說。

「這就對了！一個女孩子有自己的情緒！我相信，我會為你和夫人拚命做事。如果她要吃新花樣的菜餚，我總是會盡力去做。」

「我相信你會的。」我安慰她說。

「但她一定是聽見了什麼，否則不會那樣說。如果我沒有使你們滿意，我寧願走。並不是我在意普瑟洛小姐說的話。我可以告訴你，她在老屋不受人喜愛。她從不說『請』或『謝謝』，就會丟三落四。儘管丹尼斯先生非常看重拉蒂絲．普瑟洛小姐，我卻根本不甩她。但是，她是那種能將年輕紳士玩弄於股掌之間的女孩子。」

說這番話的同時，瑪麗用力挑著馬鈴薯的芽眼，那些芽眼像冰雹般在廚房裡四處飛射。這時，一片芽眼打到我的眼睛上，談話中止了一會兒。

「難道你不認為，」我一邊用手絹擦眼睛，一邊說道，「你這樣生氣有點無中生有嗎？我知道，瑪麗，你走了女主人會非常惋惜。」

「先生，我不會因為那件事生夫人的氣，或生你的氣。」

「嗯，那麼你不認為你這樣很傻嗎？」

瑪麗哼了一聲。

「在經過審訊和這一切後，我是有點生氣。女孩子有自己的情緒。但我不願給夫人造成什麼不便。」

「那就對了。」我說。

我離開廚房，發現格賽達和丹尼斯在走廊上等我。

「怎麼樣？」格賽達問道。

「她會留下來。」我說，嘆了一口氣。

「連恩，」妻子說，「你真的很聰明。」

我不同意她的看法。我並不認為我剛才很聰明。我堅決認為，沒有哪個女傭會比瑪麗更差的了。我想，任何改變只會變得更好。

但我喜歡取悅格賽達。我將瑪麗生氣的原委細說了一遍。

「不愧是拉蒂絲，」丹尼斯說，「她不可能在星期三把她的那頂黃色貝雷帽留在這兒。她星期四打網球時還戴著呢。」

「我想那很有可能。」我說。

「她從來記不得把什麼東西放在哪裡。」丹尼斯說，他說這話時還帶著一種含情脈脈的驕傲和愛慕，我認為這有點不妥。「每天她都要丟掉好幾樣東西。」

「一種非常迷人的習慣。」我說。

丹尼斯體會不到任何諷刺。

「她確實迷人，」他說，深深嘆了一口氣。「總是有人向她求婚，她這麼告訴過我。」

「如果他們在這兒向她求婚，那都算是違法，」我說，「我們這兒沒有一個單身漢。」

「有史東博士啊。」格賽達眨著眼睛說。

「有一天他請她去看墓地。」我承認道。

「他當然會請了，」格賽達說，「她非常迷人，連恩。甚至禿頭的考古學家也能感覺到這一點。」

「她很性感。」丹尼斯一語中的。

但是，勞倫斯．瑞汀一點也不為拉蒂絲的美貌所動。

格賽達帶著一種自以為是的神情說：「勞倫斯也很有男性魅力。那種男人總是喜歡……

我怎麼說好呢……教友派信徒型的女人，非常自律和靦腆，大家叫作冰山美人的那種女人。我想安是唯一能迷住勞倫斯的女人。我想，他們絕不會互相厭倦。儘管這樣，他在某方面還是有些傻。你知道，他利用了拉蒂絲。我想，他沒想到她會介意……他在某些方面很遲鈍，但我感到她其實很介意的。」

「她不能忍受他，」丹尼斯肯定地說，「她這樣告訴我的。」

聽到這話時，格賽達陷入一種充滿憐憫的沉默之中。這種情況我從未見過。

我走進書房，感到房間裡仍然有一種令人惶恐不安的氣氛。我知道我必須克服這種心理，如果克服不了，或許我再也不會用書房了。我沉思著，走到書桌前。普瑟洛曾坐在這兒，臉色紅潤，精神飽滿，自以為是；也就是在這兒，一瞬間他就被擊倒了。我站著的這個地方，曾站過一個凶手……

於是，普瑟洛不存在了……

這是他手指曾握過的鉛筆。

地板上有一道淡淡的黑色斑痕……地毯被送去清洗了，但血跡已經滲透到地板上。

我不寒而慄。

「我沒辦法用這個房間，」我大聲喊道，「我沒辦法！」

這時，我瞥見了某樣東西……一個閃亮的藍色微粒。我彎下腰。在書桌和地板之間，我看見一個小小的物體。我撿了起來。

我把它放在手掌上，凝視著它，這時，格賽達走進房間。

「我忘記告訴你了，連恩。瑪波小姐要我們今天晚飯後過去，去和她的外甥玩玩，她擔心他會感到無聊。我說我們會去。」

「很好，親愛的。」

「你在看什麼？」

「沒什麼。」

我握緊拳頭，看著妻子說：「親愛的，如果連你都不能使雷蒙．衛司少爺高興，那他一定是個很難取悅的人。」

我妻子說：「別鬧了，連恩。」隨即面紅耳赤。

她又出去了，我展開手掌。

在我的手掌上，是一隻鑲有小珍珠的藍色天青石耳環。

這是顆非同尋常的寶石，我非常清楚我最後一次在哪兒看見過。

21

我不能說，我曾對雷蒙·衛司先生產生深刻的欽佩。我知道，他向來被視為富有才華的小說家，也是個有名的詩人。他的詩歌中沒有大寫字母，我想，這就是現代派的一個特點。他的書大都描寫枯燥乏味之生活、鬱鬱不樂的人們。

他敬愛「珍姨媽」，他當著她的面暗指她為「殘存者」。

她津津有味地聽他談話，但如果她的眼神中出現愉快的光芒，我敢說他絕不會注意到。

他帶著唐突的殷勤立刻就與格賽達聊起來了。他們探討現代戲劇，從那兒又談到現代裝飾。格賽達假裝嘲笑雷蒙·衛司，但我想，他的談話感動了她。

在我與瑪波小姐有一句沒一句的交談中，我不時聽到他重複著：「您這樣被埋沒在這兒……」

終於，這句話使我發火了。我突然說：「我想，您認為我們這兒很落後吧？」

雷蒙・衛司晃動著手中的香菸。

「我認為聖瑪莉米德……」他擺出一副權威的面孔說，「是一潭死水。」

他看著我們，以為我們會為他的話而生氣，但沒人顯現出生氣的樣子。我想，這使他有點尷尬。

「那確實不是個很好的比喻，親愛的雷蒙，」瑪波小姐尖刻地說，「我相信，在顯微鏡下，一潭死水中的一滴水珠，可以比任何生物都充滿生命。」

「充滿生命……某種生命吧。」小說家承認道。

「生命全都是一樣的，不是嗎？」瑪波小姐問道。

「珍姨媽，您把您自己比作一潭死水中的棲息者嗎？」

「親愛的，我記得，你在你最新的一本書中，說了同樣的話。」

沒有哪個聰明的年輕人喜歡自己的話被引用來攻擊自己，雷蒙也不例外。

「那完全不同。」他厲聲說道。

「無論如何，生命都是大體相同的，」瑪波小姐溫和地說，「你知道，出生、長大、與其他人接觸、競爭，然後結婚生子……」

「最後是死亡，」雷蒙說，「沒有死亡證明書的死亡，生活中的死亡。」

「談到死亡，」格賽達說，「您知道我們這兒發生的一樁謀殺案嗎？」

雷蒙・衛司晃動著手中的香菸，打斷了謀殺案的話題。

「謀殺太粗野了，」他說，「我對此沒興趣。」

這句話我一點也不相信，常言道，世人所嗜略同，把這個諺語用於謀殺，更是千真萬確。沒人會對謀殺不感興趣。像格賽達和我這樣單純的人能夠承認事實，但像雷蒙．衛司這種名士則不得不裝出對此感到乏味……至少開頭五分鐘是這樣。

但是，瑪波小姐的一句話讓她外甥露出馬腳。

「剛才在吃飯時，雷蒙和我一直在談論這個話題。」

「我對所有的地方新聞都有濃厚的興趣。」雷蒙趕緊說。他向瑪波小姐和藹寬容地微笑著。

「衛司先生，您有什麼高見嗎？」格賽達問道。

「從邏輯上判斷，」雷蒙．衛司說，又一次晃動著香菸。「只有一個人有可能殺死普瑟洛。」

「是嗎？」格賽達問道。

我們都熱切地期待著下文。

「牧師。」雷蒙說，並伸出一個手指指著我。

我不由得倒抽一口氣。

「當然，」他又緩和地說，「我知道您沒有。生命總是不按常理出牌。但想想此事的戲劇性，如此完美的吻合……教堂執事在牧師的書房被牧師謀殺。太精采了！」

「但動機呢？」我問道。

「哦！這一點很有趣，」他站起身來，捻熄了香菸。「我想是由於自卑感，可能是過於自我壓抑所致。我想把這樁謀殺案寫成故事，弄得它盤根錯節。週復一週，年復一年，他看見這人在教區會議上、在唱詩班男孩的郊遊中、在教堂裡分發福音袋、把福音袋放到祭壇上。他一直厭惡這個人，但又不得不忍氣吞聲。這不符合基督精神，他不應該讓這種情緒滋長。於是，這種怨恨在暗中變得愈來愈深。終於有一天……」

他做了一個生動逼真的手勢。格賽達轉身問我。

「連恩，你曾經有過那樣的怨恨嗎？」

「從來沒有。」我誠實地說。

「但我不久前聽說，您希望他從世界上消失。」瑪波小姐說。

丹尼斯這掃把星！不過，錯也錯在我的確說過這樣的話。

「恐怕我當時是這樣想的，」我說，「說這樣的話真蠢，但那天早上我確實和他鬧得很不愉快。」

「真令人失望，」雷蒙・衛司說，「如果在您的潛意識中，您真想幹掉他，那您就絕不會說那樣的話了。」

他嘆了一口氣。

「我的推論失敗了。這也許是一樁非常普通的謀殺案……一個為了復仇的盜獵者所下的手。」

「克拉姆小姐今天下午來看我，」瑪波小姐說，「我在村子裡碰到她，問她是否願意來觀賞我的花園。」

「她喜歡欣賞花園嗎？」格賽達問道。

「我想不是，」瑪波小姐說，輕輕眨一下眼睛。「但這是個很好的談話藉口，不是嗎？」

「您了解她到什麼程度？」格賽達問道。「我不認為她真的這樣壞。」

「她主動提供了許多資訊。確實是好多資訊，」瑪波小姐說，「關於她自己，您知道，還有關於她的親人。好像他們全都不在了，或是在印度。太令人傷心了。對了，她已經去老屋度週末了。」

「什麼？」

「是的，好像是普瑟洛夫人請她去的，或是她向普瑟洛夫人提出要求，我不太清楚。是去做文書工作……她們有很多信件要處理。實在湊巧，史東博士離開了，她正好無事可做。掘墓真是件令人興奮的事。」

「史東？」雷蒙說，「就是那個做考古的傢伙嗎？」

「是的，他正在掘一座墓。在普瑟洛的土地上。」

「他是個好人，」雷蒙說，「對他的工作非常熱中。我不久前在一次晚宴上碰到他，我們談得很投機。我得去拜訪他。」

「真可惜，」我說，「他剛去倫敦度週末。其實您今天下午在車站還與他打了照面呢。」

「我是和您打了照面。您身後跟著的是一個又矮又胖的人，戴著眼鏡。」

「沒錯，那人就是史東博士。」

「可是，親愛的老兄，那不是史東。」

「不是史東？」

「不是那位考古學家。我和他很熟，那人不是史東，一點也不像。」

我們面面相覷。我意味深長地注視著瑪波小姐。

「太奇怪了。」我說。

「那個手提箱。」瑪波小姐說。

「這是怎麼回事？」格賽達問道。

「這使我想起當年那個假裝成煤氣檢修員的人，他逐戶登門造訪，」瑪波小姐低聲說，「偷了不少東西。」

「來了個騙子，」雷蒙・衛司說，「這下有趣了。」

「問題是，這與謀殺案有關嗎？」格賽達問道。

「不一定，」我說，「但……」我看著瑪波小姐。

「這是件『怪事』，又一件『怪事』。」

「是的，」我說，站起身來。「我覺得應該立刻把這件事告訴警官。」

22

我與史萊克警官接通電話，他的命令簡短而堅決。不准「走漏」任何消息。特別是，不能驚動克拉姆小姐。同時，警方開始在墓地周圍搜尋手提箱。

格賽達和我回到家裡，為了這個新的進展而興奮莫名。由於丹尼斯在場，我們不能談得太多，因為我們已經向史萊克警官鄭重保證，對任何人都隻字不提。

總之，丹尼斯自己的麻煩也夠多了。他走進我的書房，開始翻弄東西，不停地踱來踱去，顯得很心神不寧。

「怎麼回事，丹尼斯？」我終於開口說。

「連恩叔叔，我不想跑船了。」

我很吃驚。這孩子在此之前，對個人的前途一直很確定。

「但你很喜歡海呀。」

「是的，但我已經改變主意了。」

「你想做什麼呢？」

「我想進金融界。」

我更加吃驚了。

「你說的金融界是什麼意思？」

「就是它的意思。我想進城。」

「可是，我親愛的孩子，我確信你不會喜歡那種生活。即使我在銀行裡為你求了一個職位……」

丹尼斯說，那不是他的意思。他不想進銀行。我問他那是什麼意思，當然，正如我所預料，他其實並不清楚。

他所說的「到金融界去」，其實是指迅速致富，他帶著年輕人的樂觀態度相信，只要「進城去」，就必能日進斗金。我盡可能溫和地打消了他的念頭。

「是什麼使你產生這種想法？」我問道。「原來跑船的計畫，就使你心滿意足了。」

「我知道，連恩叔叔，但我一直在考慮，總有一天我會結婚……我是說，要娶一個女孩，你得有錢才行。」

「事實有時與你的理論相反。」我說。

「我知道，但是如果對方是一個大家閨秀……我是指一個習慣了舒適生活的女孩。」

這話很含糊，但我想我知道他的意思。

「你知道，」我溫和地說，「並非所有女孩都像拉蒂絲．普瑟洛一樣。」

他立刻發起火來。

「您對她太不公平。您不喜歡她，格賽達也不喜歡，她說她令人厭煩。」

從女人的角度看，格賽達相當正確。拉蒂絲確實是令人厭煩。然而，我很明白一個男孩會對這個形容詞生氣。

「但願人們體諒她一些就好了。為什麼在這樣的時候，甚至哈利．納比爾一家人也四處抱怨她！就因為她在網球聚會時稍微早退。如果她感到無聊，為什麼她要留下來呢？我想，她離開，可是理所當然的。」

「說得真好。」我說。

不過丹尼斯不會懷疑到我存有任何惡意，他正替拉蒂絲滿腹叫屈。

「她真的一點也不自私。從她叫我留下來這件事就看得出來。當然當時我也想離開，但她不聽我的，說那樣對納比爾一家來說太失禮了。所以為了讓她高興，我多待了一刻。」

年輕人對「無私」的看法真是很怪異。

「而現在，我卻聽到蘇珊、哈利四處散布說，拉蒂絲的態度很糟。」

「如果我是你，」我說，「我才不會擔心。」

「這當然沒什麼，但是……」他突然爆出一句話：「我可以……我可以為拉蒂絲做任何事。」

「我們很少有人能為別人做任何事，」我說，「不管我們的意願多強，我們都心有餘而力不足。」

「我乾脆死了算了。」丹尼斯說。

可憐的小鬼。少男少女之間的愛就像是致命的疾病。一些直率、也許惹人生氣的話很自然地滑到了我的嘴邊，但我還是忍住沒說。我只是道了聲晚安，就去睡覺了。

次日我主持完早晨八點的禱告後，回到家，看到格賽達坐在早餐桌旁，手中拿著一張打開的便條。便條是安．普瑟洛送來的。

親愛的格賽達：

如果您和牧師今天能悄悄來這兒吃頓午飯，我將不勝感激。發生了某件非常奇怪的事，我想聽聽克萊蒙先生的意見。

你們來時別向人提起這件事，因為我對別人隻字未提。

深深愛你們的安．普瑟洛

「我們當然要去。」格賽達說。

我表示同意。

「不曉得發生了什麼事。」

我也納悶。

「你知道，」我對格賽達說，「我覺得我們離弄清楚這個案子的真相還很遠。」

「你是說，得等到有人被逮捕，才算弄清真相嗎？」

「不，」我說，「我不是這個意思。我是說，尚有許多支流和暗潮，我們還一無所知。在弄清真相之前，我們得搞清楚許多事情。」

「你是指那些關係不大、卻對了解案情有礙的事嗎？」

「是的，我想這很貼切地表達了我的意思。」

「我想，我們都太大驚小怪了，」丹尼斯說，一邊替自己拿了一點果醬。「普瑟洛那老頭死了，是挺好的事。沒人喜歡他。哦！我知道警方不得不操心，這是他們的工作。但我倒希望他們永遠查不出來。我可不願看到史萊克升官，他那人趾高氣揚的，只知四處炫耀他的聰明。」

針對史萊克升官這件事，我想我有同感。一個四處惹人厭的人，別想期望自己會得到掌聲。

「荷大克醫生的想法與我很接近，」丹尼斯繼續說，「他絕不會將一個殺人凶手繩之以法。他是這樣說的。」

我想，這就是荷大克這番觀點的危險所在。這些觀點本身或許正確——我倒不這樣認為

——但會對年輕人輕率的頭腦產生影響，我想荷大克本人絕不願意看到這種結果。

格賽達望著窗外說，花園裡有記者。

「我想，他們又在拍書房的窗戶了。」她說，嘆了一口氣。

這一切使我們受罪不少。首先是遊手好閒的村民們好奇不已，每個人都到這兒東盯西看，然後是帶著照相機的記者，接著村民又來圍觀記者。最後，我們不得不從馬奇班罕請來一個警察，在窗戶外執勤。

「噢，」我說，「葬禮在明天早晨舉行。在那之後，當然，這番騷動就會平息下去。」

當我們到老屋時，我注意到有幾個記者在周圍盤旋。他們上來與我搭訕，問各種問題，我都一律回答（我發現這也是最佳的回答）：「無可奉告。」

管家帶我們走進客廳，結果客廳裡只有克拉姆小姐，她顯然十分快樂。

「您感到驚訝，是吧？」她說，一邊與我們握手。「我從未想到這樣的事，但普瑟洛夫人真好，不是嗎？當然，讓一個年輕女孩待在藍野豬這樣的地方，周圍全是記者，你們會認為不妥。不過我也不是一無是處，這種年頭，她們確實需要一個祕書，因為普瑟洛小姐根本不幫忙，不是嗎？」

我注意到她對拉蒂絲依然厭惡如昔，但顯然已變成安的死黨，這一點使我覺得好笑，同時我懷疑她來這兒的理由是否真實。據她表示，是安請她來的，但我保持懷疑。只有開始說到不喜歡藍野豬這一點，倒很可能是她的本意。我未對這個問題下定論。我想，克拉姆小姐未必講的是真話。

這時，安．普瑟洛走進了房間。

她穿著肅穆的黑色衣服，手中拿著一份星期日的報紙。她用悲傷的目光掃了我一眼，將報紙遞給我。

「我從未經歷過這樣的事。太惡劣了，不是嗎？我在審訊時見到一個記者。我只是說，我非常難過，並說無可奉告，然後他問我是否急於找到殺害我丈夫的凶手，我說『是的』。然後他又問我是否有懷疑的對象，我說『沒有』。他又問我是否認為凶手是本地人，我說『好像如此』。就這樣。現在，你們看看這個！」

在報頁的中央是一張照片，顯然至少是十年前照的。天知道他們從哪兒挖出來的。然後是字體粗大的標題：

遺孀聲稱，不查出謀害丈夫的凶手，絕不罷休

普瑟洛夫人（被害者的遺孀）斷言，凶手一定是當地人。她認為一些人有嫌疑，但不能肯定。她聲稱自己悲痛難當，但表明了追查凶手的決心。

「這並不像我說的話，對吧？」安問道。

「我敢說，還可能更糟。」我說，遞回報紙。

「他們真無恥，不是嗎？」克拉姆小姐說，「我倒想看看這些傢伙能夠從我這裡問出些什麼。」

只見格賽達眨著眼睛，我相信，她認為克拉姆小姐這句話只是說說而已，並不會付諸行動。

吃飯時間到了，我們走進飯廳。拉蒂絲直到進餐一半時間才來，她飄然走到空座位上，對格賽達笑笑，又對我點點頭。我出於某種原因，專心地注視著她。但她還是像以往一樣神情茫然。她非常俏麗，我得公正地承認這一點。她仍然沒有服喪，但穿著淡綠色的衣服，更加襯托出她白皙膚色的細緻美麗。

我們喝過咖啡後，安平靜地說：「我想與牧師談談。我得請他到我的客廳去。」

終於，我就要知道她叫我們去的原因了。我起身和她爬上樓梯。她在房間門口停下腳步，我正要說話，她伸出一隻手制止我。她注意聽了一會兒，俯瞰著玄關。

「很好。她們準備到外面的花園裡去了。不，別進那裡。我們可以一直往上走。」

令我非常訝異的是，她帶路沿著走廊一直走到廂房盡頭。這裡有一道狹窄的梯子通向上一層樓，她爬了上去，我也跟著爬上去。我們來到一處積滿灰塵的木板通道。安打開門，讓我走進一間顯然是用作儲藏室的昏暗閣樓。那裡有些衣箱、破爛的舊家具和堆放著的繪畫，以及各式各樣數不清的雜物。

我臉上露出明顯的驚訝之色，她不由得淡然一笑。

「首先，我得解釋一下。最近，我都睡得不好。昨晚……準確地說是今天凌晨三點，我聽見有人在房子裡走動。我聽了一會兒，最後起床出來看。我意識到響聲是從樓梯平台上傳來的，不是從下面，而是從上面。我來到這些梯子跟前。我又聽到一聲響動。我喊道：『有人嗎？』但沒人回答。後來我沒再聽到什麼聲音，於是我以為只是自己神經過敏，便又回去睡了。

「但是今天清晨，我來到這兒……只是出於好奇，我發現了這個！」

她蹲下來，將一幅靠著牆、畫布背對著我們的畫轉過來。

我驚訝得喘不過氣來。這顯然是一幅肖像油畫，但肖像的臉部被胡劈亂砍一通，已經認不清了。而且，刀痕還是新的。

「這事怪極了！」我說。

「是嗎？告訴我，您能想到什麼嗎？」

我搖搖頭。

「這動作有點野蠻，」我說，「我不喜歡這樣。好像是在一陣狂怒之中做的。」

「是的，我也這樣想。」

「畫的是什麼？」

「我一點也不知道。以前我從未見過這幅畫。當我和魯西斯結婚搬來這兒住時，所有這些東西就在閣樓上了。我從未清理過，也不想費神去整理。」

「太奇怪了。」我說道。

我蹲下來，開始仔細看其他的畫。這些畫大體上是一些非常普通的風景畫、一些油畫和幾件有廉價畫框的複製品。

其他都是些沒用的東西。一個很大的老式衣箱，就是曾被叫作「櫃子」的那種，上面印有大寫字母ＥＰ。我揭開箱蓋，是空的。閣樓上沒有什麼東西可提供線索。

「這真是件非常令人吃驚的事，」我說，「這毫無意義嘛。」

「是的，」安說，「那使我有點害怕。」

沒有什麼值得看的了。我隨她來到她的客廳，她隨手關上門。

「您認為我應該為這件事採取任何行動嗎？告訴警方？」

我猶豫了。

「就表面看來，很難說是否……」

「與謀殺案有什麼關聯，」安接口說，「我明白。這就是困難所在。就表面看，好像沒有任何關聯。」

「對，」我說，「但這又是一件怪事。」

我們倆都默默坐著，迷惑不解地皺著眉頭。

「您打算怎麼辦？」過了一會兒我問道。

她抬起頭來。
「我至少還要在這兒再生活六個月！」她用挑戰的口吻說，「我不想……一想到還要在這兒生活那麼久就感到厭惡。但我想這是唯一的選擇，否則人們會說我畏罪潛逃。」
「當然不會。」
「哦！會的，他們會的。特別是當……」她停頓了一下，然後又說：「六個月滿了以後……我準備和勞倫斯結婚。」她直視著我。「我們倆都不打算再等下去。」
「我想，」我說，「這是最好的結局。」
突然，她情緒失控地將臉埋在雙手中。
「您不知道我對您有多感激……您不知道我們已經互相道別，他打算離開。對魯西斯的死，我感到……我感到非常害怕。要是我們打算一起私奔，而他又在那時死了，現在的情況就會非常棘手。但您使我們看到這件事是個多大的錯誤，那就是我對您感激的理由。」
「我也感謝你們。」我鄭重地說。
「不管怎樣，您知道，」她直起身來。「除非查出真正的凶手，否則他們會以為是勞倫斯……哦！是的，他們會的。特別是當他娶我的時候。」
「親愛的，荷大克醫生的證據表明得很清楚……」
「人們哪在意什麼證據？他們甚至不知道什麼是證據。畢竟，醫學證據對局外人來說根本不能說明什麼。這就是我待在這兒的另一個原因。克萊蒙先生，我要查出真相。」當她說這些話的時候，眼睛裡光芒閃爍。她又說了一句：「這就是我叫那個女孩到這兒來的原因。」

「克拉姆小姐嗎？」

「是的。」

「那麼，您確實問過她了。我是說，這是您的主意嗎？」

「正是。哦！事實上，她有點抱怨。審訊時，我看見她了。不，是我故意請她到這兒來的。」

「可是，」我喊道，「您不會以為那個年輕的蠢女人與此案有什麼關係吧？」

「裝出一副蠢相，這太容易了，克萊蒙先生，這是世界上最容易的事情之一。」

「那麼，您真的認為……」

「不，不是。說實話，不是。我真正的想法是，那個女孩知道一些事情，或者可能知道些什麼。我想就近研究她。」

「就在她到達的那個夜晚，那幅畫被亂戳一通。」我略有所思地說。

「您認為是她幹的嗎？這是為什麼呢？這似乎荒唐透頂、絕無可能。」

「在我看來，您的丈夫竟然在我的書房裡被謀殺，這也是絕無可能、荒唐透頂，」我痛苦地說，「但他的確是在我的書房裡被謀殺。」

「我知道，」她將手放在我的手臂上說，「這對您來說太恐怖了。我確實能體會這一點，只是我不常提。」

我從口袋裡拿出那顆湛藍色的天青石耳環，遞到她面前。

「我想，這是您的吧？」

「哦，是的！」她愉快地笑著，伸手來接。「您在哪兒找到的？」

我並沒有將耳環放進她那伸出的手中。

「您是否介意，」我說，「我再保存一段時間呢？」

「哎呀，沒問題。」

她一臉困惑，有點好奇。然而我並沒有滿足她的好奇心。

我反而問她，她的經濟狀況怎樣。

「問這個問題不禮貌，」我說，「但我實在不是有意冒犯。」

「我根本不認為這是個不禮貌的問題。您和格賽達是我在這兒最好的朋友。我也喜歡那個滑稽的瑪波老小姐。您知道，魯西斯很富裕，他把財產很平均地分給我和拉蒂絲。老屋屬於我，但拉蒂絲可以挑選足夠配置一棟小屋的家具，只是她得花另一筆錢來買一棟小屋。這樣分配才會公平。」

「她的計畫是什麼？您知道嗎？」

安做了一個滑稽的鬼臉。

「她沒有告訴我。我想，她會盡快離開這兒。她不喜歡我，從來就不喜歡。我敢說，這是我的錯，不過我真的有意做個像樣的母親。但是，我想任何女孩都痛恨繼母。」

「您喜歡她嗎？」我直率地問道。

她沒有立刻回答，這讓我相信，安．普瑟洛是個非常誠實的女人。

「我一開始是喜歡她的，」她說，「她當時是個好漂亮的小女生。但我現在不喜歡了，不知道為什麼，也許是因為她不喜歡我。您知道，我喜歡被別人欣賞。」

「我們都是這樣。」我說。

安．普瑟洛笑了。

我還剩下一項工作。那就是單獨與拉蒂絲．普瑟洛談談。我很快便達到目的，因為我瞥見她獨自一人在客廳裡，格賽達和葛拉蒂．克拉姆在外面的花園。

我走進去，關上門。

「拉蒂絲，」我說，「有件事我得和你談談。」

「是嗎？」

她冷漠地抬起頭。

我事先已經想好了要說些什麼。我拿出天青石耳環，平靜地說：「你為什麼把這個掉在我的書房裡？」

我看見她愣了一下……這幾乎是不由自主的。但她迅速恢復了平靜，連我自己也不能肯定有這個變化。然後她漫不經心地說：「我從未在您的書房裡掉過什麼東西。那不是我的，是安的。」

「我知道。」我說。

「噢，那為什麼來問我呢？一定是安掉的。」

「自從謀殺案發生後，普瑟洛夫人只到過我的書房一次，當時她穿著黑色衣服，所以不大可能佩戴藍色的耳環。」

「那麼，」拉蒂絲說，「一定是以前掉的。」她又說了一句：「這非常符合邏輯。」

「是非常符合邏輯，」我說，「我想，你不會碰巧記得你繼母最後一次戴這對耳環是什麼時候吧？」

「哦！」她用既疑惑又信任的目光凝視著我說，「這很重要嗎？」

「可能很重要。」我說。

「我得努力想想。」她坐在那兒，眉頭擠成一團。我從未見過拉蒂絲．普瑟洛像現在這樣迷人。「哦，對了！」她突然說，「她在……在星期四戴過耳環。我現在想起來了。」

「星期四，」我慢慢說道，「正好是謀殺案發生的那一天。那天普瑟洛夫人來到我花園裡的書房前，但你應該記得，在她的證詞中，她說她只是到了窗戶前，並未進屋子。」

「您在哪兒發現這個的？」

「滾落在書桌下面。」

「那麼她好像沒說實話，不是嗎？」拉蒂絲冷冷地說。

「你認為她確實進了屋子，站在書桌前嗎？」

「哦，好像是這樣，不是嗎？」
她目光鎮靜地與我對視著。
「如果您想知道的話，」她平靜地說，「我從不認為她講了實話。」
「但是，我也認為你沒有講實話，拉蒂絲。」
「您這是什麼意思？」
她吃了一驚。
「我的意思是，」我說，「我最後一次看見這隻耳環，是星期五我和梅崎上校來這兒的時候。它與另一隻耳環擺在你繼母的梳妝台上。事實上，兩隻我都拿走了。」
「哦……」
她的聲音顫抖起來，突然將身體斜傾在椅子的扶手上，哭泣起來。她的淺色短髮散落下來，幾乎觸到地板。這真是一副奇怪的姿勢，美麗又奔放。
我沉默著，讓她抽泣了一會兒。然後我非常溫和地說：「拉蒂絲，你為什麼要這樣做？」
「什麼？」
她跳起身，將頭髮猛地向後一拋，顯得很慌張，幾可說是驚恐萬分。
「您是什麼意思？」
「是什麼原因使你這樣做？是嫉妒？還是討厭安？」
「哦！哦，是的！」她將頭髮從臉上撥到腦後，似乎突然恢復了自制力。「是的，您可以把這說成嫉妒。自從安來到這兒，看她那副盛氣凌人的樣子，我就不喜歡她了。是我把這該死的東西放在書桌下，我希望這會給她帶來麻煩。如果您不是這樣一個愛管閒事的人，甚至去觸摸梳妝台上的東西，我就會得逞。不管怎麼說，四處察訪，協助警方，這並不是牧師的職責。」

這是一種心懷怨恨、孩子氣的任性撒野。我沒在意。確實，她此時很像個可憐的孩子。她企圖報復安的幼稚之舉算不上嚴重的行為。我這樣對她說，並說我會還她耳環，對發現耳環的事也會守口如瓶。她好像深受感動。

「您真好。」她說。

她停了一會兒後，把臉轉向一邊，字斟句酌地說道：「您知道，克萊蒙先生，我會……我會很快帶丹尼斯離開這兒。如果我是您，我……我想這樣比較好。」

「丹尼斯？」我有點驚訝地揚起眉毛，但同時又感到有點有趣。

「我想這樣比較好，」她又說，仍然是一副尷尬的神態。「我為丹尼斯感到遺憾。我想他並不……不管怎樣，我很遺憾。」

我們的談話就到此結束。

23

在回家的路上，我向格賽達建議，我們繞道從墓地回家。我急於知道警方是否正在調查，如果是，我想知道他們發現了什麼。但是，格賽達有事要辦，於是我就一人前往。

我看到了負責調查的赫斯特警官。

「先生，還沒有什麼線索，」他報告說，「但是，這裡應該是cache[6]的唯一地方。」

他用「cache」一詞剛開始使我有點不解，因為他發成英文「catch」的音。不過，我還是立刻明白了他的真正意思。

「我的意思是，先生，從那條路走進森林，那年輕女人還能上哪兒？這條路只通老屋和這兒，就是這樣。」

「我想，」我說，「直接讓這年輕女士招出來……不過史萊克警官恐怕瞧不起這種簡單的做法。」

「只是擔心她會受到驚嚇，」赫斯特說，「她寫給史東的任何東西，或者他寫給她的任何訊息都會提供線索……一旦她知道我們盯上她，她就會閉上嘴。」

究竟會怎麼樣，不得而知。但是，我個人懷疑葛拉蒂．克拉姆小姐會像他說的那樣閉上嘴。除了口若懸河的模樣外，我無法想像她其他樣子。

「一個人成為騙子，您當然想知道他究竟是為了什麼而成為騙子。」赫斯特警官說教似地說。

「當然。」我說。

「答案會在這個墓地裡找到，否則他幹嘛老在這兒瞎忙呢？」

「尋覓 raison d'être[7]。」我說。

但這一點法語把這位警官難住了。他顯然不懂這句法語，於是冷冷地答道：「那是業餘人士的看法。」

「所以，你還沒有發現手提箱。」我說。

「我們會發現的，先生，不用懷疑。」

6　法語，意思是「藏匿」。

7　法語，意思是「存在的理由」。

「我可不這麼確定，」我說，「我一直在思索。瑪波小姐說，才只一會兒，那女孩就空著手回來了。因此，她不可能是來到這兒又回去。」

「您不能聽信那些老太太說的話。當她們看見什麼奇怪的東西並在焦急等待時，唉，時間對她們來說是過得很快的。總之，沒有哪個女人有時間觀念。」

我常常納悶，為什麼世人如此熱中於歸納。歸納很少是正確的，並且常常是完全錯誤的。我自己的時間感就很差（所以常常要撥快鬧鐘），而我得說，瑪波小姐有非常準確的時間感。她的鬧鐘不會誤差一分鐘，而且在任何場合都極其準時。

但是，我無意就這一點與赫斯特警官進行爭辯。我向他道過午安，並祝福他好運，然後離開了。

正當我快要到家時，一個念頭突然出現在腦際。沒有什麼東西引發這個念頭的出現，它只是一個閃現在我腦海的破案線索。

你們一定記得，在謀殺案發生後隔天，我第一次搜尋小路，發現某個灌木叢被人撥動過。當時灌木叢看起來像是被和我一樣在林子裡搜查的勞倫斯撥動過，那時我是這麼想。

但我記得，後來他和我一起走到另一條足跡不明顯的路，這是警官走過留下的。我苦苦思索，清楚記得第一條路（勞倫斯的）比第二條路明顯，所以似乎不只一個人經過。我推斷，也許正是這一點吸引了勞倫斯的注意。假設最早的那條路是史東博士或克拉姆小姐留下的呢？

我記得，或者我認為我記得，在折斷的樹枝上有幾片枯萎的樹葉。如果是這樣，這條路的足跡就不可能是我們搜尋的那個下午留下的。

我正在接近那個有問題的地點。我輕而易舉就發現了那條路，再次奮力地從灌木叢裡穿過去。這一次，我發現了新折斷的樹枝，有人確實在我和勞倫斯之後又經過這條路。

我很快就來到碰見勞倫斯的地方，但是不明顯的足跡延伸得更遠了，我繼續沿著足跡走去。突然小路變寬，變成一片開闊地，並顯示出新近挖掘的痕跡。我說路開闊了，是因為地上原來茂密的枝藤在這兒都變得稀疏了，然而樹枝在頭頂交織起來，整個地方的長寬只有幾英尺。

而在另外一邊，枝藤又變得茂密起來，很顯然地，最近沒人從中走過。然而，有一個地方好像被撥動過。

我走過去，跪下來，用雙手將灌木撥開。一個褐色的表面閃現在我眼前。我萬分興奮地伸出雙臂，使勁將一只褐色的手提箱拉出來。

我發出勝利的歡呼，我成功了。儘管受到赫斯特警官的冷眼和怠慢，我還是證明了我的推理是正確的。毫無疑問，這就是克拉姆小姐帶來的箱子。我試了一下搭釦，是鎖上的。

我站起身時，注意到地上有個褐色、閃亮的小東西。我隨手撿起來，放入口袋。

然後，我提著手提箱把手朝小路走去。

當我爬過台階走到小路上時，附近一個激動的聲音喊道：「哦！克萊蒙先生，您找到了！您真聰明呀！」

我不禁感到，論及可以看見別人而又不被別人看見的這門工夫，瑪波小姐可謂所向無敵。我將手提箱放穩在我們之間的木柵上。

「就是這一只，」瑪波小姐說，「到哪兒我也認得出。」

我想這有點誇大。像這樣廉價的光面手提箱，市面上有成千上萬個，在月光下的遠距離，沒有人能夠認出特定的哪一個。但是能成功尋獲手提箱，得歸功於瑪波小姐，因此她有權稍微誇口，這值得諒解。

「克萊蒙先生，我想箱子是鎖上的，對吧？」

「是的。我正準備把箱子拿到警察局去。」

「打電話去不是更好嗎？」

當然，打電話去必定更好。手中提著箱子穿過村子，可能會太惹眼。我不願這樣。

於是，我拉開瑪波小姐的花園門閂，從落地窗進了屋子，關上客廳房門，在一種隱祕的狀態下，打電話報告了這個情況。

結果，史萊克警官說，他立刻就來。

他到來時，脾氣壞到極點。

「這麼說，我們找到箱子了，是嗎？」他說，「您知道，先生，您不該自行其是。如果您知道警方尋找的物品藏在哪裡，您早該向有關當局報告。」

「這事純屬偶然，」我說，「我剛剛才出現這個念頭。」

「聽起來真像天方夜譚。將近七百五十英尺的林地，您卻直直走到準確的地點，伸手就拿到了。」

我原本打算告訴史萊克警官那番將我引到準確地點的推理步驟，但他又引起了我對他的一貫反感，只想一語不發。

「嗯？」史萊克警官說，討人厭且冷漠地打量著箱子。「我想，我們不如看看裡面是什麼。」

他帶來了一串鑰匙和線。鎖的質感很差，幾分鐘後，箱子就打開了。

我不知道我們指望發現些什麼……大概是某種十分刺激的東西吧。然而映入我們眼簾的第一件東西，是一條油膩的方格圍巾。警官把圍巾拿了出來。然後是一件褪色的深藍色大衣，它破舊得不能再穿了。然後是一頂格子帽。

「一堆爛東西。」警官說。

再來，是一雙鞋跟很低、已穿破的長筒靴。在箱子底，是一包用報紙裹著的東西。

「我想，是高級襯衫吧。」警官一邊打開這包東西，一邊尖酸地說。

不一會兒，他驚訝地屏住了呼吸。

因為裡面是一些不起眼的小銀器，和一個銀質的圓形大淺盤。

瑪波小姐認出了這些東西，尖叫一聲。

「銀盤，」她喊道，「普瑟洛上校的銀盤，還有查理二世時期的茶杯。想不到竟有這種事！」

警官的臉脹得通紅。

「原來是這麼回事，」他低聲說，「竊盜。但我想不通。沒有人報失這些東西呀。」

「也許他們沒發現丟了東西，」我說，「我想，這些珍貴的東西平常沒在用，普瑟洛上校也許將它們鎖在保險櫃裡了。」

「我必須調查這件事，」警官說，「我現在馬上去老屋。這就是史東博士溜走的原因。因為發生了謀殺案和接二連三的事，他怕我們會調查他的活動。他的物品也很可能會受到搜查。於是他叫那個女孩換裝，把東西藏在林子裡。他打算在一個夜晚繞道回來取走東西，她則留在這裡以防眾人起疑。噢，這事有一個好處，可排除他涉嫌謀殺案。他與此無關，這是兩碼子事。」

他重新整理好手提箱，謝絕瑪波小姐請他喝杯雪利酒的盛情，離開了。

「哦，總算澄清了一個疑點，」我說，嘆了一口氣。「史萊克說得很對，毫無理由懷疑他與謀殺案有關。一切都得到了圓滿的解釋。」

「好像是這樣，」瑪波小姐說，「不過，事情很難說，不是嗎？」

「完全缺乏動機，」我指出，「他已經得到他要的東西，正準備開溜呢。」

「唔……是的。」

她顯然並不十分滿意，我有點好奇地看著她。她看到我疑惑的眼神，連忙帶著歉意熱切地回答說：「我知道我完全弄錯了。我對這些東西一竅不通，但是，我很納悶……我是說，這些銀器很珍貴，不是嗎？」

「我相信，某個茶杯日前賣了一千多英鎊。」

「我所指的，不是銀器的價值。」

「對，是所謂收藏價值。」

「我正是這個意思。賣這些東西必須花些時間做安排，即使安排好了，也必須在保密的情況下進行。我的意思是說，如果報了這次竊盜案，引起群眾譁然，噢，這些東西根本就賣不掉了。」

「我不大懂您的意思。」我說。

「我知道，我說得亂七八糟。」她變得更加慌亂，更加充滿歉意。「但在我看來，不是只盜走這些東西就行了，更保險的做法就是用複製品來代替。這樣一來，竊盜案在一段時間內就不會被人發現。」

「這是個獨到的見解。」我說。

「這是唯一的辦法，不是嗎？如果事實如此，一旦複製品做好，誠如您所說，就沒有任何理由謀殺普瑟洛上校……而且應該正好相反。」

「沒錯，」我說，「我是這麼說過。」

「是的，但我還是納悶——當然，我不清楚——在真正動手做一件事之前，普瑟洛上校總喜歡先嚷嚷一陣，當然，有時光說不練，但他確實說過……」

「說什麼？」

「說他要請人從倫敦來為他所有的東西進行估價，以便遺囑認證……不，人死了才這麼說；應該說為了保險。有人告訴他應該這麼做。他常常提起這件事，以及辦妥這事的重要性。當然，我不知道他是否做了實際的安排，但如果他做了……」

「我明白了。」我慢慢地說。

「當然，一旦這位行家見到銀器，他就會識破，那麼，普瑟洛上校就會記起曾將銀器拿給史東博士看過。我懷疑銀器是否在那時就被掉包了……障眼法，人們不是這樣說的嗎？太聰明了，那麼一來，嗯，套一句老式說法，可就大事不妙。」

「我明白您的想法了，」我說，「我想，我們應當確實查個清楚。」

我再次走到電話前。一會兒，我就接通老屋，和安．普瑟洛講話了。

「不，不是什麼很重要的事。警官到了嗎？哦！噢，他在途中。普瑟洛夫人，您能告訴我，老屋內的物品曾經被估過價嗎？您說些什麼？」

她的回答清楚又迅速。我謝過了她，掛上話筒，轉身面對瑪波小姐。

「這一點很明確。普瑟洛上校已經安排好一名男子星期一，也就是明天，從倫敦南下來這兒進行一番全面的估價。由於上校的死，這件事延期了。」

「那麼，這就有動機了。」瑪波小姐輕聲說。

「是的，動機有了。但到此為止，您忘了，在槍響的當下，史東博士正與其他人在一起，或正要越過台階而已。」

「是的，」瑪波小姐若有所思地說，「這樣可以排除他的嫌疑。」

24

我回到牧師公館，發現豪斯在書房等我。他緊張地來回踱著步子，我進房間時，他猛然一驚，好像被射了一槍似的。

「您得原諒我，」他說，一邊擦著額頭。「我最近心神不定。」

「我親愛的老兄，」我說，「你一定得離開一陣，改變一下環境。不然你會徹底崩潰，這絕對不行。」

「我不能拋下我的職務。不，我絕不做那樣的事。」

「這不是什麼拋下不拋下的問題。你病了，我相信荷大克也會贊同我。」

「荷大克，荷大克。他算哪門子醫生？不過是一個鄉下的蒙古大夫。」

「我認為你對他有偏見。他一向被公認為醫術精湛。」

「哦！也許吧。是的，但我不喜歡他。不過，我並不是來這兒說這些的。我來這兒是想問你，你是否願意今晚代我布道。我……我實在感到力不從心。」

「噢，當然可以。我也可以代你主持儀式。」

「不，不。我希望主持儀式。我的身體很好。只是想到站上布道壇，這麼多雙眼睛注視著我……」

他閉上眼睛，抽搐著嚥下幾口氣。

我清楚感覺到，豪斯確實非常不對勁。他好像明白我的想法，因為他睜開眼睛很快地說：「我真的沒有什麼大不了的病。只是有些頭痛，折磨人的頭痛。不曉得你可不可以給我一杯水喝？」

「好的。」我說。

我親自到水龍頭下取水。在我們家，按鈴叫女傭是件白費力氣的事。

我給他取來了水。他向我謝謝，從口袋裡拿出一個小紙盒，打開來，取出一顆膠囊，配著水吞了下去。

「頭痛藥粉。」他解釋說。

我突然感到納悶，豪斯是否變得對藥物依賴起來。這也許可以解釋他的許多古怪行為。

「我希望你別服得太多。」我說。

「不會，哦，不會。荷大克醫生提醒過我。但這藥真靈，馬上就見效。」

確實，他已經顯得平靜和清醒。

他站起身來。

「那麼，今晚就由您布道了？您真是太好了，先生。」

「別客氣，我也會主持儀式。回家去休息吧……不，別跟我爭，別再說了。」

他又一次向我道謝。然後他的目光滑向一旁的窗戶，說道：「先生，您……您今天去過老屋，是吧？」

「是的。」

「對不起，是他們叫您去的嗎？」

我吃驚地看著他，他面紅耳赤。

「抱歉，先生。我，我是想可能有什麼新的進展，因此普瑟洛夫人才叫您去。」

我一點也不想滿足豪斯的好奇心。

「她想和我商量葬禮的安排和一兩件小事。」我說。

「噢！是那樣。我明白了。」

我沒有說話。他不停地動著雙腳，最後說道：「瑞汀先生昨晚來看過我。我……我想不出為什麼。」

「他沒告訴您嗎？」

「他……他只是說他想拜訪我，說晚上有點寂寞。他以前從未拜訪過我。」

「哦，我想有他作伴會很愉快。」我微笑著說。

「他為什麼來看我？我不喜歡這樣。」他尖聲地說，「他說下次還要來。這意味著什麼？您認為他的腦袋在想什麼？」

「您為什麼認為他是別有用心呢？」我問道。

「我不喜歡這樣，」豪斯又固執地說了一句，「我從未得罪過他。我從未暗示過他有罪，即使在他自首的時候，我還說這好像十分難以理解。要說我懷疑過什麼人，那就是亞契，絕不是他。亞契是個完全不同的傢伙……一個不信上帝、不信教的無賴，一個醉鬼惡棍。」

「難道您不認為您這話有點嚴苛嗎？」我問道，「畢竟我們對此人了解不深。」

「他是一個盜獵者，進出監獄好幾次，什麼壞事都幹。」

「您真的認為他殺死了普瑟洛上校嗎？」我好奇地問道。

豪斯不喜歡回答「是」或「不是」。這個習慣我最近注意到好幾次。

「先生，難道您不認為，這是唯一可能的答案嗎？」

「就我所知，」我說，「還沒有任何對他不利的證據。」

「他口出威脅，」豪斯趕緊說，「您忘記了他口出威脅。」

一聽到這件事，我就感到噁心和厭煩。就我所知，沒有直接的證據顯示他做出任何威脅。

「他決心報復普瑟洛上校，在借酒壯膽後射殺了他。」

「那只是推測。」

「但是，您得承認那非常有可能吧？」

「不，我不覺得。」

「那麼是有些可能吧？」

「是的，有些可能。」

豪斯斜視著我。

「您為什麼不認為非常可能？」

「因為，」我說，「像亞契這樣的人，不會用手槍殺人，他會用其他武器。」

豪斯好像對我這番話相當訝異。顯然，這種辯解出乎他的意料。

「您真的認為這種理由說得過去嗎？」他懷疑地問道。

「在我看來，要定亞契的罪，這絕對是塊絆腳石。」我說。

看我說得如此堅決，豪斯便不再說什麼。他再次謝過我，就離開了。

我將他送到前門，在玄關的桌子上，我看見四張便條。這些便條都有一些共同的特徵：字體幾乎一眼就能看出是女性的，並且都寫著這樣的字眼：「轉交。緊急」。它們唯一的差別，就是其中一張明顯地比其餘的髒。

這些便條如此相似，激起了我想一探究竟的好奇心……不是雙倍的好奇心，而是四倍的好奇心。

瑪麗從廚房出來，見我正盯著這些便條。

「午飯後送來的，」她主動地說，「有一張除外。是在信箱中看到的。」

我點點頭，收起便條，走進書房。

第一張便條這樣寫道：

親愛的克萊蒙先生：

我得知某件事情，我覺得應該讓您知道。這與可憐的普瑟洛上校之死有關。我不知道是否該向警方通報此事，您如能就此提出高見，我將不勝感激。自從我可憐的丈夫死後，我一直很怕在任何公開場合露面。也許，您今天下午能過來看我一趟。

您真誠的瑪莎・普萊絲・雷里

我打開第二張便條：

親愛的克萊蒙先生：

我心煩意亂，不知所措。某件事傳到我的耳裡，我認為可能事關重大。我非常害怕與警方扯在一起。我非常不安和苦惱。親愛的牧師，請您過來坐幾分鐘，用您一貫出色的方式消除我的疑慮和煩惱，這種要求算過分嗎？

您最真誠的卡羅琳・衛瑟碧

我感覺到，我幾乎能直接背誦出第三張便條的內容。

親愛的克萊蒙先生：

我聽到一件非常重要的事。我覺得我得讓您搶先知道。您今天下午能抽空到我家來看我嗎？我會在家等您。

這張口氣乾脆的便條，落款人是「阿曼達．哈娜」。

我打開第四張便條。我一直很幸運，很少受到匿名信的騷擾。我想，匿名信是一種最卑鄙殘酷的武器。這張便條也不例外。這張便條假裝成是由一個教育程度不高的人寫的，但其中有幾個疑點使我識破了這種偽裝。

親愛的牧師：

我想您應該知到是怎麼迴是。有人好幾次看見，您的夫人從瑞汀先生的小木屋偷偷摸摸地溜出來。您知到我的意思。這兩人有愛媚關係。我想您應該知道。

一個朋友

我輕輕地噁了一聲，揉皺了紙條，將它們拋向打開的爐柵裡。就在這時候，格賽達走進房間。

「你這麼不屑一顧丟掉的是什麼？」她問道。

「垃圾。」我說。

我從口袋裡掏出一根火柴，擦亮它，並蹲下身體。但格賽達的動作比我還快，她蹲下來，抓起揉皺的紙球，我還來不及制止，她已經打開紙球。

她讀了便條，厭惡地輕輕叫喊了一聲，又把它拋回給我，轉過身去。我點燃了便條，看著它被燒掉。

格賽達走過去站在窗戶旁，看著外面的花園。

「連恩。」她說，仍然看著外面。

「嗯，親愛的。」

「我得告訴你一件事。是的，別打斷我。我要講，請聽著。當……當勞倫斯到這兒來的時候，我讓你以為我以前只與他有過一面之交。那並不是真的。我……和他交情很深。事實上，在我與你相識前，我很愛他。我想大多數女人都很愛勞倫斯。我，噢，曾經一時對他相當癡戀。並不是說我像書中描寫的那樣，曾給他寫過危及名聲的信或類似的蠢事，但我曾經很喜歡他。」

「為什麼你沒告訴我？」我問道。

「哦！因為我只知道……嗯，你在某些方面有點傻氣。因為你的年紀比我大得多，你常認為，嗯，我有可能愛上別人。我想，你也許討厭我和勞倫斯成為朋友。」

「你還滿擅長隱瞞。」

我說，記起不到一週前她在那個房間裡告訴我的話，以及她談話時天真無邪的模樣。

「是的，我很會隱瞞事情。我有點喜歡這樣做。」她的聲音中有一種孩童般的快樂聲調。「但我說的可是千真萬確。我不了解安，而且我很納悶，為什麼勞倫斯變得如此不同，沒有……噢，完全對我不感興趣。我不習慣他這樣對我。」

一陣沉默。

「連恩，你能理解吧？」格賽達焦急地問道。

「是的，」我說，「我能理解。」

但是，我真能理解嗎？

25

我很難擺脫這封匿名信給我留下的影響。真齷齪！

但是，我收起另外三張便條，瞥一眼手錶，走出家門。

我覺得十分納悶，同時傳入這三位夫人「耳朵」的可能是什麼呢？我認為是同一個消息。但我很快就知道，我的判斷是錯的。

我無法假裝是因為出訪而經過警察局。我的腳不由自主地停在那裡。我急於知道，史萊克警官是否從老屋回來了。

我得知他回來了，並進一步了解到，克拉姆小姐也和他一起回來了。漂亮的葛拉蒂坐在警察局裡，從容自如地應付著局面。對帶著手提箱進入森林一事，她矢口否認。

「就為了一個愛饒舌的老處女，某夜沒事做而望著窗戶，你們就隨意認定是我。記住，她曾經弄錯一次，當時她說在謀殺案發生的那天下午，看見我在小路的盡頭。如果她在白天都會弄錯，怎麼可能在月夜裡認出我呢？

「太邪惡了，這些老太婆在這裡的所作所為！她們簡直是信口雌黃。我當時正睡在床上，清白無辜。你們應該為自己感到羞愧，你們這些人。」

「假如藍野豬的老闆娘認出這個手提箱是您的，克拉姆小姐，您又怎麼解釋呢？」

「如果她說了任何這類的話，她就錯了。手提箱上又沒有名字。幾乎人人都有一個那樣的手提箱。至於可憐的史東博士，你們竟然指控他是個小賊！他可是大有來頭呢。」

「那麼，克拉姆小姐，您拒絕向我們做出任何解釋了？」

「沒什麼拒絕不拒絕。你們弄錯了，您和您那位愛管閒事的瑪波就是這樣。我不再說一句話了，除非我的律師在場。我現在要走了，除非你們要逮捕我。」

警官起身為她打開門以示回應，克拉姆小姐頭一甩，走了出去。

「那就是她的伎倆，」史萊克回到座位時說，「全盤否認。當然，老太太也可能弄錯了。陪審團沒有人會相信，在一個月夜裡，在那樣的距離，你能辨認出什麼人。所以，當然，就像我說的，老太太可能搞錯了。」

「她可能看錯，」我說，「但我想她沒弄錯。瑪波小姐通常是對的。這就是她不討人喜歡的原因。」

警官咧嘴笑了笑。

「赫斯特也是這樣說。天啊，這些村民們！」

「警官，那些銀器檢查得如何？」

「似乎一樣不缺。當然，這就是說，其中一組可能是贗品。在馬奇班罕有個很厲害的人，是古銀器權威。我已經給他打了電話，派了一輛車去接他。我們很快就會知道真假。究竟竊盜案是個既成事實或只是在預謀之中，都沒什麼區別……我是說，就我們而言。與謀殺案相較，竊盜是小事一樁，這兩人都與謀殺案無關。我們可能透過這個女孩得到他的線索，這也是我不動聲色放走她的原因。」

「我懷疑能不能奏效。」我說。

「瑞汀先生的事令人遺憾。你不常看到一個男人會特意來幫你。」

「我想不會。」我說，微微一笑。

「女人會惹出許多麻煩。」警官說教似地說。他嘆了一口氣，又說了一句讓我有點吃驚的話：「當然，還有亞契。」

「哦！」我說，「您想到他了？」

「嘿，當然囉，先生，第一個就想到他。用不著什麼匿名信，我也會盯上他。」

「匿名信，」我尖聲說，「那您也收到了一封嗎？」

「這沒什麼稀奇，先生。我們一天至少會收到一打。哦，是的，有人用匿名信提醒我們注意亞契。好像警方無法自己查出線索似的。亞契一開始就受到我們的懷疑。問題是，他有不在場證明。這一點並不能說明什麼，但要打破這一點很不容易。」

「您說這並不能說明什麼，是什麼意思？」我問道。

「哦，好像他整個下午都與一些朋友在一起。這麼說不代表什麼。像亞契和那幫狐群狗黨可以對任何事情發誓。不能相信他們說的任何話，我們了解這一點。但民眾不了解，而陪審團是從民眾當中選出來的，這更悲慘。他們一無所知，十之八九會相信證人所說的一切，而不管說這一切的人是誰。當然，亞契會死命發誓他沒有犯案。」

「不可能像瑞汀先生那樣順利吧。」我笑著說。

「不可能。」警官表示，他說的像是陳述事實而已。

「我想，求生是很自然的事。」我沉思著說。

「如果您知道，有多少凶手由於陪審團心腸軟而逃脫罪責，您會吃驚的。」警官陰鬱地說。

「但您真的認為是亞契幹的嗎？」我問道。

一直令我感到奇怪的是，對於謀殺，史萊克警官好像從未有過自己的見解。定罪的難易好像才是唯一吸引他的事。

「我需要更確切的證據，」他承認道，「指紋或腳印都行，謀殺案發生時在附近被看見也行。不能沒有這樣的證據就冒險逮捕他。有人看見他有一兩次在瑞汀先生的住所附近徘徊，但他會說，他是去和母親見面。她是位正經的人。不，總而言之，我贊同那位女士的話。我只要找到敲詐的確切證據就好了，但是在這件案子上，你得不到任何確切的證據！老是推測、推測、推測。克萊蒙先生，就沒有一個老處女住在您住的那條路上，真的令人遺憾。我敢打賭，要是有什麼事，她一定會看見。」

他的話使我想起了我的出訪，於是我告辭了。他的態度這麼和藹，這大概是唯一的一次。

我第一個拜訪的人是哈娜小姐。她一定早就在窗戶旁注視著我，因為我還沒按門鈴，她已經打開前門，緊緊抓著我的手，領我走過門口。

「您能來真是太好了。到這兒來，比較隱祕。」

我們走進一個很小的房間，大約像雞籠般大。哈娜小姐關上門，一臉神祕地示意我坐到一個座位上（這兒只有三個座位）。我看見她十分洋洋自得。

「我不是個愛拐彎抹角的人，」她愉快地說，為了配合氣氛，她下一句話稍微壓低了聲音。「您知道，在一個像這樣的村裡，事情會怎樣流傳。」

「很不幸，」我說，「我的確知道。」

「我同意您的看法。沒有人比我更討厭閒言閒語了。但你就是會聽到閒言閒語。我想，我在謀殺案發生的那天下午去拜訪樂思荃夫人，不過她出去了，把這個情況告訴警方是我的義務。我並不指望盡了義務還要人家感謝我，我只管做了就是。在人的一生當中，總是會碰到忘恩負義的人。噢，就在昨天，那個無恥的貝克夫人……」

「是的，是的，」我說，想使她別太饒舌。「太令人傷心，太令人傷心了，但請繼續您剛才說的話。」

「那些下層階級的人根本不知道誰是他們最好的朋友，」哈娜小姐說，「我拜訪他們時，總是說些得體的話，卻從未有人因此向我道謝。」

「您剛剛說到，您告訴警官您去拜訪樂思荃夫人的事。」我催促道。

「沒錯。對了，他沒向我道謝。只說他想了解的時候會問……他的說法並非完全如此，但意思是這樣。可見警界出現了一種新興階級。」

「很有可能，」我說，「但您剛才準備說什麼？」

「我決定，這一次不會走近任何可惡的警官。牧師才是正人君子，至少有一些是。」她又說了一句。

我想，這種歸類應該也包括我。

「我願意為您效勞。」我說。

「這是義務問題，」哈娜小姐說，突然閉上嘴不作聲。「不是我愛說這些事情，沒人喜歡說，但義務終歸是義務。」

我等著。

「我原以為，」哈娜小姐繼續說，臉色緋紅。「樂思荃夫人聲稱她一直在家卻沒有應門，是因為……嗯，她不樂意。真是裝模作樣。我去拜訪，只是出於義務，卻受到如此對待！」

「她病了。」我溫和地說。

「病了？胡說。您太不諳世事了，克萊蒙先生。那女人根本沒病。真的病得不能參加審訊才怪哩！荷大克醫生的什麼醫療證明！她能把他支使得團團轉，這人人皆知。喲，我說到哪兒了？」

我也不太清楚。與哈娜小姐談話，很難知道她在敘述或是謾罵。

「噢，講到那天下午去拜訪她。哦，她說她在家，那簡直是胡說。她不在，這我知道。」

「您怎麼會知道？」

哈娜小姐的臉變得更紅了。若是她的口氣不那麼火爆，那態度也可解釋為尷尬。

「我敲了門，按了門鈴，」她說，「沒有三次的話，也有兩次。後來我突然想到，門鈴可能壞了。」

我很高興地發現，她說這話時不敢直視我的目光。同一個建築師建造了我們所有的房子，門鈴也是他安裝的，站在前門外的墊子上按門鈴，鈴聲清晰可辨。這一點，哈娜小姐和我都很清楚，但我想我得留點面子給她。

「是嗎？」我喃喃問道。

「我不想將我的名片放進信箱，那樣顯得很魯莽。不管別人怎麼看我，但我絕不魯莽。」

她說出這句令人錯愕的話時，臉色異常平靜。

「於是我想，我乾脆繞到房子後面去，拍拍窗戶玻璃，」她大言不慚地繼續說，「我繞了房子一周，往所有的窗戶裡望了，但房子裡根本沒人。」

我完全明白了。利用房子裡無人這一點，哈娜小姐充分滿足了她的好奇心，她繞著房子，查看花園，透過窗戶窺視室內的情況。她決定向我講述她的故事，是因為她認為我比警方更具有同情心、更寬容。人們一向認為，牧師應該體恤教民。

我沒有就此發表看法，只是問道：「那是什麼時候的事，哈娜小姐？」

「我記得，」哈娜小姐說，「應該是快六點了。後來我直接回家，大約六點十分到家。六點半左右，普瑟洛夫人來了，將史東博士和瑞汀先生留在門外，我們談論燈泡的事。在這段時間，可憐的上校已躺在血泊中。真是個令人傷心的世界呀。」

「有時候這個世界的確令人灰心。」我說。

我站起身來。

「您要告訴我的就是這些嗎？」

「我認為這可能很重要。」

「可能是。」我同意道。

我不願聽下去，要離開了，這使哈娜小姐非常失望。

我下一個拜訪的是衛瑟碧小姐，她興奮地接待了我。

「親愛的牧師，您真是太好了。您喝過茶了嗎？您真的不喝？背後要墊一個墊子嗎？您這麼快就來了，真是太好了。您總是願意為別人效力。」

她這樣寒暄了半天才轉入正題。即使到這時，她也不忘迂迴一番。

「您得明白，我是從最可靠的來源聽到這消息。」

在聖瑪莉米德，最可靠的消息來源往往是某人的僕人。

「您能告訴我是誰告訴您的嗎？」

「克萊蒙先生，我向人承諾過的。我一向認為，承諾是件神聖的事。」她的表情非常莊嚴。「就說是一隻小鳥告訴我的，好不好？這樣保險一點，對吧？」

我很想說：「簡直是愚蠢至極。」但願我說出了這句話。真想看看衛瑟碧小姐聽到後反應如何。

「哦，這隻小鳥告訴我，她看見某位女士……還是不說出她的名字為好。」

「是另一隻小鳥嗎？」我問道。

使我大吃一驚的是，衛瑟碧小姐突然爆出一陣哈哈大笑，還輕佻地拍著我的手臂，說道：「哦，牧師，您可不能這樣頑皮！」

她緩過氣來後，又說：「某位女士……您想這位女士上哪兒去呀？她拐進了你們公館的那條路，但在她拐進去之前，她非常奇怪地來回打量著這條路。我想她是在看有沒有熟人在注意她。」

「而這隻小鳥……」

「正往魚販那兒去，就是商店過去的那個鋪子。」

那些女僕們外出時會去哪兒，我是知道的。我知道，有個地方，如果她們能避免的話，是絕對不會去的……那就是公共場所。

「時間呢，」衛瑟碧小姐繼續說，神祕地向前傾著身子。「剛好在六點前。」

「哪一天？」

衛瑟碧小姐輕輕地尖叫了一聲。

「當然是謀殺案的那一天，我沒有說嗎？」

「我還推斷得出來。」我回答道，「那位夫人的名字呢？」

「是以L開頭的[8]。」衛瑟碧小姐一連點頭數次說道。

衛瑟碧小姐認為我已經得到消息，便岔開了話題。我站起身來。

「您不會讓警察盤問我吧？」她兩手緊抓著我的手，可憐兮兮地說，「我很不願意在公開場合露面，更不要說站在法庭上了！」

「在特殊情況下，」我說，「他們會讓證人坐下的。」

之後，我溜之大吉。

還要去見普萊絲·雷里夫人。這位女士說話開門見山。

「我不想與警方及法庭扯上任何關係，」她冷淡地與我握過手後，陰沉地說，「您應該明白這一點。另外，我碰到了一個需要解釋的情況，我想應該讓權威人士注意一下。」

「此事與樂思荃夫人有關嗎？」我問道。

「幹嘛和她有關？」雷里夫人冷冷地問道。

這突然讓我措手不及。

「事情很簡單，」她繼續說，「我的女傭克拉拉當時正站在大門口，她站在那兒有一兩分鐘，說是要呼吸新鮮空氣。我想根本不是這麼回事，更有可能是她正引頸企盼那個賣魚的男孩——如果他還自稱是男孩——那個粗魯無理的自負鬼，以為自己十七歲，就有權利和所有女孩打情罵俏。總之，我剛才說過，她正站在大門口，這時她聽到有人打了一聲噴嚏。」

「是的。」我說，等著聽下文。

「就這樣。我告訴您，她聽到一聲噴嚏。別對我說，我已經不再年輕，可能弄錯了。這可是克拉拉聽到的，而且她只有十九歲。」

「但是，」我說，「她聽到噴嚏聲有什麼好稀奇的？」

見我如此遲鈍，雷里夫人用明顯的憐憫目光看著我。

「在謀殺案發生的那天，您房裡空無一人時，她聽到了噴嚏聲。毫無疑問，凶手正藏在灌木叢裡伺機下手。所以，您要追查的是一個患感冒的人。」

「或是有花粉症的人，」我說，「但事實上，雷里夫人，我想這個祕密很容易揭開。我們的女傭瑪麗最近患了重感冒。事實上，她打噴嚏打到讓我們頭疼。您的女傭聽到的一定是

8 此處暗指樂思荃夫人。

她打的噴嚏。」

「那是個男人的噴嚏聲，」雷里夫人肯定地說，「而且從我家大門是聽不到您的女傭在廚房裡打噴嚏的。」

「從你家大門也是聽不到任何人在書房裡打噴嚏，」我說，「至少我非常肯定這一點。」

「我說過，這人可能隱藏在灌木叢裡，」雷里夫人說，「毫無疑問，等克拉拉一進門，他就從前門進去了。」

「哦，當然，那有可能。」我說。

我盡量不讓我的聲音聽起來無動於衷，但我肯定沒做到這一點，因為普萊絲·雷里夫人突然盯著我。

「我已經習慣別人不把我的話當一回事，但我也必須提到，將網球拍漫不經心地丟在草地上，而且沒有裝進球套裡，是會弄壞球拍的。現在的網球拍可是很貴的。」

這種聲東擊西顯得不倫不類，完全把我弄糊塗了。

「但也許您不同意。」雷里夫人說。

「哦，我當然同意。」

「我很高興。噢，我要說的就是這些。現在，我與這整件事脫離關係了。」

她向後一靠，閉上眼睛，像一個對世界感到厭倦的人。我謝過她，並向她道別。

在門梯處，我斗膽向克拉拉求證她主人說的話。

「是真的，先生，我聽到了噴嚏聲。不是普通的噴嚏，絕對不是。」

罪案的所有相關線索，無一尋常。槍聲不是普通的槍聲，噴嚏不是普通的噴嚏。我想這一定是一種專屬凶手的噴嚏。我問這個女孩是什麼時候聽到噴嚏聲的，但她說得非常含糊，她認為是在六點一刻至六點半之間。「反正是在夫人接電話、受到驚嚇之前。」

我問她是否聽到什麼槍聲，她說聽到了很可怕的槍聲。之後，我便不大相信她的話了。

我正準備拐進自己的大門時，又臨時決定去拜訪一個朋友。

我看了一眼手錶，發現在參加晚禱之前還有時間進行這次拜訪。我順著路向荷大克醫生的家走去。他走到台階上來迎接我。

我再次注意到，他仍是那麼憂慮和憔悴，這件事似乎使他不知不覺蒼老了許多。

「真高興見到你，」他說，「有什麼消息嗎？」

我將有關史東的最新消息告訴了他。

「一個厲害的賊，」他說，「哦，那可能說明了許多情況。他既專攻考古，卻不時在我跟前出錯。普瑟洛一定是抓過他的小辮子。你記得他們之間的爭吵嗎？你認為那女孩怎麼樣？她也涉及此事嗎？」

「這點很難說，」我說，「我個人認為這女孩沒什麼問題。」我又說道：「她簡直就是一個大白癡。」

「哦！我可不這麼認為。她非常精明，我是說葛拉蒂．克拉姆小姐。一個非常健康的人，不大可能讓幹我們這一行的人費心。」

我告訴他，我為豪斯擔心，我急切希望他能離開，好好休息一下，轉變一下環境。

我說這話時，他露出一種閃閃躲躲的神色，回答也有些言不由衷。

「對，」他慢慢地說，「我想那是最好的辦法。可憐的傢伙，可憐的傢伙。」

「我原以為你不喜歡他。」

「我是不太喜歡他，但我對許多不喜歡的人都抱持同情。」過了一會兒他又說道，「我甚至同情普瑟洛。可憐的傢伙，沒有人喜歡他。他太耿直、太專斷。這是一種不討人喜歡的性格。他向來如此，甚至從年輕時就是這樣。」

「我不知道你那時就認識他。」

「哦，是的！當年我們住在威斯摩蘭，我在離他不遠的地方實習。那是很久以前的事，將近二十年了。」

我嘆了口氣，二十年前，格賽達才五歲。時間真是奇妙的東西……

「克萊蒙，你到這兒來就是要說這些嗎？」

我吃驚地抬起頭。荷大克正以犀利的目光盯著我。

「還有別的什麼事吧？」他說。

我點點頭。

我進門時，仍然猶豫著該說還是不該說，但現在我決定要說。我認識的人都喜歡荷大克，我也喜歡，他很得人緣。我覺得，我要告訴他的事可能對他有用。

我將與哈娜小姐和衛瑟碧小姐談話的事告訴了他。

我講過後，他沉默了很久。

「是如此，克萊蒙，」他終於說，「我一直在盡力保護樂思荃夫人，使她免受任何麻煩。事實上，她是我的一位老友，但那不是唯一的原因。那份醫療證明並非如你們所想的是個假證明。」

他停了一會兒，才嚴肅地說：「這事你我私下知道就好，克萊蒙……樂思荃夫人快死了。」

「什麼？」

「她已來日無多。我判斷她最多能再活一個月。我這麼努力使她不受煩擾和盤問，你覺得奇怪吧？」他繼續說，「她那天晚上拐進這條路，來的是這裡……是這棟房子。」

「你之前沒告訴我這件事。」

「我不想惹出閒話。六點至七點不是我的診療時間，這人人皆知。但你可以相信我，她當時是在這裡。」

「可是我來找你時，她不在；我是說，在我們發現屍體的時候。」

「對，」他似乎不安起來。「她離開了……得去赴約。」

「到哪兒去赴約？她自己家裡嗎？」

「我不知道，克萊蒙，我以我的名譽保證，我不知道。」

我相信他，但是……

「萬一一個無辜的人被絞死呢？」我說。

「不會，」他說，「沒有人會因普瑟洛上校的謀殺案被絞死，這點你可以相信我。」

但我就是無法相信。然而，他的口氣非常肯定。

「沒有人會被絞死。」他重複道。

「這個亞契……」

他做了一個不耐煩的姿勢。

「他不夠聰明，不會想到把指紋從手槍上擦掉。」

「也許是吧。」我含糊地說。

接著，我記起了某件事，便從口袋裡拿出在灌木叢找到的褐色晶體，遞給他，問他是什麼東西。

「嗯，」他猶豫著說，「像是苦味酸。你在哪兒找到的？」

「這是夏洛克．福爾摩斯的祕密。」我說。

他微微一笑。

「苦味酸是什麼？」

「哦，是一種易爆品。」

「是的，我知道這一點，但它還有其他用途，是嗎？」

他點點頭。

「它在醫學上是用來治療燒傷的，很靈的藥。」

我伸出手，他不情願地將苦味酸交還給我。

「也許這不會有什麼幫助，」我說，「但我是在一個不尋常的地方找到的。」

「你不願告訴我是什麼地方嗎？」

我就像個孩子似的，不願告訴他。

他有他的祕密，那麼我也有我的祕密。

他沒有充分信任我，這使我感到有點生氣。

26

那天晚上，我登上講壇時，心情有些奇怪。

教堂異常爆滿。我無法相信是豪斯要布道的消息吸引了這麼多人。豪斯的布道相當乏味刻板。不過如果宣布我要布道，同樣也不會吸引他們，因為我的布道也是既乏味又充滿學究氣。我想，這應該不能歸因於對宗教的熱愛。

據我判斷，每個人來這兒的目的是想要看看還有其他什麼人也在這兒，更可能的話，布道後還會在教堂的門廊裡竊竊私語一番。

荷大克也在教堂，這可不尋常，還有勞倫斯．瑞汀。令我訝異的是，在勞倫斯身旁，我看見了豪斯蒼白緊張的臉孔。安．普瑟洛也在那兒，她通常會參加星期日的晚禱，不過我還是沒想到她今天會來。看見拉蒂絲時，我更是驚訝不已。星期日早上是絕對得上教堂（普瑟洛上校對此堅持到底），但我以前從未見過拉蒂絲參加晚禱。

葛拉蒂‧克拉姆也在那兒，在一群面容枯槁的老處女襯托下，她顯得青春洋溢、光彩照人。稍後，一個朦朧的身影從教堂一角溜進來，我想那是樂思荃夫人。

不用說，雷里夫人、哈娜小姐、衛瑟碧小姐以及瑪波小姐也都全員到齊。所有的村民都到了，幾乎沒人缺席。真不知道從什麼時候起，我們有了這麼多的教民。

人群真是古怪的東西。那天晚上有磁場，而第一個感受到磁場影響的人就是我自己。

通常我會事先準備布道稿，我對布道稿的每一處都非常認真仔細，沒有人比我更清楚講稿的缺失。

但今晚，我得進行即席布道。我俯瞰著一張張仰視的臉孔，突然有種瘋狂的念頭。我不再是上帝的牧羊人，而變成了演員。我的面前有一群觀眾，我想要煽動這群觀眾，並且感受到煽動他們的力量。

我對我那天晚上所做的事並不感到驕傲。教會復興派那一套訴諸感情的做法，我完全不信。但那天晚上，我扮演了一個胡言亂語、口出狂言的布道者。

我慢慢唸出我的布道詞。

「我來這裡，不是為了呼喚正直的人，而是為了讓罪人悔罪。」

我重複了兩遍。我聽到了自己的聲音，洪亮而清晰，不像平時連恩‧克萊蒙的聲音。

我看見坐在前排靠背長凳上的格賽達，她吃驚地抬起頭來，丹尼斯也是。

我屏息凝神了一會兒，然後讓自己狂亂激動地開講了。

教堂裡的教徒們處於一種情感被壓抑的狀態，正適合受煽動。我煽動了他們。我規勸罪人悔罪。我讓自己陷入一種感情的狂熱中，一次又一次地伸出一隻譴責的手，重複著這句話：「我正在對你說……」

每一次從教堂的不同角落，輪番傳來陣陣嘆息和喘氣聲。

群眾感情是種奇怪而可怕的東西。

結束時，我採用了一些美麗而強烈的詞語……也許是《聖經》中最強烈的詞語。

「今晚你的靈魂將離開你的軀體……」

那是一時出奇的走火入魔。我回到牧師公館時，又恢復了原來無精打采、躊躇不定的樣子。我發現格賽達臉色蒼白，她伸手挽著我的手臂。

「連恩，」她說，「你今天晚上好可怕。我……我不喜歡這樣。我以前從未聽見你這樣布道過。」

「我想，你再也不會聽到了。」

我說，疲憊地坐進沙發裡。我很疲倦。

「是什麼讓你那樣做？」

「我突然發狂。」

「哦！不，不會是由於某種特別的原因吧？」

「你是什麼意思，『某種特別的原因？』」

「我說不上來……就是那樣。你太難捉摸了，連恩。我從不覺得我真的了解你。」

我們坐下來，吃著冷掉了的晚餐，因為瑪麗外出了。

「客廳裡有你的一封信，」格賽達說，「丹尼斯，去拿一下，好嗎？」

一直默默無語的丹尼斯遵命行事。

我接過信，低吼了一聲。在信封左上角寫著「親啟，急件」。

「這一定是瑪波小姐送來的，除了她沒有別人。」我說。

我的判斷相當正確。

親愛的克萊蒙先生：

我突然想到了一兩件事，非常想與您聊聊這些事。我覺得我們都得盡力協助破解這件悲慘的懸案。如果可以，我將在九點半過去，敲您書房的窗戶。也許親愛的格賽達可以過來與我的外甥作伴，陪他開開心。當然，如果丹尼斯先生想來也可以。如果我沒有接到回音，我就等待他們，並在我說的時間過去。

您十分真誠的珍．瑪波

我將信遞給格賽達。

「哦，我們會去！」她高興地說，「星期日晚上正適合喝一兩杯自家釀的酒。我想，那是因為瑪麗做的牛奶杏仁凍讓人沮喪到極點……簡直就像太平間裡拿出來的東西。」

丹尼斯似乎對這提議並不那麼嚮往。

「對你們倒是挺好的，」他抱怨道，「你們可以談論藝術、書籍這些高雅的話題，我卻只能坐在那裡聽你們談，像個十足的傻瓜。」

「這樣對你有好處，」格賽達平靜地說，「這樣才能讓你知道自己有幾兩重。總之，我想雷蒙．衛司先生雖然裝得一副聰明絕頂的樣子，但事實並非如此。」

「很少人表裡如一。」我說。

瑪波小姐究竟要談些什麼，我十分納悶。在我教區內的所有女士中，我認為她的精明遠勝他人。非但凡事她都看在眼裡、聽進耳裡，而且她能從觀察到的事情中做出貼切的推斷，其精確程度令人驚訝。

如果我要行騙，讓我害怕的就是瑪波小姐這種人。

九點剛過一會兒，格賽達所說的「外甥娛樂聚會」開始了。我一邊等瑪波小姐，一邊將與凶殺案有關的事實寫成一張大致的時間表，以打發時間。我盡量將這些事實按時間順序排列。我不是個準時的人，但我是個有條理的人，喜歡將事情井井有條地記錄下來。

九點半整，窗戶上傳來輕輕的一聲敲擊聲。

我起身迎接瑪波小姐。

一條很精緻的昔德蘭披肩包著她的頭和肩膀，她顯得有點蒼老衰弱。她一進門，便興奮地說了一堆。

「願意讓我來，您人真好，親愛的格賽達也很好，雷蒙很欣賞她，總是叫她完美的格勒茲[9]。不，我不需要腳凳。」

我將昔德蘭披肩放在一張椅子上，轉身坐在她對面的椅子上。我們四目交會，她的臉上突然露出一絲冷笑。

「您一定很奇怪為什麼……為什麼我會對這一切如此感興趣。您很可能認為一個女人不該這樣。不，請聽著，我想解釋一下。」

她停頓了一會兒，面頰通紅。

「您知道，」她終於開口說，「孤零零地生活在世界荒僻的一角，一個人總得有點嗜好。當然，我可以打打毛線、參加女童軍協會和福利機構的工作，或者畫畫，但我的嗜好是——一向都是——研究人性。人性如此變化多端，十分令人著迷。當然，在一個小村子裡，沒有什麼東西會分散你的注意力，一個人有充分的機會變成我所謂的精於研究。我開始將人分類，分得很明確，就好像他們是鳥兒或花朵似的，我將人按組排列，分為這一種，或者那一類。當然，有時候我也會出錯，但隨著時間推移，出錯的機會愈來愈少。然後，我開始檢測

9 格勒茲（Jean-Baptiste Greuze, 1725-1805），法國風俗畫和肖像畫家，婦女肖像畫尤為精美。

自己的判斷，開始研究一個小問題，例如讓小格賽達開心不已的精選好蝦失蹤案，其實是個無足輕重的案子，但卻令人難以理解，除非破解方法正確。還有咳嗽藥水掉包事件，和肉販妻子的那把傘……後一件事看似毫無意義，除非我們假設蔬果商與藥劑師的妻子有不檢點的行為，當然，後來的事實證明如此。您知道，運用判斷並發現自己是對的，這非常有意思。」

「我相信您通常是對的。」我微笑著說。

「恐怕我就是因此而有點自負，」瑪波小姐坦承，「但我總是納悶，如果真有一天碰上一樁大懸案，我是否也能夠順利破案，我是指能夠正確解開謎團。從邏輯上講，這應當是完全一樣的事，畢竟一個微小的電動魚雷模型，與真正的魚雷是完全一樣。」

「您的意思是，這完全是個相對性的問題，」我慢慢地說，「這應當一樣……從邏輯上講，我承認。但我不知道是否果真如此。」

「當然，應當是一樣的，」瑪波小姐說，「所謂『因素』都是相同的。為了金錢，異性間的互相吸引，還有諸多的怪癖……很多人都有點怪，不是嗎？事實上，如果您深入了解他們，大多數人都是這樣。正常人有時候會做出令人十分吃驚的事，而不正常的人有時看上去卻相當正常和普通。事實上，唯一的方法是將您所了解或碰到的人做比較。如果您知道，人與人之間的差異有多微小，您會吃驚的。」

「您嚇著我了，」我說，「我覺得我被放在顯微鏡下。」

「當然，我不會把這些話告訴梅崎上校，他是個官氣十足的人，不是嗎？還有可憐的史萊克警官，哦，他就像鞋店裡的年輕女店員，一心要賣給你一雙漆皮鞋，因為她剛好有你要的尺寸，卻根本不在意你只想要褐色牛皮鞋。」

確實，那是對史萊克的貼切描繪。

「但是，克萊蒙先生，我相信您對本案的了解絕不亞於史萊克警官。我想，如果我們合作……」

「我不曉得，」我說，「我想，我們每個人都不免在內心把自己當成夏洛克．福爾摩斯吧。」

然後我把那天下午的三次會談告訴了她。我也告訴她，安發現一張臉部被戳爛的畫像。我還把克拉姆在警察局的態度告訴了她。最後，我講述了荷大克醫生對那塊晶體的鑑定。

「既然是我自己發現的，」我最後說，「我倒希望這是重要的東西，但也許這與案件毫無關係。」

「最近我從圖書館借了許多美國偵探小說來讀，」瑪波小姐說，「希望這些小說有助於破案。」

「其中有關於苦味酸的說明嗎？」

「恐怕沒有。不過我確實記得讀過一篇故事，其中講到有個人誤塗苦味酸與綿羊油混合製成的軟膏，而毒發身亡。」

「但這裡沒人中毒，所以似乎與此無關。」我說。

然後我拿起我的時間表，遞給她。

「我盡可能清楚地將這個案子的事實概括起來。」我說。

我的時間表

本月二十一日星期四——

上午十二時三十分：普瑟洛上校將他的約會從六點改為六點十五分。很有可能一半的村民都聽到這個變更。

十二時四十五分：有人最後看見手槍在原來的地方（但這一點令人懷疑，因為亞契老太太之前說她記不清楚了）。

五時三十分左右：上校和普瑟洛夫人搭車離開老屋前往村子。

五時三十分：從老屋的北門房，有人打給我匿名電話。

六時十五分（或一兩分鐘之前）：普瑟洛上校到達牧師公館，被瑪麗領進書房。

六時二十分：普瑟洛夫人沿小路回來，穿過花園，來到書房窗戶前。未見普瑟洛上校。

六時二十九分：有電話從勞倫斯．瑞汀的住所打到普萊絲．雷里夫人家（根據電信局的紀錄）。

六時三十分至六時三十五分：聽見槍聲（假設電話來的時間正確）。勞倫斯．瑞汀、安．普瑟洛和史東博士的證詞似乎表示時間要早些，但普萊絲．雷里夫人也許是對的。

六時四十五分：勞倫斯．瑞汀到達牧師公館，發現屍體。

六時四十八分：我碰見勞倫斯．瑞汀。

六時四十九分：我發現屍體。

六時五十五分：荷大克驗屍。

註：只有兩人提不出六點半至六點三十五分之間的不在場證明，她們是克拉姆小姐和樂思荃夫人。克拉姆小姐說她在墓地，但無法證實。不過，把她排除在本案之外是合理的，因為看起來她並未涉案。樂思荃夫人在六點過後的某個時間離開荷大克醫生的家去赴約。去赴哪兒的約會？與誰約會？不可能是與普瑟洛上校，因為他正要來與我會面。確實，在凶殺案發生時，樂思荃夫人在現場附近，但她會有什麼樣的謀殺動機，令人懷疑。上校的死，不會使她受益，而且警官所謂的敲詐推論，我也無法接受。樂思荃不是這種女人。再者，她似乎也不可能拿到勞倫斯．瑞汀的手槍。

「非常清楚，」瑪波小姐說，一面點頭稱是。「確實非常清楚。男人總是能做出縝密出色的備忘錄。」

「您同意我所寫的東西嗎？」我問道。

「哦，是的。您記錄得非常詳細。」

然後，我向她問了我一直想問的問題。

「瑪波小姐，」我說，「您懷疑誰呢？您曾說有七個人。」

「沒錯，我是那樣想的，」瑪波小姐心不在焉地說，「我想，我們每個人懷疑的對象都不同。事實上，真的不同。」

她沒有問我懷疑誰。

「關鍵是，」她說，「得對這一切做出解釋。每件事都得解釋清楚，令人滿意。如果你有一個與每個事實吻合的推論，哦，那麼就一定是正確的。但這極為困難。如果不是因為那張便條……」

「便條？」我驚訝地問道。

「是的，您記得，我告訴過您。那張便條一直困擾著我。它有點不對勁。」

「當然，」我說，「現在可以解釋清楚了。便條是在六點三十五分寫的，而另一隻手——凶手的手——將六點二十分寫在紙頭，以便誤導眾人，這一點非常清楚。」

「即使如此，」瑪波小姐說，「還是很不對勁。」

「為什麼呢？」

「聽著，」瑪波小姐急切地將身子往前一傾。「我告訴過您，普瑟洛夫人經過我的花園，她走到窗戶跟前，並朝裡望，沒有看見普瑟洛上校。」

「因為他正坐在書桌前。」我說。

「這就是不對勁的地方。當時是六點二十分。要到六點半之後，他才會覺得不想再等下去，這一點我們是同意的，那麼他當時為什麼坐在書桌前呢？」

「我從未想過這一點。」我慢慢地說。

「親愛的克萊蒙先生，我們把這個案子再從頭分析一遍。普瑟洛夫人來到窗戶前，她認為房間是空的，她一定是這樣認為，否則絕不會到畫室與瑞汀先生會面，那樣做不安全。如果她認為房間是空的，那麼房間裡一定是絕對安靜。這就有三種可能，不是嗎？」

「您是說……」

「噢，第一種可能是，普瑟洛上校已經死了，但我不認為這是最大的可能。首先，他到那兒只有大約五分鐘，她或我會聽到槍聲，再來依然是他待在書桌旁這個相同的難題。第二種可能當然是他正坐在書桌前寫便條，但在這樣的情況下，一定會是一張完全不同的便條。便條上絕不會說他不想再等了。至於第三種可能……」

「怎樣呢？」我問道。

「嗯，第三種可能當然就是普瑟洛夫人是對的，房間真的是空的。」

「您是說，他被領進房間後又走出來，然後又再回去，是嗎？」

「是的。」

「但他為什麼要那樣做呢？」

瑪波小姐攤開雙手，做出一個迷惑不解的姿勢。

「那就意味著，得從一個完全不同的角度來思索這個案子。」我說。

「我們常常必須如此，對任何事情都是。您不這樣認為嗎？」

我沒有回答。我正仔細思索著瑪波小姐剛才講的三種可能性。

她輕輕地嘆息了一聲，站起身來。

「我得回去了，很高興能與您聊一聊，雖然我們並沒有多大進展，對吧？」

「說實話，」我為她取披肩時說，「我覺得這整件事就像一團令人頭暈目眩的迷霧。」

「哦，我倒不認為。從總體看，我想有某種推論幾乎能與每件事完全吻合……如果您願意接受一個巧合，而我想這個巧合是可能的。當然，多於一個巧合就不可能了。」

「您真的那樣想嗎？我是說，關於推論……」我看著她問道。

「我承認，我的推論有個缺陷，一個我還不能克服的缺陷。哦，如果是與便條完全不同的東西就好了……」

她一邊嘆息，一邊搖搖頭。她走到窗戶前，心不在焉地伸出手，撫弄著放在架子上一株看來病懨懨的植物。

「您知道，親愛的克萊蒙先生，這東西應該經常澆水。可憐的東西，它太需要水分了。您的女傭應該每天澆水。我想，是由她照料的吧？」

「就像照料其他東西那般費心。」我說。

「她目前還有些生疏吧。」瑪波小姐說。

「是的，」我說，「可是格賽達固執己見，不願解雇她。她的想法是，只有那種完全沒人要的女傭才會願意留在我們家，但瑪麗前幾天向我們辭職。」

「這樣啊，我一直以為她很喜歡你們呢。」

「我從未注意到這一點，」我說，「但事實上，是拉蒂絲．普瑟洛惹惱了她。瑪麗在審訊結束後氣沖沖回來，發現拉蒂絲在這兒，嗯，兩人鬥了嘴。」

「哦！」

瑪波小姐叫了一聲。

她正要跨過窗戶時突然停下腳步，臉上浮現出一串困惑的表情。

「哦，天呀！」她自言自語地低聲說，「我確實太傻了。原來是這麼回事。很可能就是這樣。」

「請您再說一遍好嗎？」

她轉過一張憂心忡忡的臉，望著我。

「沒什麼。只是突然有了一個念頭。我得回家，把事情好好想出個頭緒。您知道嗎？我太愚蠢了，愚蠢得難以置信。」

「這很難令人相信。」我拍馬屁地說道。

我陪她走過窗戶，再穿過草坪。

「您突然想到什麼念頭，能告訴我嗎？」我問道。

「我暫時還不能告訴您。您知道，我仍然有可能弄錯。但我想這次不會了。到花園門口了，非常感謝您，請留步。」

「便條仍然是一個絆腳石嗎？」我問道，這時她已走過花園，隨手閂上了門。

她心不在焉地看著我。

「便條？噢！那當然不是個真正的便條。我從不認為那是真的。晚安，克萊蒙先生。」

她沿著通向屋子的小路快步走去，留下我凝視著她的背影。

我茫然若失。

27

格賽達和丹尼斯尚未返回。我覺得其實我剛才應該大大方方和瑪波小姐一起去她家，接他們回來。她和我已經將整個身心都投入到這個懸案中，以至於我們忘了世界上除了我們之外，還有其他人存在。

我站在玄關裡，猶豫著是否該現在就去叫他們。這時，門鈴響了。

我走到門口，看見信箱裡有一封信，我想這就是門鈴響的原因，於是將信取了出來。然而我拿信時，門鈴又響了，我慌張地將信塞進口袋，打開前門。

來人是梅崎上校。

「你好，克萊蒙，我正搭車要從鎮上返家。我想乾脆順道來拜訪一下，看看你是否能賞我一杯酒喝。」

「樂意之至，」我說，「到書房來吧。」

他脫下身上的皮外套，跟我進了書房。我取來威士忌和蘇打，還有兩個杯子。梅崎站在壁爐旁，雙腿叉開，用手捋著他那濃密的鬍鬚。

「我有些消息要告訴你，克萊蒙，保證你聽了會驚訝萬分，不過待會兒再告訴你。這兒的情況怎麼樣？還有別的老太太對此案緊追不捨嗎？」

「她們的工夫還不算太差，」我說，「總之，其中有一個認為她已經有眉目了。」

「是我們的朋友瑪波小姐，嗯？」

「是的，是我們的朋友瑪波小姐。」

「像她那樣的女人總認為自己無所不知。」梅崎上校說。

他津津有味地啜了一口蘇打威士忌。

「也許由我出面詢問顯得太多管閒事，」我說，「但我想應該有人去問問賣魚的男孩。我是說，如果凶手從前門離開，這男孩有可能會看見。」

「史萊克問他問得夠多了，」梅崎說，「但那男孩說，他沒看見任何人。他不大可能看見，凶手不會剛好就被他看見，你的前門處有許多遮蔽物。他一定會先看看路上是否有人。男孩得去牧師公館、荷大克家、雷里夫人家，要避開他很容易。」

「沒錯，」我說，「我想可能是這樣。」

「另一方面，」梅崎繼續說，「如果碰巧是亞契那惡棍幹的，而且弗雷德．傑克遜看見他就在附近，我也很懷疑他是否會告發他。亞契是他的表哥。」

「你真的懷疑亞契嗎？」

「噢，你知道，普瑟洛非常仇視亞契，兩人積怨很深。仁慈不是普瑟洛的專長。」

「對，」我說，「他是個無情的人。」

「我想說的是，」梅崎說，「得饒人處且饒人。當然，法律就是法律，但把人往好處想也沒有什麼不好。這一點，普瑟洛絕對做不到。」

「他還以此為榮呢。」我說。

停了一會兒，我問：「你說的『驚人消息』是什麼？」

「噢，確實驚人。你知道普瑟洛被害時沒寫完的那張便條吧？」

「知道。」

「我們請來一位專家，鑑定『六點二十分』這幾個字是否是被別人加上去。當然，我們還送去有普瑟洛筆跡的樣品。你猜鑑定結果怎樣？那便條根本不是普瑟洛寫的。」

「你是說，那是假造的？」

「是假造的。他們認為『六點二十分』這幾個字是另一個人寫的，但這點他們無法十分肯定。便條的抬頭是用不同的墨水寫的，不過便條本身是假造的。普瑟洛根本就沒有寫什麼便條。」

「他們確定嗎？」

「哦，專家們一向是確定的，你知道他們都是怎樣一副德性！哦，他們相當肯定。」

「太驚人了。」我說。

後來，我又突然想起一件事。

「嗯，」我說，「我想起來了，普瑟洛夫人曾經說，那根本不像她丈夫的筆跡，我當時沒在意。」

「真的？」

「我當時認為，這是女人們常說的蠢話，要說有什麼是千真萬確的話，那就是普瑟洛寫了那張便條。」

我們面面相覷。

「真奇怪，」我慢慢地說，「瑪波小姐今晚才在說，那張便條根本就不對勁。」

「討厭的女人！就算那案子是她做的，她也不可能知道得更多了。」

這時電話響了。電話鈴響經常有些古怪的心理效應，它現在就固執地響著，帶著一點不祥的感覺。

我過去拿起話筒。

「牧師公館，」我說，「您是哪位？」

一個奇怪、尖細而又歇斯底里的聲音從話筒中傳出。

「我要自首，」那聲音說，「天呀，我要自首。」

「喂，」我說，「喂。怎麼切斷了我的電話……剛才那通電話是什麼號碼？」

一個懶洋洋的聲音說不知道，然後又說很抱歉打擾了我。

我放下話筒，對梅崎說：「你曾說如果再有人說自己犯了這個案子，你會發瘋。」

「怎麼回事？」

「又有人想自首，電信局把電話切斷了。」

梅崎衝過去，抓起話筒。

「我要和他們講話。」

「請吧，」我說，「你也許會有些影響力，你試試看吧。我要出去一下，我總覺得我熟悉那聲音。」

28

我匆匆走在村子的街道上。已經是深夜十一點，星期日晚上的十一點，整個聖瑪莉米德村一片死寂。到了途中，我看見一棟樓的第一層有光亮。豪斯還沒有睡。於是我停下來，按了門鈴。

似乎過了很長一段時間，豪斯的女房東薩德勒太太才費勁地鬆開兩個門閂、一條門鏈，轉動著鑰匙，一臉狐疑地窺視著我。

「哎唷，是牧師呀！」她喊道。

「晚安，」我說，「我要見豪斯先生。我看見窗戶裡有燈光，我想他還沒睡。」

「可能是吧，我給他送去晚飯後就再也沒看過他。他度過了一個安靜的夜晚，沒有人來看他，他也沒有外出。」

我點點頭，從她身邊走過，很快走上樓梯。在二樓，豪斯租了一間臥室和客廳。

我走進客廳。豪斯正躺在一張長椅上睡覺。我走進去，並未驚醒他，他的身旁放著一個空的藥盒和半杯水。

在地板上，他的左腳旁，是一張揉皺的紙，上面有些字。我撿起來，將它展開。上面開頭寫道：「親愛的克萊蒙……」

我讀了一遍，不由得發出一聲驚叫，把信紙塞到口袋裡。然後我俯下身，仔細打量著豪斯。

接著，我伸手拿起他手肘旁的電話，撥了家裡的號碼。梅崎一定還在追查剛才的電話，因為電信局告訴我，這個號碼占線。我請他們回我電話後，放下話筒。

我把手伸進口袋，再看一遍我剛才拾起的信紙。然後我又拿出在信箱裡發現的那封信，信還沒打開。

信封上的筆跡非常眼熟，與那天下午送來的匿名信一模一樣。

我撕開信。

讀了一遍、兩遍，還是弄不清信的內容。

我正在讀第三遍時，電話響了，我神情恍惚地拿起話筒講話。

「喂？」

「喂。」

「梅崎，是你嗎？」

「是的，你在哪兒？我已經查出了那通電話。號碼是……」

「我知道號碼。」

「哦，很好。你人正在那兒？」

「是的。」

「自首的事怎樣？」

「已經有人向我自首了。」

「你是說查到凶手了嗎？」

這時，我經受著一生中最強烈的誘惑。我看著匿名信中的潦草筆跡，看著空藥盒，上面有「小天使」的字體。我記起了一次偶然的談話。

我極力鎮靜下來。

「我……不知道，」我說，「你最好過來一下。」

我把地址告訴了他。

然後我坐在面對豪斯的椅子上，思考起來。

我有整整兩分鐘可以思考。

兩分鐘後，梅崎就會到了。

我拿出匿名信，第三次讀它。

然後，我閉目沉思起來……

29

我不知道我在那兒坐了多久，我想，其實只有幾分鐘。然而，卻彷彿過了漫長的一段時間。這時，我聽見門開了，我轉過頭，看見梅崎進了房間。

他凝視著在椅子上熟睡的豪斯，然後轉向我。

「怎麼回事，克萊蒙？這到底是怎麼回事？」

我從手中的兩封信中選出一封，遞給他。他低聲地唸出來：

親愛的克萊蒙：

我必須說出一件令人不快的事。總之，我想還是寫下來好些。我們晚幾天可以討論這件事。此事與最近挪用公款一事有關。我遺憾地說，罪犯的身分已無可置疑，這點我相當有把握。我必須指控教堂一位被任命的牧師，這事令我痛苦，但我也非常清楚我的責任所在。我們必須懲一儆百，而且……

梅崎深深地吸了一口氣，然後看著豪斯。

「這麼說，這就破案了！一個我們根本沒想到的人。是悔恨驅使他自首的！」

「他最近行為非常古怪。」我說。

突然梅崎發出一聲尖叫，大步朝這個睡著的人跨去。他抓住他的肩膀並搖動他，開始時搖得很輕，然後愈來愈用力。

「他不是睡著了！他服了藥！這是怎麼回事？」

他的目光掃向那個空藥盒，將紙盒撿了起來。

「難道他……」

「我想是，」我說，「有一天他把這些盒子拿給我看。告訴我說醫生警告他別服用過量。這是他的解脫方式，可憐的傢伙，或許也是最好的方式。這不能由我們來審判。」

但梅崎正好是警察局長，對我具有吸引力的這番理由，對他卻毫無影響。他已經抓到了凶手，他要他的凶手上絞刑台。

他一下子就走到電話旁，不耐煩地上下猛搖電話，直到得到回答為止。他問了荷大克的號碼，又是一陣停頓。他站著，耳朵貼著話筒，眼睛盯著椅子上癱軟的人體。

「喂……喂……喂……是荷大克醫生嗎？請醫生立刻到高街上來，好嗎？是豪斯先生。

很緊急……什麼？……噢，那麼這兒是幾號？……噢，對不起。」

他掛斷電話，火冒三丈。

「號碼錯誤，號碼錯誤，老是號碼錯誤！這關係到一條人命。喂喂！你給我接的號碼錯了……對，別浪費時間，請接三九……是九，不是五。」

又是一陣不耐煩的等待，但這次要短些。

「喂，荷大克，是你嗎？我是梅崎。請立刻到高街十九號來，好嗎？豪斯服藥過量了。立刻來，老兄，人命關天！」

他掛斷電話，急躁地在房間裡來回踱步。

「你為什麼沒有馬上叫來醫生，克萊蒙？我想不通，你一定是魂不守舍了。」

幸運的是，梅崎從不認為有人會對他一貫堅持的行為產生不同的想法。我一語不發，他繼續說道：「你在哪兒發現這封信？」

「在地板上，揉成一團，從他的手中掉下來的。」

「太厲害了！那個老處女認為我們發現的便條不對勁，她是對的。想不透她是怎麼明白這一點。可是這傢伙沒有銷毀這一張，真是蠢驢！想想看，竟保留著這封信，這可是最不利的證據啊！」

「人性總是充滿矛盾。」

「若非如此，我懷疑我們是否會抓到凶手！他們遲早會做出一些蠢事。你看起來很不舒服，克萊蒙，我想這對你來說是青天霹靂吧？」

「沒錯。我說過，這陣子以來，豪斯行為十分古怪，但我想不到……」

「誰想得到呢？嘿，好像是有車來了，」他走到窗戶旁，推起窗框，探出身子。「是的，正是荷大克。」

一會兒，醫生進了房間。

梅崎簡明扼要地解釋了情況。

荷大克是個感情不外露的人，他只是揚揚眉毛、點點頭，走到病人跟前。他摸摸脈搏，翻開眼瞼，仔細察看眼睛。

然後，他轉向梅崎。

「想救活他，以便讓他受絞刑嗎？」他問道，「你知道，他已經回天乏術。無論如何，他是九死一生了，我懷疑我是否能救活他。」

「盡一切可能吧。」

「好吧。」

他忙碌地在隨身帶來的藥箱中找東西。準備好針劑，在豪斯的手臂上進行皮下注射，然後站起身來。

「最好是把他送到馬奇班罕，送到那兒的醫院。幫我一下，把他弄到下面的車子裡。」

我們兩人都俯身去幫助他。荷大克坐上駕駛座開車前，他扭頭說了一句：「你知道，梅崎，你無法絞死他。」

「你的意思是，他活不過來了？」

「也許會，也許不會。我不是這個意思。我的意思是，即使他活過來，哦，這個可憐鬼也不該承擔罪責。我會提出相關的證據。」

「他是什麼意思？」我們再度上樓時，梅崎問道。

我解釋說，豪斯是昏睡症的受害者。

「昏睡症，呃？現在的人幹下齷齪的勾當後，總有一些好理由來解釋。你不同意嗎？」

「科學使我們學到許多東西。」

「該死的科學！對不起，克萊蒙，但這些軟弱的做法讓我心煩，我是個行動派。噢，我想我們最好察看一下這裡。」

但這時有人來打擾了，著實出人意料。門開了，瑪波小姐走進房間。

她面色緋紅，神色有點激動，似乎意識到我們一臉納悶。

「非常抱歉，真的非常抱歉，打擾了你們，晚安，梅崎上校。我說過，我非常抱歉，但聽說豪斯先生病了，我覺得我應該過來看看能否幫上忙。」

她停止了說話。梅崎對待她的態度好像有點厭惡。

「您真好，瑪波小姐，」他態度冷淡地說，「可是不用費心了。對了，您是怎麼知道這件事？」

這也是我渴望得到的答案！

「電話，」瑪波小姐解釋說，「他們太粗心了，不是嗎？您先與我講話，認為我是荷大克醫生。我的號碼是三五。」

「原來如此！」我喊道。

瑪波小姐總有十分合情合理的理由來解釋她的消息靈通。

「於是，」她繼續說，「我就過來看看能否幫上忙。」

「您真是太好了，」梅崎又說道，這一次態度更加冷淡。「但是沒什麼可做的了，荷大克已經把他送到醫院。」

「真的是到醫院了？哦，那我就放心了！聽到這個消息，我非常高興，他在那兒會很安全。您剛才說『沒什麼可做的了』，不是指他不會再醒來了吧？」

「這很難說。」我說。

瑪波小姐的目光轉向藥盒。

「我猜他服藥過量了，是嗎？」她說。

我想，梅崎是傾向保持沉默的。在其他情況下，我也會這樣做。但我剛與瑪波小姐討論過這個案子，剛才的情景還歷歷在目，所以此刻我不敢苟隨。不過我得承認，她馬上就到現場，並顯出一副急切好奇的樣子，這使我有點反感。

「您最好看看這個。」我說，將普瑟洛未寫完的信遞給她。

她接過去，神色平靜地讀著。

「您已推斷出類似的結果，不是嗎？」我問道。

「是的，是的，的確如此。克萊蒙先生，請問您今晚為什麼會來這兒？這一點我很困惑。您和梅崎上校在一起，這太出乎我的意料了。」

我解釋了電話的事，並說我聽出是豪斯的聲音。瑪波小姐若有所思地點著頭。

「很有趣，甚至可以說很湊巧。是的，這使您在緊要關頭趕到。」

「什麼緊要關頭？」我尖刻地問道。

瑪波小姐面露驚慌。

「當然是來救豪斯的命。」

「難道您不認為，」我說，「如果豪斯醒不過來，不是更好嗎？對他來說比較好，對大家來說也更好。我們已知道了真相，而且……」

我停了下來，因為瑪波小姐正莫名其妙地使勁點著頭，這使得我接不下話。

「當然，」她說，「當然！他就是要您這樣認為！讓您認為您了解真相，認為這樣對大家最好。哦，是的，這一切都很吻合，信、服藥過量、豪斯先生的精神狀態，還有他的自首。這一切都很吻合，但這不對勁……」

我盯著她。

「這就是我為豪斯先生已安全脫險而如此高興的原因。他現在人在醫院裡，沒人能暗算他。如果他醒來，就會告訴你們真相。」

「真相？」

「是的，真相是，他從未動過普瑟洛上校一根汗毛。」

「可是那通電話，」我問道，「信，還有服藥過量，這一切都一清二楚。」

「這就是他要你們想的。哦，他非常聰明！留著信，然後利用這封信，確實是聰明至極。」

「您說的『他』是指誰？」我問道。

「我是指凶手。」瑪波小姐說。

她又很平靜地說了一句：「我是指勞倫斯・瑞汀先生……」

30

我們凝視著她。我真的認為（當時我們確實認為）她的神志出了問題。她的這番指控似乎非常荒謬。

梅崎上校首先開口，語氣很客氣，帶有某種憐憫和寬容。

「這實在荒唐，瑪波小姐，」他說，「瑞汀已經完全清白了。」

「沒錯，」瑪波小姐說，「他早料到這點。」

「其實相反，」梅崎上校冷淡地說，「他盡了全力指控自己是凶手。」

「是的，」瑪波小姐說，「他以那樣的方式欺騙了我們所有的人，我自己也和每個人一樣受了騙。親愛的克萊蒙先生，您應該記得，當我聽到瑞汀自首時，我受驚不小。這把我的頭腦整個攪亂了，他讓我以為他是無辜的，而在那之前我一直認為他有罪。」

「那麼，您懷疑的是勞倫斯．瑞汀嗎？」

「我知道，在書中，凶手總是最不可能的那個人。但是我從未發現，這條規則和現實生活相符。在現實生活中，最明顯的往往就是最真實的。儘管我一向喜歡普瑟洛夫人，我還是不能不下此結論，她被瑞汀先生玩弄於股掌之間，對他言聽計從，當然，他不是那種想與一個身無分文的女人私奔的年輕人。在他看來，他有必要除掉普瑟洛上校，於是就下手除掉他。他是一個純粹外表迷人卻毫無道德感的年輕人。」

梅崎上校不耐煩地哼來哼去好一陣子，現在他突然爆發起來。

「胡說，全是胡說！到六點五十分為止，瑞汀的行蹤都很清楚，而荷大克確定普瑟洛不可能在那時被殺。我想，您認為您比醫生還要高明，或者您認為是荷大克故意撒謊嗎？天知道是怎麼回事。」

「我認為荷大克醫生的證據是絕對可信的，他是個非常正直的人。是普瑟洛夫人親手殺了普瑟洛上校，不是瑞汀先生。」

我們又一次凝視著她。瑪波小姐理理她的花邊三角圍巾，往後推一推鬆鬆披在肩上的羊毛披巾，然後開始以世界上最自然的方式，用一位老夫人溫和的語調講述起最令人震驚的事件。

「我認為，到現在說出來才恰當。一個人的猜測——即使十分強烈，以致洞悉在心——也不等於證據。除非你有了一個與所有事實吻合的解釋（我今天晚上就是對克萊蒙先生這樣說的），你才能帶著十足的自信說出來。我自己的解釋並非相當完善，仍有一個缺陷，但是在那一瞬間，就在我離開克萊蒙先生的書房時，我注意到窗戶旁那個花盆中的棕櫚樹，呃，整件事情就清楚了，水落石出！」

「瘋了，真是瘋了。」梅崎悄聲對我說。

但是，瑪波小姐安詳地對我們微笑著，繼續用老太太那種溫和的聲音說道：「我相信我所做出的推理。對此我非常遺憾，非常遺憾。因為我喜歡他們倆。但你知道人性是怎麼回事。一開始，他們倆先後非常愚蠢地自首，唉，當時我有說不出的寬慰。但我錯了。於是我開始猜想其他人，可能他們有除掉普瑟洛上校的動機。」

「七個嫌疑人！」我低聲說。

她對我微笑。

「是的，的確。有亞契。那個人不大可能，但滿肚黃湯加上一時衝動下，你料不準他會做出什麼事。有你們的瑪麗。她與亞契談戀愛已經很久，而她的脾氣又十分古怪。動機和機會俱全，只有她一人在家！亞契老太太可以輕易地從瑞汀先生的家裡弄到手槍，交給他們其中一人。當然，還有拉蒂絲，她想要自由和金錢，以便隨心所欲。我知道在許多案件中，那些美麗優雅的女孩幾乎毫無道德廉恥，不過男士們從不相信她們會那樣做。」

我眨眨眼睛。

「還有網球拍。」瑪波小姐繼續說。

「網球拍？」

「是的，就是普萊絲·雷里夫人家的克拉拉看見掉在牧師公館草地上的那一支。看起來丹尼斯先生從網球聚會回來的時間，好像比他說的要早些。十六歲的男孩非常衝動，情緒不穩，不管出於什麼動機，也不管是為拉蒂絲或是為您，反正都有可能。當然，還有可憐的豪斯先生和您，當然，不是你們倆一起下手，而是像律師說的那樣，分別動手。」

「我？」我驚恐萬分地喊道。

「哦，是的。我確實得向您道歉，我真的不認為會是您，但捐款不知去向了，不是您就是豪斯罪責難逃，普萊絲·雷里夫人到處暗示人家說，您才是有罪的人，主要是因為您那麼堅決反對就此事進行任何調查。當然，我自己認為是豪斯先生，他老叫我想起那位不幸的風琴師，但儘管如此，一個人仍不能自以為是。」

「人性就是這樣。」我陰鬱地說。

「正是如此。當然，還有親愛的格賽達。」

「克萊蒙夫人與此毫無關係，」梅崎插話道，「她是搭六點五十分的火車回來的。」

「那只是她說的，」瑪波小姐反駁道，「我們絕不能只根據別人口中說的話做出判斷。那天晚上，六點五十分的火車誤點了半小時。但七點一刻，我親眼看見她出門到老屋去。因此可以推斷，她一定是搭早一點的火車回來的。確實，有人看見她了，或許您也知道吧？」

她用探詢的目光看著我。

她的目光中有種力量迫使我拿出最後一封匿名信，就是我剛才打開的那封。信中詳細講述了案發當天的六點二十分，格賽達被人看見從後窗離開勞倫斯．瑞汀的小木屋。

我一語不發，心中布滿團團疑雲，而且陷入一場噩夢……勞倫斯與格賽達之間有一段舊情，普瑟洛知道了此事，他決定讓我知道真相，而格賽達狗急跳牆，偷來手槍，殺人滅口。正如我所說的，那只是一場噩夢，但在那漫長的幾分鐘內，卻顯得真實得可怕。

我不知道瑪波小姐是否在暗示這一切。很可能是。很少有什麼能逃過她的眼睛。

她微微點了一下頭，將匿名信還給我。

「整個村子都傳遍了，」她說，「不過看起來確實相當令人懷疑，不是嗎？尤其是在審訊時，亞契老太太發誓在她中午離開小木屋時，手槍還在。」

她停了一會兒，又繼續說：「但是從這裡開始，我就非常懷疑了。我想說的是，我認為我有責任把我對整個謎案的解釋告訴你們。如果你們不信，唉，我只能說我盡了最大努力。儘管如此，我打算在有十足把握之後才說出真相的做法，卻差點害了可憐的豪斯先生丟了性命。」

她又停下來，當她重新開始說話時，語調不同了，少了分歉意，多了分篤定。

「我來談談我對事實的解釋。早在星期四下午，謀殺行動就被周密地策畫好了。勞倫斯．瑞汀先來拜訪牧師，心裡清楚牧師已外出。他隨身帶來手槍，然後藏在窗戶旁架子的花盆裡。當牧師進來時，勞倫斯解釋他來訪的目的是想告訴牧師，他決定離開普瑟洛夫人了。五點半時，勞倫斯．瑞汀從北門房打電話給牧師，裝成女人的聲音……您應該記得，他是一個相當出色的業餘演員。

「普瑟洛夫人與她丈夫剛出門到村子裡去。有一件非常奇怪的事不過就是沒人想到……普瑟洛夫人沒帶手提包！對一個女人來說，這確實是一件很不尋常的事。六點二十分的時候，她經過我的花園，並停下來和我談話，以便給我機會注意到她沒帶槍，注意到她很正常。他們知道我是個愛觀察的人。她繞過房子的牆角來到書房的窗戶。可憐的上校正坐在書桌旁給您寫信。我們都知道，他的耳朵是聾的。槍放在花盆裡等她去取，她取出手槍，來到他的身後，射穿了他的腦袋，然後丟下槍，閃電般跑出來，經過花園來到畫室。每個人都會發誓說，她不可能有足夠的時間！」

「但槍聲又是怎麼回事？」上校問道，「您沒聽到槍聲嗎？」

「我相信有一種叫作梅心消音器的發明，我是從偵探故事裡了解到的。我懷疑女傭克拉拉聽到的噴嚏聲其實就是槍聲，但這無關緊要。瑞汀先生在畫室門口迎候普瑟洛夫人，他們一起進去。哦，人性就是這樣，他們了解，要到他們再出來後，我才會離開花園！」

我從未像現在這樣喜歡瑪波小姐，她很能自嘲自己的弱點。

「當他們出來時，他們的神態歡快又自然。但就在這裡，他們犯了一個錯誤。因為如果他們真像他們說的那樣道了別，他們的神態就會大不一樣。但您知道，這就是他們的弱點，他們不敢流露出任何的驚慌與不安。在後來的十分鐘，他們用心為自己設計不在場證明。最後，瑞汀先生到了牧師公館，盡可能在那兒拖延時間。他也許看見您從遠處的小路走來，遂精確地估計時間，他拾起手槍和消音器，將那張假便條留下來，用不同的墨水，顯然也是不同的筆跡，在便條上寫了時間。而在假便條被識破時，這看起來會像是想嫁禍給安．普瑟洛的一種拙劣手段。

「但當他把便條放在桌上時，便發現了普瑟洛上校親手寫好的信，這事大出他所料。他是個非常聰明的年輕人，看出這封信可能對他很有用，於是帶走了，他將鬧鐘的指針撥到便條上指明的時間。他其實知道鬧鐘快一刻，這是相同的用意，即企圖嫁禍給普瑟洛夫人。然後他離開了，在大門外碰到您，裝出一副失魂落魄的樣子。我說過，他確實非常聰明。一個犯了罪的兇手會極力做些什麼？當然是裝出若無其事的樣子。瑞汀先生反而沒那樣做。他取下消音器，帶著手槍走進警察局自首，此舉可謂荒唐可笑，卻將每個人騙得團團轉。」

瑪波小姐講解案情的模樣很迷人。她帶著如此的自信，以至於我們兩人都感覺到，這件謀殺案真是以這樣的方式進行，再不可能有其他方式了。

「灌木叢裡的槍聲是怎麼回事呢？」我問道，「那就是您今晚稍早說的巧合嗎？」

「哦，天啊，不是！」瑪波小姐急速地搖搖頭。「那槍聲絕不是一個巧合，差得遠呢，因為兇手絕對有必要讓別人聽到槍聲，否則對普瑟洛夫人的懷疑就會繼續下去。瑞汀先生是怎樣安排的，我還不太清楚，但我知道如果您用重物砸在苦味酸上面，它就會爆炸。親愛的牧師，您一定記得您在灌木叢裡的某個地方碰到瑞汀先生，當時他手中拿著一塊大石頭，後來您在那裡撿到一塊晶體。男人們對裝置很在行，他將石頭放在晶體上，然後裝上導火線……或者應該叫引信？那是某種要經過大約二十分鐘後才會燃盡的東西，所以它要到大約六點三十分時才會發生爆炸。這時，他和普瑟洛夫人已經走出畫室，處在眾目睽睽之下。一個非常安全的玩意兒，因為後來在那裡會留下什麼？一塊大石頭而已！但即使只是塊石頭，他也想辦法要搬走，就在這時您碰到了他。」

「我相信您是對的！」

我喊道，回憶起那天勞倫斯看到我時頗為驚慌。當時這好像很自然，但現在……

瑪波小姐似乎看出了我的心思，因為她敏銳地點點頭。

「是的，」她說，「剛好在那時碰上您，一定使他受驚不小。但他掩飾得很好，假裝說是帶來要送到我的花園的，只是……」瑪波小姐突然加強語氣。「我的花園需要的不是這種石頭！於是這使我回到正確的線索上！」

在這段時間，梅崎上校一直像個發呆的人般坐著。現在，他露出甦醒的跡象，哼了一兩聲，莫名其妙地擤擤鼻涕，然後說：「厲害！嘿，厲害！」

此外，他沒再說什麼。我想，他像我一樣，被瑪波小姐邏輯分明的結論給折服了，只是此時他還不願意承認這一點。甚至他還伸手撿起那封揉成一團的信，厲聲問道：「很好，但您怎樣解釋豪斯這個傢伙的舉動呢？他確實打來電話說要自首。」

「是的，巧就巧在這裡。無疑地，那是由於牧師的布道。您知道，親愛的克萊蒙先生，您確實做了一次非常精采動人的布道。豪斯先生一定被您深深打動了。他再也忍受不下去，感到他必須把挪用教會基金的事坦白出來。」

「什麼?」

「是的,謝天謝地,就是那樣才救了他的命……我希望並相信他得救了。荷大克醫生聰明極了。在我看來,瑞汀先生保留了信(這樣做很危險,但我想他一定是將信放在某個安全的地方),等待時機,直到他弄清楚信上指的是誰。他很快就確信那人指的是豪斯先生。我得知他昨夜與豪斯先生回到這裡,待了很長一段時間,我懷疑他那時便將自己的膠囊與豪斯的調換了,而且將這封信偷偷放進豪斯睡衣的口袋裡。這個可憐的年輕人將在全然不知的情況下吞下致命的膠囊,在豪斯死後,他的事便死無對證,人們會發現這封信,每個人都可以輕易地得出結論,也就是他殺死普瑟洛上校,而且因為懺悔而自殺。我猜想,豪斯先生今晚吞下致命的藥劑後,一定也發現了那封信。在一陣驚惶失措中,這封信無異於一隻怪物,加上牧師的布道對他的影響還很強烈,最後便迫使他全盤吐露真相。」

「厲害,」梅崎說,「厲害!太精采了!我……我……不相信。」

他從未說過這麼沒有說服力的話。他自己聽起來也一定如此,因為他接著問道:「您能解釋另一通電話嗎?就是從瑞汀先生的小屋打給普萊絲·雷里夫人的那一通。」

「啊!」瑪波小姐說,「那就是我所說的巧合了。那通電話是小格賽達打的,或是丹尼斯打的,我想是他們其中一人。他們聽到了雷里夫人散布不利牧師的謠言,就想到用這種方法叫她住嘴……也許有些孩子氣。巧合之處在於,這通電話幾乎是在灌木叢裡傳來假槍響的同時打來的，於是大家認為，這兩者一定有關聯。」

我突然想起，談到那聲槍響的人都說它與平常的槍聲「不同」。他們是對的。然而要解釋究竟是由於什麼造成的「不同」，是多麼不容易啊！

梅崎上校清清喉嚨。

「您的破案方式非常令人信服，瑪波小姐，」他說，「但是請容我指出，您沒有絲毫證據。」

「我知道，」瑪波小姐說，「但您相信這是真的，對吧？」

一陣沉默。然後上校勉強說道：「是的，我相信。該死，這是本案唯一可能的發生過程。可是沒有證據，一點也沒有。」

瑪波小姐咳嗽一聲。

「所以我想，也許在這種情況下……」

「怎麼？」

「可以設一個圈套。」

／31

梅崎和我一起盯著她。

「一個圈套？什麼樣的圈套？」

瑪波小姐有點猶豫，但很顯然，她已經胸有成竹。

「打個電話給瑞汀先生，警告他。」

梅崎上校笑了。

「『事跡敗露了，趕快逃吧！』那是老套，瑪波小姐。倒不是因為這方法常常失效，但我想就這件案子而言，瑞汀太狡猾了，那樣是抓不到他的。」

「得採取特別的手段。我了解這一點，」瑪波小姐說，「我建議，僅僅是建議，應該由某個對這些事情具有不尋常見解的人提出建議。荷大克醫生的言論會使任何一個人認為，他可從不尋常的角度來看待諸如謀殺案等事。如果他暗示有某個人……比如說薩德勒太太和她的一個孩子碰巧親眼看見他在調換膠囊，哦，當然囉，如果瑞汀先生是無辜的，那句話就對他毫無意義，但如果他不是……」

「噢，就可能會中計。」

「並落入我們的手掌心。這有可能，真是高明，瑪波小姐。但是荷大克會拔刀相助嗎？誠如您所說，他的看法……」

瑪波小姐輕鬆地打斷他的話。「哦，但那只限於理論罷了！與實際情況大不相同，不是嗎？不管怎樣，他已經來了，我們可以問他。」

我想，荷大克看見瑪波小姐與我們在一起有點吃驚。他顯得疲憊而憔悴。

「差一點，」他說，「差一點點。但他會熬過來。救病人的命是醫生的職責，我救了他。但是如果沒成功，我也會很高興。」

「如果你聽了我們必須告訴您的事，」梅崎說，「你的想法就會不一樣了。」

他簡潔明瞭地將瑪波小姐對案情的分析告訴了他，最後將她的建議也一併告知。

然後，我們幸運地見識了瑪波小姐所謂理論與實際的差別。

荷大克的看法似乎完全改變了。我想，看得出他希望勞倫斯．瑞汀的頭被砍下來。我認為，使他如此憤恨的並非普瑟洛上校被殺的事，而是他對倒楣豪斯的陷害。

「該死的惡棍！」荷大克說，「該死的惡棍！那個可憐鬼豪斯，他有母親和妹妹。當一個殺人犯的母親和妹妹，會使她們一輩子抬不起頭來，精神永遠受到折磨！真是卑鄙怯懦的詭計！」

一旦你激怒他，僅僅是這種憤怒，就讓我相較之下變成一個完美的人道主義者。

「如果這是真的，」他說，「這事包在我身上。這傢伙死定了，竟敢欺負豪斯這樣的老實人！」

任何一種可憐鬼都會得到荷大克的莫大同情。

他急切地與梅崎籌畫細節，這時瑪波小姐站起身來，我堅持要送她回家。

「您真是太好了，克萊蒙先生，」當我們沿著空曠的街道走去時，瑪波小姐說，「天啊！十二點過了。我希望雷蒙已經睡了，沒在等我。」

「他應當等您的。」我說。

「我沒讓他知道我要出門。」瑪波小姐說。

這時，我記起雷蒙．衛司對這個案子所做的心理分析，突然笑了。

「如果您的推理證明是對的……這一點我絲毫不懷疑，」我說，「您的得分無疑比您的外甥要高得多。」

瑪波小姐也笑了，那是一種自我陶醉的笑。

「我記得我的范妮姨婆告訴過我一句俗話。我當時十六歲，認為這句俗話很傻。」

「是嗎？」我問道。

「她常常說：『年輕人認為老年人是傻子，但老年人深知年輕人才是傻子！』」

32

沒有什麼需要多說了。瑪波小姐的計畫一舉成功。

勞倫斯・瑞汀並非一個無辜的人，向他暗示有人看見他調換膠囊，確實導致他「中計」了。

真是作賊心虛啊！

當然，他被逼得走投無路。我想，他的第一個反應一定是倉皇逃逸。但他得考慮他的共犯，不可能不告訴她就離開，而他又不敢等到早晨。於是，那天晚上他去了老屋……梅崎上校兩名最精幹的警官跟蹤他。他向安・普瑟洛的窗戶丟小石頭，叫醒她。一陣急促的小聲對話後，她下來與他談話。無疑地，他們認為在室外討論要比室內安全些，不會驚醒拉蒂絲。但這樣一來，兩名警官正好完全聽到他們的談話內容，這件事就拍案底定了。

瑪波小姐真是料事如神啊！

勞倫斯・瑞汀和安・普瑟洛的審判過程，是件家喻戶曉的事。我不打算在此詳述此事。我只想指出，大功記在史萊克警官的身上，說是由於他的熱情和智謀才使罪犯得以繩之以法。自然，瑪波小姐在偵破此案中的功勞是隻字未提，而這一點，她原本就想也不敢想。

在審訊開始之前，拉蒂絲來看我，她從我的窗戶飄然而至，還是像幽靈一般。然後她告訴我，她一直懷疑繼母參與了此案。尋找丟失的黃色貝雷帽只是搜查書房的藉口，她本來希望找到某種警方忽略了的東西，但徒勞一場。

「您知道，」她用夢幻般的聲音說，「他們不像我這樣恨她。仇恨能使事情變得比較容易。」

她對搜查的結果感到失望，於是故意將安的耳環丟在書桌旁。

「既然我知道是她幹的，這又有什麼關係？只要抓到她就行。她真的殺了他。」

我輕輕地嘆了一口氣。總是有某些拉蒂絲永遠看不見的東西。從某種意義上說，她在道德上是色盲。

「你打算怎麼辦，拉蒂絲？」我問道。

「在……在這一切都完結後，我要出國去。」她猶豫了一下，又繼續說：「我要和我媽一起出國。」

我吃驚地望著她。

她點點頭。

「難道您沒猜到嗎？樂思荃夫人是我媽。您知道，她已不久人世了。她想見我，於是化名來到這裡。荷大克醫生幫了她。他是她的老相識，曾經對她很傾心，這一點您肯定看得出來！他現在對她依然有一定程度的戀慕。男人總是為她發狂，即使現在，她還是魅力無窮。不管怎樣，荷大克醫生竭盡所能地協助她。她化名來到這裡，是為了避開那些令人噁心的閒言閒語。她那天晚上去看爸爸，告訴他，她活不久了，非常渴望看看我。但爸爸不是人！他說她已經喪失所有權利，並說我已經認為她死了……好像以為我完全相信那些謊話似的！像爸爸這樣的男人實在盲目至極！

「但媽媽不是那種會輕易讓步的人，她只是認為先找爸爸談談是應該的，但當他如此野蠻地拒絕她後，她捎給我一張便條，於是我提早離開網球聚會，六點一刻在小路盡頭與她會面。我們只是匆匆見了面，並約定下次見面的時間。六點半前，我們就告別了。後來，我因為怕她會被懷疑涉嫌謀殺爸爸，畢竟她對他懷有宿怨……這就是我到閣樓找出她的畫像並亂戳一氣的原因。我害怕警方會四處搜尋，找到並認出這張畫像。荷大克醫生也害怕了。我相信他有段時間真的以為是她幹的！媽媽真是一個……不顧一切的人，她全然不顧後果。」

她停了下來。

「很奇怪，她和我心心相印。我和爸爸卻不是這樣。但媽媽……哦，不說了，我要和她出國了。我要和她在一起，直到最後……」

她站起身來，與我握手。

「願上帝保佑你們，」我說，「我希望總有一天，幸福會降臨到你們身上，拉蒂絲。」

「應該會的，」她說，露出想笑的樣子。「到目前為止，我的幸福還不算太多，對吧？哦，好了，我想這沒關係。再見，克萊蒙先生，您總是對我非常關心，您和格賽達都是。」

格賽達！

我不得不向格賽達承認，那封匿名信使我多麼不安，開始她哈哈大笑，然後便板著面孔訓了我一頓。

「但是，」她說，「我今後一定會保持清醒、虔誠，就像清教徒一樣。」

我看不出格賽達哪兒像清教徒。

她繼續說：「你知道，連恩，有一種影響力漸漸進入了我的生活。它也進入你的生活，但對你來說，那是一種返老還童的影響，至少我是這樣想！當我們真正有了自己的孩子時，你就不能再叫我孩子了。連恩，從現在起，我決定做一名真正的『賢妻良母』，他們在書中就是這樣說的。我還決定當一名家庭主婦。我買了兩本書，一本是關於家務，一本是關於母愛，如果這還不能讓我成為模範，我就不知道還有什麼能改變我了！這些書簡直叫人笑破肚皮──我不是有意的，你知道──特別是關於撫養孩子的那本。」

「你沒有買一本教你怎樣服侍丈夫的書嗎，沒有嗎？」我問道，突然明白她話中的含義，於是將她拉進我的懷中。

「我不必買，」格賽達說，「我是個好妻子。我很愛你，你還想要什麼呢？」

「沒有了。」我說。

「你能不能說，哪怕一次也好，你瘋狂地愛著我？」

「格賽達，」我說，「我迷戀你！我崇拜你！我像個普通人一樣，為你如癡如狂！」

我妻子心滿意足地深深嘆了一口氣。

然後，她突然推開我。

「真煩人！瑪波小姐來了。別讓她起疑，好嗎？我不想要別人幫我拿靠墊，催促我要把腳抬高。告訴她我去高爾夫球場了，這樣就可以擺脫她，而且我是真的要去高爾夫球場，因為我將黃色套衫留在那裡了，我這就去拿。」

瑪波小姐來到窗戶前，一臉歉意地停下來，問格賽達去了哪兒。

「格賽達嘛，」我說，「到高爾夫球場去了。」

瑪波小姐的眼睛中露出關切的神情。

「噢，可是啊，」她說，「在這種時候去實在很不明智。」

然後，她像個保守的老處女般臉紅了。

為了掩飾一時的尷尬，我們很快將話題轉到普瑟洛的案子上，並談到「史東博士」。他其實是個出了名的竊賊，有好幾個不同的化名。順便一提，克拉姆小姐的嫌疑已被澄清。最後，她承認曾將手提箱帶到灌木叢裡，但她這樣做是出於忠心。史東博士告訴她，他害怕其他考古學家的競爭，說他們會不惜採取夜盜的手段，掠奪得以貶低他那番理論的實物。這個女孩完全相信了這個並非十分可信的故事。根據村民們的說法，她現在很認真地在找尋需要祕書的年邁單身漢。

當我們交談時，我十分納悶瑪波小姐是如何得知我們那項最新的祕密。但是不一會兒，瑪波小姐謹慎地告訴我一個線索。

「我希望小格賽達不會過度勞累，」她喃喃說道，謹慎地停了一下。「我昨天在馬奇班罕的書店裡……」

可憐的格賽達，那本關於母愛的書讓她洩了密！

「我很納悶，瑪波小姐，」我突然說，「如果您犯下謀殺案是否會被查出來。」

「多麼可怕的想法，」瑪波小姐吃驚地說，「我想我絕不會去幹這種邪惡的事情。」

「但人性難測啊。」我低聲說。

瑪波小姐露出一副老婦人的慈祥笑容，認可了這個暗示。

「您真頑皮，克萊蒙先生，」她站起身來。「當然囉，您心情很好嘛。」

她站在窗戶前。

「請向格賽達轉達我的愛，告訴她，任何小祕密我都不會洩漏。」

瑪波小姐真是可愛極了。

藏在日常細節中的冒險

楊照（作家）

一開始，就都在那裡了。

一九二〇年，阿嘉莎．克莉絲蒂出版了《史岱爾莊謀殺案》，神探白羅就已經退休了。而且在這個案子裡，藉由敘述者海斯汀的轉述，就鋪陳出克莉絲蒂小說最基本的偵探原則：

「那些看來或許無關緊要的小細節……它們才是重要的關鍵，它們才是偉大的線索！」

「豐富的想像力就像洪水一樣，既能載舟亦能覆舟，而且，最簡單直接的解釋，往往就是最可能的答案。」

「沒有任何謀殺行為是沒有動機的。」

還有，一個不討人喜歡的死者，一群各有理由不喜歡死者、因而也就都有殺人動機的人，這些人彼此之間構成複雜的關係，有的互相仇視，有的互相愛戀，麻煩的是，有些愛人其實貌合神離，有些仇人其實私下愛慕；更麻煩的是，不論是愛或是仇，都有可能是扮演出來的。

一個外來的偵探必須周旋在這些嫌疑者之間，從他們口中獲取對於案情的了解，換句話說，他必須在很短的時間內，搞清楚誰是誰、誰跟誰吵架、誰跟誰偷情，然後判斷誰說的哪一句是實話、哪一句是謊言。常常謊言比實話對於破案更有幫助。

再偷偷透露一下，如果要和小說裡的凶手及小說背後的作者鬥智，就像克莉絲蒂對英國社會的了解，祕訣就在於要去追究小說裡的人物背景，尤其是他們的階級地位。基本上，階級地位愈高、權力愈大、愈有錢者，說的話就愈不要相信。例如在《史岱爾莊謀殺案》中，僕人、園丁說的話遠比有頭有臉的人說的要可信多了。就算要說謊，他們的謊言也比較天真，而且往往出於善良動機。當你歸納線索時，就會知道他們並非故意說謊，那是因為他們的認知受到蒙蔽或誤導，而你慢慢就從這蒙蔽或誤導中被引導到真相。

《史岱爾莊謀殺案》出版那年，克莉絲蒂三十歲，但書稿其實早在五年前就寫好了，畢竟要找到有人願意出版一個看來再平凡不過的家庭主婦寫的小說，並不是那麼容易。

所有和克莉絲蒂接觸過的人，都對於她的「正常」留下深刻印象。她看起來就和她那個年紀的典型英國家庭主婦一樣，害羞、靦腆，只能在社交場合勉強跟人聊些瑣事話題，完全無法演講，甚至連只是站起來對眾賓客說幾句客套話，請大家一起舉杯，她都做不到。她不演講，也很少答應接受採訪，就算採訪到她也很難從她口中得到有趣的內容。她會講的，幾乎都是記者本來就知道、或者自己就可以想得出來的。

例如說白羅這個神探的來歷。克莉絲蒂回答：他應該是個外國人，這樣就能在英國日常生活中看出英國人自己看不出的線索。她自己碰過的外國人，只有第一次大戰剛爆發時到英國避難的比利時人。比利時警察怎麼能跑到英國來？那一定是因為他已經退休了。他有潔癖，所以對於現場會有特殊的直覺，馬上感受到不對勁的地方。一個有潔癖的人，好像應該長得矮小些才相稱，一個矮小有潔癖的人最適當的名字，就是希臘神話裡的大力士「赫丘勒斯（Hercules）」，製造出荒唐的對比趣味。那白羅這個姓是怎麼來的呢？克莉絲蒂很誠實地說：「我不記得了。」

一切都如此順理成章，一切都如此合邏輯，不是嗎？有記者問她怎麼看自己的舞台劇〈捕鼠器〉，創下了英國劇場、甚至全世界劇場連演最多場紀錄的名劇？克莉絲蒂的回答也還是中規中矩，合理合節：那是一齣小戲，在一個小劇院演出，成本很低，任何人想到了都可以帶家人或朋友去看，老少咸宜，並不恐怖，也不特別荒謬打鬧，可是又什麼都有一點，包括恐怖和荒謬打鬧的成分。

她的身上找不出一點傳奇、怪誕色彩，那她為什麼能在五十年間持續寫偵探小說，創造了那麼多謀殺，還創造了那麼多詭計？

首先因為她是女性，以及她的身世，包括她的階級身分，使得她在描寫故事場景時比一般男性作者來得敏感。因為在她之前的偵探推理小說男性作家的階級身分都是高高在上，基本上他們會從較高的角度看社會，比較看不到底層的感受。

而她的婚變以及婚變中遭逢的痛苦，都使她更能體會與觀察，將英國社會的複雜細節融入小說的核心情節，讓探案與線索分析結合在一起。

克莉絲蒂一生結過兩次婚，第一次在一九一四年，婚後不久，丈夫就參加了歐戰，是英國皇家空軍最早一批飛行員。一九二六年，這個丈夫有了外遇，直率地向克莉絲蒂要求離婚，在那之前，克莉絲蒂的媽媽才剛過世，雙重打擊之下，又遇到車子無法發動，克莉絲蒂崩潰了，她棄車而走，忘記了自己究竟是誰，躲進一家鄉間旅館，登記時寫了她心裡唯一有印象的名字——她丈夫情婦的名字。

離婚後，一次在晚宴中，有人提起近東烏爾考古的最新收穫，克莉絲蒂就取消了原定要去西印度群島的計畫，改訂了跨越歐洲到君士坦丁堡的「東方快車」，是的，就是這趟旅程給了她寫《東方快車謀殺案》的靈感。不過更重要的是，在烏爾，她認識了一位年輕的考古學家，比她小十四歲，這個人後來成了她的第二任丈夫。

這位考古學家陪她去參觀在沙漠中的烏克海迪爾城，卻在沙漠中迷路困陷了。幾小時中克莉絲蒂卻沒有一點驚慌不安，當下考古學家就決定要向她求婚。

原來，克莉絲蒂的內心是有這種冒險成分的。要不然她不會兩次選到的，都是喜愛冒險的丈夫，而她本身大概也不會吸引一個在各種危險情境下挖掘古代寶藏的人，讓他願意向一個大他十四歲的女人求婚。

這樣說吧，維多利亞時代後期的英國環境，壓抑限制了克莉絲蒂冒險、追求傳奇的內在衝動，她只好將這樣的衝動寄託在丈夫和寫作上。她一邊陪著第二任丈夫在近東漫走，一邊在小說中寫各式各樣的謀殺與探案。謀殺和探案都是冒險，還有，偵探偵查中做的事──蒐集線索，還原命案過程──其實和考古學家的考掘，如此相似！

克莉絲蒂寫得最好的，正是「藏在日常中的冒險」。她個性中的雙面成分，造就了特殊的偵探魅力。既嚮往非常傳奇，卻又有根深柢固的日常邏輯信念，兩者都在克莉絲蒂的小說中扮演了重要角色。她的謀殺案幾乎都和日常習慣緊密編織在一起，日常環境成了凶手最重要的掩護。有些日常規律明顯地被破壞了，讓我們很自然以為那會是謀殺的線索，沿著這些線索形成了閱讀中的推理猜測，然而白羅早就提醒了，真正重要的反而是那些「細節」，也就是看來像是依隨日常邏輯進行的事，或說藏在日常邏輯中因而不被看重的事，那裡要嘛藏著凶手的核心詭計、煙幕，要嘛藏著凶手致命的破綻。

凶案的構想，就是如何讓異常蓋上日常、正常的面貌，又如何故意將日常、正常予以扭曲，製造假象；那麼偵探要做的，就是如何準確地在日常中分辨出真正的異常，將假的、明顯的異常撥開來，找出細節堆疊起來的異常真相。

此外，克莉絲蒂的小說裡隱藏著極其曖昧的情感價值觀，最典型、最有名的就是《東方快車謀殺案》。透過追查過程，讓讀者知道為什麼凶手要訴諸於這種手段，其動機具有可同情之處，再加上克莉絲蒂對身分階級的觀察，她比較相信或讓讀者相信那些沒有權力、地位的人，隨著偵查節奏去認識可能或必須懷疑的人。克莉絲蒂最擅長營造「多重嫌疑犯」的小說特質，因為讀者在閱讀時必須被迫去認識很多不一樣的人。在她最受歡迎的作品，大概都具備這樣的特質。

當然，她的作品中還有兩個最突出的神探，即白羅和瑪波。白羅是比利時人，但為什麼必須是外國人？這是因為英國人具有高度階級意識，這種觀念一路滲透到所有互動細節，包括人與人之間如何說話。而白羅因為不是英國人，他會發現一般英國人不太看得出來的東西，以及兩個人互動的方法哪裡不正常。至於瑪波為什麼得是老太太？她一如那個年代的老人家，總是靜靜坐著打毛線，因為不起眼，自然讓人放鬆防備，所以瑪波探案的線索都是來自於這樣的互動模式。

然而，白羅有很明顯的優勢，瑪波的身分使她基本上只能進行「靜態」的辦案，案子的空間受到侷限，白羅卻可以跨越各種空間，恣意揮灑。而且白羅擁有警官身分，可以合理出現在各種犯罪現場，瑪波能出現的地方，相形之下就勉強、不自然多了。白羅是明白的outsider，在英國，只要他出現，就會覺得有外人在而感到緊張，於是很容易露出平常不會表現的行為；瑪波則看起來是insider，但實質上是outsider，因為總是沒人發現她、當她空氣人。這兩人的探案，是兩個極端。雖然讀者最愛白羅，但克莉絲蒂自己偏愛瑪波勝於白羅。

不管後來的偵探、推理小說發展了多少巧妙詭計，克莉絲蒂卻不會過時，因為她的推理如此密切地和日常纏繞在一起；活在日常中，我們就無可避免被克莉絲蒂的「日常細節推理」吸引，隨時讀來都充滿驚奇趣味。

名家盛讚克莉絲蒂（依推薦時間排序）

金庸（作家）

克莉絲蒂的寫作功力一流，內容寫實，邏輯性順暢，也很會運用語言的趣味。閱讀她的小說，在謎底沒有揭露之前，我會與作者鬥智，這種過程非常令人享受。其作品的高明之處在於：布局的巧妙完全意想不到，而謎底揭穿時又十分合理，讓人不得不信服。

詹宏志（作家、PChome 網路家庭董事長）

推理小說在從先輩柯南．道爾等人的發明中出現力量時，誕生了一位《天方夜譚》故事中每天說故事說個不停的王妃薛斐拉．柴德，也就是「謀殺天后」克莉絲蒂，整個世界對聽這些故事才有如此的熱情。他們捨不得睡覺，每天問後來還有嗎、還有嗎，永遠不肯離去，這就是克莉絲蒂對推理小說的最大貢獻。

可樂王（藝術家）

所謂「克莉絲蒂式」的推理小說，就是一場和一個天才的寫作者或高明的恐怖份子在紙上捕掠捉殺的戰事。即便是一列火車、一處飯店或一間酒吧，在克莉絲蒂寫來皆充滿神祕和猜謎。在人生適合的下午裡，我總是一面嚼著口香糖，一面跟著矮子偵探白羅穿梭謀殺現場，克莉絲蒂的推理作品無疑是推理世界中最充滿「魔術性」的小說。

吳若權（作家、節目主持人）

我從小就對推理小說情有獨鍾，克莉絲蒂一系列的作品尤其令我愛不釋手。多年來，閱讀推理小說的經驗讓我覺悟：讀者在文字情節中推展開來的驚嘆，不只是因緣於故事的本身，而是自我性格的投射。從這個觀點來看克莉絲蒂一系列的作品，她簡直就是洞徹人性的算命師。而讀者，在她的文字中，發現了自己無可奉告的命運。

藍祖蔚（國家電影及視聽文化中心董事長）

做過藥劑師，難免懂得毒藥；嫁給考古學家，難免也就嫻熟文明的神祕；再加上曾經失蹤九天，一切不復記憶的離奇經驗，的確提供了寫作靈感，但若少了想像力，那些片羽靈光縱使辛辣如辣椒，卻不足以成菜。

推理小說重布局、重人物描寫，克莉絲蒂最厲害的卻是犀利的人性觀察，她一手創造的白羅探長，潔癖個性完全和她相反，更將她所憎厭的人格特質集於一身，殊不知，唯有不對著鏡子寫作，才能夠跳出框架與制式反應，開闢無限寬廣的新世界，建構多面向的詭異迷宮。

看完她的小說，你只會更加訝異，到底是什麼樣的心靈才能成就這般視野？

李家同（作家、前暨南大學校長）

克莉絲蒂的整體布局十分細膩，最後案情也都講解得非常詳細，回頭去看，在書中都找得到線索。故事的情節與內容也很好看，不是像一個流氓在街上被殺掉那麼單調。……看小說應該要花腦筋、要思考，從小就要養成思辨的能力，看她的小說，就是對邏輯思考能力極佳的訓練。

袁瓊瓊（作家）

雖然被公認是冷靜理性的謀殺天后，但是在理性之下，克莉絲蒂的底色依舊是感情。克莉絲蒂很明白，所有的慾望之後，都無非是某種愛情。在以性命相搏的犯罪世界裡，凶手以終結他人的性命來遂私欲，不過是為了成全自己的愛，或者是成全自己的恨。

鄧惠文（精神科醫師）

以推理小說作家而言，克莉絲蒂的風格相當獨樹一格。她的偵探在辦案時，靠的不光是科學證據的搜集，而是大量運用犯罪心理學，及對人性的深刻了解。例如在《五隻小豬之歌》中，白羅便是藉由聽取嫌疑犯訴說案情時所不自覺顯露的主觀意識及中心思想，而看出其中破綻，找出真凶。白羅是靠腦袋辦案，以心理層面去剖析案情，即使人們敘述的是同一件事，他可以聽出不同角色因出發點及看待角度不同所透露的情緒觀感，從而抽絲剝繭，還原事實真相。

克莉絲蒂所塑造的人物也生動且各具特色，不同個性所出現的情緒反應描寫，皆細膩而準確，讓讀者產生豐富的想像空間，一展卷便欲罷而不能。

吳曉樂（作家）

克莉絲蒂使用的語言平易近人，主要是以角色與情節的對應來斧鑿出故事的深度，堆疊出讓讀者回味的迂迴空間。而她筆下的角色往往性別、階級、性格、族群各異，塑造出多元又豐富的人物群像。

文學作品不問類型，若要流傳於世，最終仍得上溯至「人性」的理解與反思。而阿嘉莎．克莉絲蒂的作品中，我們可以看到人類屢屢得和自己的人生討價還價，或千方百計讓主觀意識與客觀條件達成某種程度的整合，讀者在重建人物的心理軌跡時，也見識到自身的是非成敗，我認為，這也是克莉絲蒂的作品能夠璀璨經年、暢銷不衰的主因。

許皓宜（心理學作家）

克莉絲蒂筆下的故事看似在談人性的醜惡，實則像一位披著小說家靈魂的心靈引導者，用她的文字訴說著人們得不到「愛」時的痛苦。於是在故事終了的剎那，你不得不對人生多了幾分「看透感」：原來，我們心裡的那些痛苦、報復與自我折磨的慾望，不是因為「憤恨」，而是起於對「愛的失落」。這或許是我們在情感世界中最珍貴且深刻的一種覺察了。

推理小說荒謬驚悚嗎？不，它其實很寫實。它幫我們說出心裡的苦、怨、醜陋的慾望，於是，我們可以重新學習愛了。

一頁華爾滋 Kristin（影評人）

從有記憶以來，閱讀克莉絲蒂最迷人之處往往不在真正的凶手是誰，而是在於「Why」（為什麼）與「How」（如何進行），在於人性與心理描摹的故事肌理。依循其書寫脈絡，會發覺不只是邏輯清晰、布局縝密、著重細節，她總能完美掌握敘事節奏，書中人物彷彿真實存在般鮮明躍然紙上，讀者情緒會隨精準文字保持流轉、跳動、收放，掩卷時並無太多真相水落石出的暢快，反倒淡淡的惆悵化為餘韻襲上心頭，原來還是種種意料之外，卻屬情理之中的人性盲目使然。私以為，那成就了克莉絲蒂的推理故事之所以無比迷人的主因之一。

冬陽（推理評論人）

雖然阿嘉莎．克莉絲蒂的作品並非我的推理閱讀啟蒙，卻是養成閱讀不輟的重要推手。首先，她無庸置疑是個說故事能手，打開我名為好奇的開關；其次是設計犯罪事件的巧妙多元，既日常又異常，凶手更是叫人意想不到。沒錯，我相信每個當讀者的都忍不住想破案，想早偵探一步識破詭計，或者像考試結束鈴響前一秒，瞎猜都要指著某個角色大喊「你就是犯人」！然後會忍不住作弊——不是翻到最後幾頁窺探真凶身分，而是往前翻查讓人起疑的段落、偵探顯然掌握重要線索的時刻，直到忍不住豎白旗投降，看神探（我知道啦，真正把我耍得團團轉的聰明人是作者）頭頭是道地分析我遺漏錯置的片片拼圖，終於看清真相全貌。這，就是偵探推理，我因此熟悉遊戲規則、沉醉在每一場迷人故事裡，成為這個類型書寫的俘虜，享受至今不疲的美好滋味。

石芳瑜（作家、永樂座書店店主）

布局細膩、處處留下線索，破案解說詳細，說明了這位安靜、害羞的推理小說女王心思縝密，且充滿想像力。密室殺人，完美犯罪，《東方快車謀殺案》不愧為古典推理小說的經典。再加上神祕的東方色彩，隨著火車抵達的迫切時間感，連非推理小說迷都會神經拉緊，讀完大呼過癮。

家庭主婦缺少人生經驗？處女座的阿嘉莎．克莉絲蒂充分展現她過人的寫作天分，靠得是從小開始的閱讀，以及對偵探小說的著迷。三十歲寫下第一本偵探小說《史岱爾莊謀殺案》的克莉絲蒂，在那個時代並不能說是「早慧」，但寫作生涯五十五年中，共創作了八十部偵探小說，卻令人難以企及。這位害羞靦腆的小說女神，大概是相信只要有足夠的理由，每個人都有殺人的可能！

余小芳（暨南大學推理研究社指導老師、台灣推理作家協會常務理事）

學生時代加入推理社團，社課指定讀物便是經典作品《一個都不留》，成為我對克莉絲蒂的初步印象，自此沉浸於推理小說的世界。隔年寒假陪同學參與轉學考，在斜風細雨的走廊中，滿足讀完《東方快車謀殺案》。隨著歲月遠走，已昇華成趣味回憶。

踏入推理文學領域需要認識的作家，阿嘉莎．克莉絲蒂絕對名列其中，她的作品常有英國小鎮風光、莊園式的謀殺、設備豪華的交通工具等，還有特色鮮明的偵探活躍其中。書中少有血腥、暴力的橋段，布局巧妙且結構嚴密，手法純粹、知性，故事內容與人物性格融為一體，以高超的想像力結合說好故事的能耐，為推理小說開創新局面。克莉絲蒂推理全集重編改版，值得新舊讀者一起探索。

林怡辰（國小教師、教育部閱讀推手）

多年後，還是難忘第一次閱讀阿嘉莎．克莉絲蒂作品的感動和激動。這套將近一世紀的作品，文筆流暢，邏輯縝密，過程中不斷與作者較量、猜出凶手，直到最後解答不禁佩服，蛛絲馬跡處處展現作者的精妙手法，於是又拿起另一部作品，再次沉溺在謀殺天后所編織的日常世界中的奇幻，無可自拔。犯罪動機和手法穿越時空限制，如今讀來合理且依舊令人感動，閱讀中趣味橫生，難怪成為後來諸多偵探小說的原型。

克莉絲蒂創作生涯中產出的八十部推理作品，至今多部躍上大銀幕，無怪乎被稱之為「經典」，喜愛推理偵探作品的人不可不讀，你會驚異於她在文字中施展的魔法！

張東君（推理評論家、科普作家）

我愛克莉絲蒂！這位在台灣有時會被稱為克奶奶的超級暢銷推理小說家，即使是自認沒讀過她的書的人，也都會在各種書籍或影視作品中看到對她致敬的片段。由於她喜歡旅行和冒險，那些經驗與體驗都成為書中的場景，因此閱讀她的作品時，不只是雀躍地跟著偵探推理，也有了虛擬的旅行體驗。或者當成旅遊導覽書，在出發去尼羅河、去英國鄉間、去搭船搭火車時，就塞一本克奶奶的作品到隨身背包中。

我還是大學新生時，就聽學姐說她哥哥經常看克奶奶的小說，而且邊看邊狂笑。於是我跟著效仿，在某次搭飛機之前買了第一本小說當旅伴，不只看得超開心，看完後還到處找尋書中出現的那種有兜帽的斗篷，當成出門時的必備用品。克奶奶的作品是跨越文字、國界的。只要看過一本，就會不停地追下去。還好，真的是還好只有八十本。何況這次是全新校訂的紀念珍藏版，當然不能錯過！

發光小魚（**呂湘瑜**）（文史作家、助理教授）

一部好的偵探小說，除了情節設計巧妙之外，還需要洞悉人性，如此方能合理地交代人物的言行舉止與動機。阿嘉莎．克莉絲蒂便是其中翹楚，她的作品不管是偵探、愛情小說或戲劇，必要元素都是謎題與人性。在寧靜無波的場景下暗潮洶湧，永遠都有意料之外，讀者的情緒也會隨著劇情的進行起伏糾結。克莉絲蒂觀察到時代的變化，將犯罪心理融入作品中，於是，看她的小說不只能得到解謎的快樂，同時對人性也能夠有所省思。

此外，克莉絲蒂豐富的人生歷練及旅行經歷，例如一九二二年的環球之旅、居住過也旅行過的巴黎和埃及，甚至是追隨考古學家丈夫前往的中東，都讓她的小說讀來更加充滿異國情調。如果你也愛旅行，不如就讓我們一同搭上那一班南法的藍色列車，或由伊斯坦堡出發的東方快車，跟著白羅鑽進一樁奇案，一嘗旅程中破解謎題的快感吧。

盧郁佳（作家）

國小時，家裡買了一套阿嘉莎．克莉絲蒂全集，從此成了我的毒品，在白癡課本將我的腦袋啃嚙成海綿般空洞時，撫慰受創的心靈，那時我仍對人心險惡一無所知。

數學課教你列算式，樂趣遠不如克莉絲蒂教你住宅平面圖、偷換時序的密室魔術，你從庭園長窗進房間，我從房門直通鄰房，他從走廊進房……從而學會故事是建構邏輯。她文風多變，時而《四大天王》中讓神探白羅向助手海斯汀大賣關子，眉頭緊皺，山雨欲來，預示天翻地覆，只能靠他拯救世界；時而用維吉尼亞．吳爾芙《自己的房間》中俏皮的語言，讓貧苦村姑安妮在《褐衣男子》中回憶南非出生入死的冒險，竟源於她耽讀村裡圖書館爛舊的冒險愛情小說，還有戲院每週末放映〈帕米拉歷險記〉，帕米拉每集從飛機跳落高空、搭潛艇、爬上摩天大樓，每次被黑幫老大抓到總不一刀斃命，卻老要用瓦斯毒死她，暗示續集又會逃出生天。

長大才發現，克莉絲蒂小說就是我的〈帕米拉歷險記〉：它以歌劇般輝煌龐大的天真陰謀、精細的人際觀察（一句話重音放在哪個字、從膝蓋鑑定女人的年齡等），召喚年輕讀者抱持浪漫精神投入未知的壯遊，瘋魔、衝撞、冒犯，傷痕累累毫無懼色。正如瓦斯在冒險片中太多、現實中卻太少；陰謀在現實中沒有克莉絲蒂寫得那麼複雜，但她刻畫的心理卻是現實中解謎的試金石。

賴以威（臺灣師範大學電機系副教授）

或許可以為經典下幾個定義：該領域的愛好者更都讀過；不是這個領域的愛好者，許多人也都聽過；影響後續的作品，在很多著作中都可以看到它的影子；值得反覆再三閱讀，每隔一陣子再讀都可以獲得閱讀的樂趣，有更多的體悟。我永遠記得第一次讀《東方快車謀殺案》時，被那宛如嚴謹設計數學謎題的鋪陳、推進給深深吸引、震撼。從這幾個角度來說，克莉絲蒂的推理小說被稱之為「經典」，可說是當之無愧。

謝哲青（作家、旅行家、知名節目主持人）

克莉絲蒂小說的魅力在於透過每個角色的對白，藉由不斷的說話來表現人物的個性，以彰顯其人格特質中一些無法被忽略的事實。我們從他們的言語、講話的過程和字裡行間，竟然就能知道誰是凶手。

我從克莉絲蒂的小說學到很多，除了推理小說有趣的事實之外，最重要的是，我在工作的職場跟人應對的時候，如何從語言和對話裡去捕捉某些隱而不顯的事實。許多人們欲蓋彌彰的東西，無論心事也好、祕密也好，克莉絲蒂都會用文學的手法，讓你理解語言的奧妙和魅力。

克莉絲蒂的書寫會讓你覺得彷彿自己也在現場，你可以從聽到的對話當中，學會如何理解人心的一些小技巧，這是小說家最出色、最偉大的地方。我們必須學習傾聽別人說話——這些人講話是真誠的嗎？他想要跟你分享什麼資訊？這些資訊可靠嗎？——這是我在閱讀推理小說時，最大的收穫和理解。

阿嘉莎・克莉絲蒂大事記

1890		• 九月十五日出生於英格蘭德文郡托基鎮。
1894	4 歲	• 開始在家自學，父母親、姐姐教導閱讀、寫作、算術和彈鋼琴。
1895	5 歲	• 家中經濟走下坡，舉家搬至法國，學會流利的法語。
1905	15 歲	• 在巴黎寄宿學校學鋼琴和聲樂，但生性極度害羞，未成為職業鋼琴家，最終回到英國。
1907	17 歲	• 陪同母親前往埃及調養身體，對社交活動充滿興趣，但尚未對日後感興趣的埃及古物點燃熱情。 • 回英國後繼續寫作、參與業餘戲劇表演。
1908	18 歲	• 寫出第一篇短篇小說〈麗人之屋〉，同時也寫出第一部愛情小說《白雪黃漠》，以筆名向出版社投稿，但屢遭退稿。
1912	22 歲	• 與英國皇家軍官亞契・克莉絲蒂（Archibald Christie）熱戀。 • 八月爆發第一次世界大戰，亞契奉派到法國作戰。
1914	24 歲	• 耶誕夜結婚，亞契隨即返回戰場。克莉絲蒂參與紅十字會工作，在醫院擔任護士和藥劑師，因此對藥理和毒物非常熟悉，造就後來多部推理小說情節都以毒藥殺人。
1916	26 歲	• 開始嘗試寫推理小說，寫出第一部小說《史岱爾莊謀殺案》，主角偵探赫丘勒・白羅的靈感，來自於大戰期間英國鄉間的比利時難民營。本書歷經數家出版社退稿後，終獲柏德雷・海德（The Bodley Head）圖書公司的出版機會，之後並簽下另五本小說的合約。
1919	29 歲	• 前一年亞契返回英國，八月生下女兒露莎琳。

1920　30 歲　• 出版《史岱爾莊謀殺案》。

1922　32 歲　• 出版第二部小説《隱身魔鬼》，主角是夫妻檔偵探湯米和陶品絲。
• 與亞契至南非、澳洲、紐西蘭、夏威夷和加拿大等國旅行十個月，在南非得到《褐衣男子》的靈感。

1923　33 歲　• 三月出版第三部小説《高爾夫球場命案》，白羅再度登場。

1926　36 歲　• 四月母親過世，克莉絲蒂陷入憂鬱。
• 六月在「威廉・柯林斯父子出版社」出版《羅傑艾克洛命案》。
• 八月亞契因外遇提出離婚，十二月初一次爭吵後，克莉絲蒂離家棄車失蹤，消息登上全國新聞。

1927　37 歲　• 一月在悲痛心情中寫出《藍色列車之謎》，第一次創造出聖瑪莉米德村，即後來瑪波小姐居住的村子。
• 分居期間在雜誌刊登以白羅為主角的短篇小説，後來集結出版《四大天王》。
• 十二月在雜誌刊登短篇小説〈週二夜間俱樂部〉，瑪波小姐初登場，後來收錄在一九三二年出版的短篇小説集《十三個難題》。

1928　38 歲　• 十月正式離婚，仍保留「克莉絲蒂」姓氏。
• 秋天搭乘「東方快車」前往土耳其的伊斯坦堡，再轉往伊拉克首都巴格達，參觀考古現場烏爾，認識考古學家伍利夫婦（Leonard and Katharine Woolley）。

1930　40 歲　• 二月應伍利夫婦之邀再訪烏爾，認識考古學家麥克斯・馬龍（Max Mallowan），九月於英國愛丁堡結婚。這段婚姻開啟克莉絲蒂旺盛的創作生涯，兩人到中東考古現場的旅行為許多作品帶來靈感。

		• 婚後克莉絲蒂開始維持固定的寫作行程。十月出版《牧師公館謀殺案》，是第一部以瑪波小姐為主角的小說。 • 出版第一部以「瑪麗．魏斯麥珂特」（Mary Westmacott）為筆名的《撒旦的情歌》，並陸續發表了五部非犯罪小說。
1932	**42 歲**	• 出版《危機四伏》。
1934	**44 歲**	• 出版《東方快車謀殺案》，是白羅海外辦案三部曲之一，故事靈感來自中東的旅行經歷。一九七四年第一次改編成電影大獲好評。
1936	**46 歲**	• 出版《美索不達米亞驚魂》，白羅海外辦案三部曲之二。
1937	**47 歲**	• 出版《尼羅河謀殺案》，白羅海外辦案三部曲之三，故事背景是年輕時與母親同遊的埃及。一九七八年第一次改編成電影大受歡迎。
1939	**49 歲**	• 二次大戰期間，克莉絲蒂在大學學院醫院擔任義務藥師，學習到最新的毒藥知識，對於推理小說寫作大有助益。 • 出版《一個都不留》，是克莉絲蒂最著名作品之一。
1941	**51 歲**	• 出版《密碼》，呈現出克莉絲蒂對戰爭的看法。 • 出版《豔陽下的謀殺案》。
1942	**52 歲**	• 出版《藏書室的陌生人》、《五隻小豬之歌》等名作。
1944	**54 歲**	• 以「瑪麗．魏斯麥珂特」為筆名出版第三部作品《幸福假面》，被美國書評人發現是克莉絲蒂的作品，讓她從此失去匿名創作的自在樂趣。

1950 60歲 • 獲選為皇家文學學會的會員。

1953 63歲 • 出版《葬禮變奏曲》。

1956 66歲 • 一月獲頒大英帝國爵級大十字勳章（GBE）。
• 十一月以「瑪麗．魏斯麥珂特」為筆名出版《愛的重量》，是這個筆名的最後一部作品。

1958 68歲 • 成為「偵探作家俱樂部」主席。

1960 70歲 • 馬龍獲頒大英帝國爵級大十字勳章。

1961 71歲 • 獲得艾克塞特大學頒發榮譽文學博士學位。

1968 78歲 • 馬龍獲封為爵士，克莉絲蒂亦被稱為馬龍爵士夫人。

1971 81歲 • 獲頒大英帝國爵級司令勳章（DBE），獲封為女爵士。

1973 83歲 • 出版最後一部創作《死亡暗道》，亦為湯米和陶品絲最後一次辦案。

1974 84歲 • 最後一次公開露面，出席電影《東方快車謀殺案》首映會。

1975 85歲 • 八月六日，白羅成為有史以來第一次在《紐約時報》頭版刊出訃聞的小說主角，宣傳九月即將出版的《謝幕》，這也是白羅最後一次辦案。

1976 86歲 • 一月十二日去世。
• 十月出版《死亡不長眠》，瑪波小姐的最後一次辦案。

克莉絲蒂推理原著出版年表

1920　史岱爾莊謀殺案 The Mysterious Affair at Styles（神探白羅系列）
1922　隱身魔鬼 The Secret Adversary（神探湯米＆陶品絲系列）
1923　高爾夫球場命案 The Murder on the Links（神探白羅系列）
1924　白羅出擊 Poirot Investigates（神探白羅系列）
1924　褐衣男子 The Man in the Brown Suit（神探雷斯上校系列）
1925　煙囪的祕密 The Secret of Chimneys（神探巴鬥主任系列）
1926　羅傑艾克洛命案 The Murder of Roger Ackroyd（神探白羅系列）
1927　四大天王 The Big Four（神探白羅系列）
1928　藍色列車之謎 The Mystery of the Blue Train（神探白羅系列）
1929　七鐘面 The Seven Dials Mystery（神探巴鬥主任系列）
1929　鴛鴦神探 Partners in Crime（神探湯米＆陶品絲系列）
1930　牧師公館謀殺案 The Murder at the Vicarage（神探瑪波系列）
1930　謎樣的鬼豔先生 The Mysterious Mr. Quin（神探鬼豔先生系列）
1931　西塔佛祕案 The Sittaford Mystery
1932　十三個難題 The Thirteen Problems（神探瑪波系列）
1932　危機四伏 Peril at End House（神探白羅系列）
1933　十三人的晚宴 Lord Edgware Dies（神探白羅系列）
1933　死亡之犬 The Hound of Death
1934　三幕悲劇 Three Act Tragedy（神探白羅系列）
1934　李斯特岱奇案 The Listerdale Mystery
1934　帕克潘調查簿 Parker Pyne Investigates（神探帕克潘系列）
1934　東方快車謀殺案 Murder on the Orient Express（神探白羅系列）
1934　為什麼不找伊文斯？ Why Didn't They Ask Evans?
1935　謀殺在雲端 Death in the Clouds（神探白羅系列）
1936　ABC 謀殺案 The A.B.C. Murders（神探白羅系列）
1936　底牌 Cards on the Table（神探白羅系列）
1936　美索不達米亞驚魂 Murder in Mesopotamia（神探白羅系列）

1937　巴石立花園街謀殺案 Murder in the Mews（神探白羅系列）
1937　尼羅河謀殺案 Death on the Nile（神探白羅系列）
1937　死無對證 Dumb Witness（神探白羅系列）
1938　白羅的聖誕假期 Hercule Poirot's Christmas（神探白羅系列）
1938　死亡約會 Appointment with Death（神探白羅系列）
1939　一個都不留 And Then There Were None
1939　殺人不難 Murder Is Easy/Easy to Kill（神探巴鬥主任系列）
1940　一，二，縫好鞋釦 One, Two, Buckle My Shoe（神探白羅系列）
1940　絲柏的哀歌 Sad Cypress（神探白羅系列）
1941　密碼 N Or M?（神探湯米＆陶品絲系列）
1941　豔陽下的謀殺案 Evil Under the Sun（神探白羅系列）
1942　五隻小豬之歌 Five Little Pigs（神探白羅系列）
1942　藏書室的陌生人 The Body in the Library（神探瑪波系列）
1942　幕後黑手 The Moving Finger（神探瑪波系列）
1944　本末倒置 Towards Zero（神探巴鬥主任系列）
1945　死亡終有時 Death Comes as the End
1945　魂縈舊恨 Remembered Death（神探雷斯上校系列）
1946　池邊的幻影 The Hollow（神探白羅系列）
1947　赫丘勒的十二道任務 The Labours of Hercules（神探白羅系列）
1948　順水推舟 Taken at the Flood（神探白羅系列）
1949　畸屋 Crooked House
1950　謀殺啟事 A Murder Is Announced（神探瑪波系列）
1951　巴格達風雲 They Came to Baghdad
1952　殺手魔術 They Do It with Mirrors（神探瑪波系列）
1952　麥金堤太太之死 Mrs. McGinty's Dead（神探白羅系列）
1953　黑麥滿口袋 A Pocket Full of Rye（神探瑪波系列）
1953　葬禮變奏曲 After the Funeral（神探白羅系列）

1954　未知的旅途 Destination Unknown
1955　國際學舍謀殺案 Hickory, Dickory, Dock（神探白羅系列）
1956　弄假成真 Dead Man's Folly（神探白羅系列）
1957　殺人一瞬間 4:50 from Paddington（神探瑪波系列）
1958　無辜者的試煉 Ordeal by Innocence
1959　鴿群裡的貓 Cat Among the Pigeons（神探白羅系列）
1960　哪個聖誕布丁？ The Adventure of the Christmas Pudding（神探白羅系列）
1961　白馬酒館 The Pale Horse
1962　破鏡謀殺案 The Mirror Crack'd from Side to Side（神探瑪波系列）
1963　怪鐘 The Clocks（神探白羅系列）
1964　加勒比海疑雲 A Caribbean Mystery（神探瑪波系列）
1965　柏翠門旅館 At Bertram's Hotel（神探瑪波系列）
1966　第三個單身女郎 Third Girl（神探白羅系列）
1967　無盡的夜 Endless Night
1968　顫刺的預兆 By the Pricking of My Thumbs（神探湯米＆陶品絲系列）
1969　萬聖節派對 Hallowe'en Party（神探白羅系列）
1970　法蘭克福機場怪客 Passengers to Frankfurt
1971　復仇女神 Nemesis（神探瑪波系列）
1972　問大象去吧 Elephants Can Remember（神探白羅系列）
1973　死亡暗道 Postern of Fate（神探湯米＆陶品絲系列）
1974　白羅的初期探案 Poirot's Early Cases（神探白羅系列）
1975　謝幕 Curtain: Hercule Poirot's Last Case（神探白羅系列）
1976　死亡不長眠 Sleeping Murder（神探瑪波系列）
1979　瑪波小姐的完結篇 Miss Marple's Final Cases（神探瑪波系列）
1991　情牽波倫沙 Problem at Pollensa Bay
1997　殘光夜影 While the Light Lasts

國家圖書館出版品預行編目（CIP）資料

牧師公館謀殺案 / 阿嘉莎・克莉絲蒂（Agatha Christie）著；楊山青. -- 二版.-- 臺北市：遠流出版事業股份有限公司, 2023.10
面；　公分. -- (克莉絲蒂繁體中文版20週年紀念珍藏；40)
譯自：The Murder at the Vicarage
ISBN 978-626-361-250-1(平裝)

873.57　　112014622

克莉絲蒂繁體中文版 20 週年紀念珍藏 40

牧師公館謀殺案

作者 / 阿嘉莎・克莉絲蒂
譯者 / 楊山青

主編 / 陳懿文、余式恕　校對 / 呂佳真
封面、內頁設計 / 謝佳穎　排版 / 連紫吟、曹任華
行銷企劃 / 舒意雯　出版一部總編輯暨總監 / 王明雪

發行人 / 王榮文
出版發行 / 遠流出版事業股份有限公司
地址 / 104005臺北市中山北路一段11號13樓
電話 / (02)2571-0297　傳真 / (02)2571-0197　郵撥 / 0189456-1
著作權顧問 / 蕭雄淋律師

2003年2月1日 初版一刷
2023年10月1日 二版一刷
定價 / 新臺幣380元（缺頁或破損的書，請寄回更換）

ISBN 978-626-361-250-1

遠流博識網 http://www.ylib.com E-mail: ylib@ylib.com
遠流粉絲團 https://www.facebook.com/ylibfans